Ein Quantum Trost

Joachim Koller

PANIERTE AGENTEN

Alle Handlungen und Personen (mit zwei Ausnahmen) sind frei erfunden, die Schauplätze existieren in der Realität. Sowohl die Kanalisation von Wien wie auch die im Buch erwähnten Untergrundtouren sind tatsächlich möglich.
Weitere Informationen zur Kanaltour findet man unter: www.drittemanntour.at
Für mehr Information zum Wiener Untergrund und dem Pärchen Jeremy und Nadine kann ich seine Instagram-Seite unter dem Namen „jerryously" wärmstens empfehlen.

Bibliografische Information der Deutschen Nationalbibliothek: Die Deutsche Nationalbibliothek verzeichnet diese Publikation in der Deutschen National-bibliografie; detaillierte bibliografische Daten sind im Internet über dnb.dnb.de abrufbar.

Texte: © Joachim Koller
Umschlag: © Joachim Koller
ISBN: 978-3-7693-5178-1

https://www.facebook.com/kollerjoachim
joachim.koller@chello.at
Instagram: joachim_koller_autor, #jkautor

Verlag: BoD · Books on Demand GmbH, Überseering 33, 22297 Hamburg, bod@bod.de
Druck: Libri Plureos GmbH, Friedensallee 273, 22763 Hamburg

Vor 12 Jahren

Das abendliche Sommerfest der Parteifreunde rund um Landesgeschäftsführer Michael Steinberger war in vollem Gange. Bei angenehmen Temperaturen verteilten sich mehr als hundert geladene Gäste über den Garten und die Gesellschaftsräume der Villa des schwedischen Botschafters. In kleinen Gruppen wurde über Politik, Geschäftliches aber auch Privates gesprochen. Kellner gingen umher und sorgten mit Getränken und kleinen Snacks für das leibliche Wohl der Anwesenden.

Michael Steinberger stand bei der Delegation einer schwedischen Investmentfirma und besprach die Pläne, innerhalb der nächsten Jahre lukrative Geschäfte für Wien und seine Partei zu organisieren.

»Selbstverständlich können auf diesem Weg Ihre Mitarbeiter in ganz Österreich arbeiten, ohne, dass Fragen gestellt werden«, versicherte er.

»Das betrifft auch Personen, die eventuell einen anderen beruflichen Hintergrund haben?«

Steinberger lächelte den schwedischen Minister wissend an.

»Ich weiß schon, worauf Sie hinauswollen. Ich werde veranlassen, dass die Aufenthaltsgenehmigungen nicht genauer überprüft werden. Auch der schwedische Nachrichtendienst möchte in Wien vertreten sein und mit Hilfe unserer Partei wird dies unkompliziert und vor allem diskret ablaufen.«

»Es ist schön, solche Freunde zu haben«, meinte der Minister, »Dann hoffen wir, dass Ihre Partei noch lange in der Regierung verbleibt.«

»Dafür werden wir Sorge tragen«, versicherte Steinberger.

Abseits der Gespräche betrat ein Mann im dunklen Anzug das Haus über eine offene Terrassentür. Mit einem vollen Sektglas in der Hand ging er durch den nobel eingerichteten Raum und sah sich die unterschiedlichen Gemälde an der

Wand an. Landschaftsmalereien aus Schweden wechselten sich mit Porträts von ehemaligen Monarchen ab.

Nachdem er sich vergewissert hatte, dass niemand auf ihn achtete, verließ er den Raum und ging ein Zimmer weiter. Dieses diente erkennbar als Bibliothek. Sechs massive Bücherregale aus dunklem Holz beherbergten Bücher in Schwedisch, Deutsch und Englisch. Er warf nur einen kurzen Blick über die Reihen, sein Interesse galt dem Schreibtisch, der vor einem Panoramafenster stand. Nachdem er auf dem Tisch nur Zeitungen und Werbebroschüren fand, öffnete er die Schubladen.

Das Geräusch einer schweren Tür, die aufgeschoben wurde, ließ ihn aufschrecken. Schnell schloss er die Lade wieder und entfernte sich vom Tisch. Als er nachsah, woher das Geräusch kam, fand er eine junge Frau in der Eingangshalle. Sie kam aus einer Tür neben dem Treppenaufgang, in ihrer Hand eine geschlossene Weinflasche.

»Hallo. Die Feier findet draußen statt«, sagte sie.

»Für eine Feier ist es zu steif und konservativ«, entgegnete er und musterte die Frau. Sie war nicht viel älter als zwanzig, hatte lange blonde, gewellte Haare und ein auffallend hübsches Gesicht mit leuchtend rot geschminkten Lippen. Ihre braunen Augen faszinierten ihn, so wie ihr schlanker Körper. Dieser steckte in einem dunkelroten, eng geschnittenen Kleid, welches bis zu ihren Knöcheln reichte. Es war ärmellos und gewährte einen tiefen Einblick auf ihr üppiges Dekolleté.

Mit einem Schmunzeln im Gesicht nahm die Frau seine Blicke auf ihren Körper wahr.

»Da hast du vollkommen Recht«, stimmte sie ihm zu, »Mein Vorteil ist, dass ich nur als Begleitung hier bin und mich mit meinem neuen Freund hier«, sie hob die Flasche hoch, »trösten und jederzeit abhauen kann.«

Sie kamen sich näher und reichten sich die Hand.

»Hurt, James Hurt. Mitglied der britischen Delegation«, stellte sich der Mann vor.

»Barbara Gugawitsch«, sagte die Frau.

»Gugawitsch, ein interessanter Name. Dein Kleid macht deutlich, dass du nicht zum Personal gehörst.«

»Gut erkannt. Ich bin die Nichte von Michael Steinberger«, erklärte Barbara ihm.

»Michael Steinbergers Nichte? Hat er gar nicht seine Frau mitgebracht?«

»Sie liegt krank daheim. Außerdem möchte mein Onkel wohl, dass ich diese Kreise rund um ihn kennenlerne und mich endlich für die Partei interessiere.«

»Du bist noch so jung und hast viel Zeit, um in einer Partei Karriere zu machen«, meinte James Hurt, während sein Blick von ihrem Gesicht zum Ausschnitt des Abendkleides wanderte und hängen blieb.

»Danke für das Kompliment«, antwortete Barbara, »Aber ich bin schon fünfundzwanzig und lieber im Polizeidienst tätig.«

»Oh, eine Polizistin. Eine Frau mit deinem Aussehen und sicherlich klugem Kopf, die kann in jedem Beruf viel erreichen, auch ganz ohne Onkel.«

James Hurt, der zehn Jahre älter war, deutete auf die Flasche.

»Wolltest du die alleine trinken?«

»Eigentlich war das mein Plan. Ich habe auch allen Grund dazu«, sagte Barbara, während sie den Mann genauer begutachtete. Er war durchtrainiert, jedoch nicht übertrieben muskulös. Sein marineblauer Anzug war maßgeschneidert, seine schwarzen Haare trug er mit einem perfekten Mittelscheitel. Er war glatt rasiert, sein Lächeln gefiel ihr auf Anhieb.

»Das klingt nicht gut«, meinte er, »Etwas Ernsthaftes, dass du hinunterspülen musst?«

»Nur die letzten zehn Monate mit einem Dreckskerl, der sich mein Freund nannte und mich nach Strich und Faden betrogen und belogen hat.«

James Hurt holte ein Taschenmesser aus seiner Hosentasche, öffnete den Korkenzieher und nahm ihr die Flasche ab.

»Das muss ein großer Idiot sein, wenn er so eine außergewöhnliche Frau wie dich betrügt«, meinte James Hurt und zog den Korken aus der Flasche, »Wenn du einen Ort im Haus kennst, wo man ungestört ist, können wir uns diese Flasche teilen. Du kannst gerne über deinen Ex-Freund schimpfen, oder wir finden andere Themen, um dich aufzumuntern.«

Barbara, die bereits eine Flasche geleert hatte und dementsprechend locker war, grinste ihn an.

»Mir würde da etwas einfallen.«

Sie ging vor und über die breite Stiege beim Haupteingang in den ersten Stock. James Hurt sah sich um, vergewisserte sich, dass niemand Notiz von ihnen nahm, und folgte ihr. Im oberen Stock steuerte die junge Frau zielsicher eine der hinteren Türen an.

Als sie diese öffnete und James Hurt hineinblickte, meinte er leicht verwundert: »Das sieht sehr nach einem Gästeschlafzimmer aus.«

»Gut erkannt«, meinte Barbara und zog ihn ins Zimmer, »Hier können wir in aller Ruhe den Wein genießen. Vielleicht fällt mir auch etwas ein, was mich noch besser tröstet.«

Ihr Blick verriet dabei sehr deutlich, wonach ihr der Sinn stand.

»Du bist ziemlich direkt«, stellte James Hurt fest.

»Tja, ich brauche heute Trost, nicht nur mit einer Flasche«, meinte sie keck und schloss die Tür hinter ihm.

James Hurt sah sich im Zimmer um. Das Fenster ging hinaus in den ruhigen Teil des Gartens, das Bett zu seiner Rechten war frisch bezogen und groß genug für etwa vier Personen. Die Wände waren mit edlem Samt bezogen, hier hingen Gemälde von verschneiten, hügeligen Winterlandschaften.

Als er sich zu Barbara umdrehte, hatte sie bereits ihr Abendkleid ausgezogen und stand mit nichts außer einem kaum erkennbaren String vor ihm.

»Vergiss den Wein, ich weiß, wie du mich trösten kannst.«

Casino Royal

12 Jahre später

13. September

Im schwarzen Smoking, strahlend weißem Hemd und schwarzer Fliege betrat Thomas Kratochwil mit seiner Kollegin Barbara Gugawitsch an der Hand das Casino im niederösterreichischen Baden. Bei der Kassa angekommen hauchte sie ihm einen Kuss auf die Wange.
»Ich gehe davon aus, du zahlst für uns, Honey«, säuselte sie und sah ihn mit großen Augen an.
Thomas strich ihr über die Haare. Bis zu ihren Schultern waren sie tiefschwarz, danach fielen sie in einem dunklen Blau über ihren freien Rücken.
»Natürlich. Du wirst dich später dafür erkenntlich zeigen«, antwortete er, wobei seine Hand zu ihrem Po wanderte und zupackte. Sie schmiegte sich an ihn.
»Das Paar beim Eingang mustert uns«, flüsterte sie ihm dabei zu.
»Das ist nur die Vorhut, drinnen werden noch mehr seiner Leute sein, die jeden unserer Schritte beobachten«, antwortete er leise.
Er bezahlte ihren Eintritt und ging mit Barbara, die ihn nicht losließ und immer wieder verliebt ansah hinein.
»Der Anzug steht dir echt gut«, sagte Barbara.
»Danke«, meinte er, wobei er wenig begeistert klang. Er fühlte sich nicht besonders wohl in der viel zu noblen Aufmachung. Den Anzug hatte er vor wenigen Tagen mit seiner Freundin Elisabeth gekauft. Ihm war das Teil viel zu teuer gewesen, doch seine Freundin hatte darauf bestanden, den Anzug samt Fliege, Hemd und passenden Schuhen zu besorgen. Barbara hatte es bei ihrer Kleidungswahl leichter, das elegante, schwarze Kleid besaß sie schon länger.
Ihr erster Weg führte an die Bar, Thomas bestellte zwei Gläser Sekt, und sie stellten sich abseits, damit niemand ihnen zuhören konnte.

»Auf Staatskosten trinken und spielen, wir haben schon einen tollen Job«, meinte sie und stieß mit Thomas an.

»Sogar diese Einserpanier wird bezahlt«, meinte Thomas und richtete seinen Smoking, »Elisabeth hat es sich nicht nehmen lassen, mich in so ein sauteures Teil zu stecken. Die Rechnung habe ich trotzdem bei uns eingereicht. Wir dürfen jetzt nur nicht übertreiben. Das Geld muss reichen, bis Stanislav mit seinen Männern auftaucht. Unser Treffen sollte in einer Stunde stattfinden.«

»Nicht übertreiben? Wir spielen jetzt seit fast zwei Monaten dieses Spiel des großkotzigen Managers und seiner dummen Geliebten. Heute muss es klappen.«

»Es wird heute zu Ende sein, versprochen«, flüsterte er, kostete den Sekt und verzog im nächsten Moment die Miene. »Bier wäre mir lieber.«

Barbara, die in ihrer Rolle als seine Freundin Thomas nicht von der Seite wich und ständig Körperkontakt suchte, umarmte ihn und blickte dabei über den Raum.

»Bier ist nicht elegant genug«, meinte sie, trank ihr Glas leer und zog Thomas mit sich.

»Stürzen wir uns auf die Roulette-Tische. Es gibt einige Anwesende, die ganz neugierig auf uns sind«

Wie erwartet, waren schon einige Männer von Stanislav anwesend und ließen sie nicht aus den Augen. Thomas galt bei ihnen als reicher Geschäftsmann, namens Jaroslav, der Stanislav und seinem Drogenkartell neues Kundenklientel anbieten konnte. Er hatte Barbara als seine Freundin vorgestellt. Auch wenn sie nicht begeistert von ihrer Rolle als Dummerchen war, spielte sie diese brav und überzeugend.

Eine halbe Stunde lang versuchte Thomas am Roulette-Tisch sein Glück, mit Einsätzen, nicht unter 100 Euro. Zu seiner eigenen Überraschung gewann er öfter, als er verlor, und erhöhte ihr Spielgeld kontinuierlich. Barbara durfte nur zusehen und sich bei jedem Gewinn übertrieben freuen, während sie die Hände nicht von ihm ließ.

Thomas verteilte erneut seine Jetons über den Tisch, als sich der Spieler neben ihm vorbeugte.

»Nach der Runde sollten Sie auf der Terrasse eine rauchen gehen«, wurde ihm zugeflüstert, dann verschwand der Mann.

Thomas verlor und nahm Barbara an der Hand.

»Komm, ich brauche frische Luft.«

»Natürlich Honey, wie du möchtest«, meinte sie ergeben.

In Wien liegen die Kollegen vor Lachen am Boden, dachte Thomas und blickte auf seine Manschettenknöpfe, die als Mikrofone dienten und alles zu einem Einsatzteam vor dem Casinogebäude, sowie nach Wien übertrugen.

Auf der Terrasse wartete bereits Stanislav. Der Rumäne mit Vollbart und hellem Anzug galt als Kopf eines europaweit agierenden Drogenrings. Im Gegensatz zum Klischee des Drogenbosses war der Mann völlig unauffällig. Kein übertriebener Goldschmuck, keine böse, verschlagene Visage. Selbst sein Tross an Bodyguards blieb unbemerkt im Hintergrund.

Thomas holte zwei Gläser Sekt und stellte sich neben den Mann an die Brüstung.

»Guten Abend Jaroslav«, grüßte ihn der Mann, »Was hast du für mich?«

»Die Zusicherung von mindestens zweihundert Abnehmern, die wiederum auch weiterverkaufen würden.«

»Klingt nicht schlecht.«

»Nicht schlecht?«, Thomas spielte den Beleidigten, »Das kann zu einem Pyramidenspiel werden, ohne absehbares Ende. Da steckt so viel Kohle drinnen, dass wir uns das Casino hier kaufen können.«

Barbara lehnte sich an Thomas.

»Was du für Ideen hast, Honey. Dafür liebe ich diesen Kerl, er denkt immer im großen Stil«, schwärmte sie.

»Du bist jetzt mal ruhig«, befahl Thomas schroff.

Stanislav wartete, bis sich Thomas wieder ihm zuwandte.

»Du hast gesagt, es gibt noch eine Kleinigkeit, die dir Sorgen bereitet«, meinte er.

»Ja. Ich muss wissen, was mit Karl Lichtenfeld passiert ist«, fragte Thomas direkt. Er wusste, dass in Wien gerade alle durchdrehten, weil diese Information als geheim eingestuft war. Aber ihm ging es nicht um die Drogen.

Stanislav zeigte sich unbeeindruckt.

»Sollte mir der Name etwas sagen?«

»Ich habe einen Spitzel bei der Polizei. Lichtenfeld war in meiner Firma tätig und hat von den Geschäften Wind bekommen. Ich weiß, dass er kurz davor war, auszupacken. Dann ist er von einem Tag auf den anderen verschwunden.«

»Es wird keine Probleme geben.« Stanislav blieb vollkommen ruhig, klang teilnahmslos.

»Es gibt keine Probleme. Ich möchte nur wissen, was mit ihm geschehen ist. Wir sollten kein Risiko eingehen, dann steht unserer goldenen Zukunft nichts im Wege.«

Stanislav sah sich um, niemand war in ihrer Nähe. Nur zwei Pärchen standen auf der Terrasse, die jedoch zu seinen Leuten gehörten.

»Wenn ich dir sage, dass es kein Problem mit dieser Person gibt, reicht dir das?«, sagte Stanislav und machte eine Handbewegung, woraufhin eines der Pärchen verschwand, das andere kam näher.

Thomas seufzte.

»Ich vertraue dir. Ich möchte nur vollkommen sicher sein ...«

»Ich weiß von Lichtenfeld und ich habe mich darum gekümmert. Diese Angelegenheit betrifft nur noch uns beide ... und sie«, sagte Stanislav und deutete auf Barbara.

»Ich habe keine Ahnung von Geschäften«, meinte sie.

»Sie ist hübsch zum Ansehen und gut fürs Bett. Und sie weiß, was sie an mir hat«, sagte Thomas und gab Barbara einen festen Klaps auf ihren Hintern. Sie quittierte es mit einem leisen, lustvollen Aufstöhnen. Niemand bemerkte, wie sie bei dieser Aktion von ihrem Kollegen eine Waffe zugesteckt bekam.

Thomas war in seiner Rolle, dennoch fiel es ihm schwer, ein Grinsen zu unterdrücken.

»Okay, wenn du Bescheid weißt und sicherstellen kannst, dass Karl uns nicht in die Quere kommt ...«, fuhr Thomas fort.

Stanislav beugte sich zu Thomas und lächelte ihn an.

»Glaub mir, das habe ich sichergestellt. Persönlich sogar.«

Barbara gab Thomas einen leichten Stoß.

»Honey, glaub ihm doch. Du hast selbst gesagt, mit Stanislavs Hilfe werden wir ein neues Leben beginnen können.«

»Bleibst du still?!«, fuhr Thomas sie an.

»Aber es stimmt doch. Wenn er sagt, er hat sich persönlich darum gekümmert, dann heißt das doch ...«

»Still!«, befahl Thomas böse.

»Sie ist nicht dumm«, mischte sich Stanislav ein, »Sie hat Recht. Ich habe das Problem persönlich entsorgt. Hast du schon einmal einen Menschen getötet, Jaroslav?«

Thomas schüttelte den Kopf, Barbara zuckte zusammen.

»Ich schon«, sprach Stanislav ruhig weiter, »Das erste Mal ist eine Überwindung, doch mit der Zeit geht es ganz leicht von der Hand. Bei Lichtenfeld war es nicht mehr als eine Fingerübung.«

Thomas spürte, dass Barbaras Hand zu zittern begann.

»Okay, das reicht mir«, sagte er, »Wenn du sagst, du hast ihn selbst erledigt, dann können wir sicher sein, dass uns niemand im Weg steht.«

»Genau, deshalb habe ich ihn selbst erledigt.«

»Ich verstehe«, Thomas wandte sich Barbara zu, »Dann möchte ich dir zum hoffentlich baldigen Beginn unserer Geschäftsbeziehung ein Geschenk machen.«

Er schob Barbara vor und platzierte sie neben Stanislav, der ihn mit großen Augen ansah.

»Als Zeichen meines Vertrauens und zum Dank«, meinte Thomas und machte einen Schritt zurück, »Wie gesagt, du wirst deinen Spaß mit ihr haben.«

»Honey, das meinst du doch nicht ernst?«, empörte sich Barbara, immer noch naiv klingend.

»Bleibt mir nur noch eins zu sagen«, Thomas griff in seine Jackentasche, »Ich liebe es, wenn ein Plan funktioniert.«

Stanislav sah ihn immer noch verwundert an, auch als er plötzlich den Lauf einer Waffe neben seinem Ohr spürte.

»Game Over«, meinte Barbara mit eiskalter Stimme.

Aus dem Inneren des Casinos waren Schreie zu hören, als ein Tumult ausbrach. Das Pärchen in ihrer Nähe drehte sich um und wurde im nächsten Moment von drei Personen mit Pistolen in Schach gehalten. Ein Dutzend Cobra-Beamte stiegen über die Brüstung der Terrasse und umkreisten Barbara, Thomas und Stanislav.

»Was ist hier los, Jaroslav?«, fragte Stanislav überrascht.

»Du nennst mich immer Jaroslav. Das solltest du nicht«, sagte Thomas kühl, machte einen Schritt zur Seite und ließ einem Beamten Platz, der dem Mann umgehend Handschellen anlegte.

Barbara überreichte die Waffe einem Kollegen der Spezialeinheit, ihr Beitrag zur Ergreifung des selbsternannten Drogenkönigs war beendet. Sie traten zur Seite und sahen zu, wie Stanislav und seine Männer aus dem Casino gebracht wurden.

Thomas kehrte ins Innere zurück und ließ seine Jetons an der Kassa wechseln. Die eingeschüchterte Dame hinter der Glaswand beruhigte er mit seinem Dienstausweis. Die aufgebrachten Gäste wurden unterdessen zur Beruhigung vom Personal mit Getränken versorgt.

Barbara und Thomas verließen das Casino und setzten sich im angrenzenden Park auf eine Holzbank. Die unauffälligen Kastenwagen der Einsatzkräfte standen vor dem Park aufgereiht, die Männer und Frauen hatten ihre Schutzhelme abgenommen und gratulierten sich zu dem schnellen und reibungslosen Einsatz.

»Alles okay?«, fragte Thomas.

»Alles bestens, Einsatz perfekt erledigt«, antwortete sie. Ihr Grinsen war aufgesetzt und unecht.

»Das meine ich nicht.«

Nach einer kurzen Pause sprach Barbara weiter.

»Die Erwähnung vom ersten Mord ... Da sind Erinnerungen hochgekommen.«

»Wann hast du wieder Therapie?« Thomas wusste, dass seine Kollegin seit ihrem letzten Fall, bei dem sie einen Mann erschoss, mit Problemen zu kämpfen hatte. Bei einem gemeinsamen Abend und nach viel Alkohol hatte sie Thomas gestanden, dass sie ernsthafte Gefühle für ihren damaligen Freund hatte, bis er sich zusammen mit seinem Bruder als Serienmörder herausgestellt hatte.

»Oberst Frimmel hat versprochen, dass er dich noch schonen wird. Es sind erst fünf Monate vergangen. Diese Undercover-Aktion haben wir nur übernommen, weil uns der Mord an Karl Lichtenfeld zugeteilt wurde.«

Aus einer Gruppe von Einsatzkräften kam der Leiter der Spezialeinheit auf sie zugestürmt.

»Was war das, Kratochwil?«, fauchte der Mann Thomas an, »Wir haben gesagt, er muss von sich aus den Namen erwähnen! Wenn dieser Stanislav einen guten Anwalt hat, dreht er uns ...«

»Hören Sie sich den Mitschnitt an, er hat gestanden, oder?«, unterbrach Thomas ihn.

»Das war ein Glücksfall. Es gab eine Einsatzbesprechung, und wie Sie sich erinnern können, habe ich eindeutige Anweisungen gegeben ...«

Thomas sprang auf und baute sich vor dem Mann auf.

»Pudel di net auf, Eierbär, sondern sag lieber Danke!«, schnauzte er ihn an.

»Was?«

»Das heißt, wie bitte! Wir haben unseren Job erledigt, ihr habt euren Drogenkönig. Ich habe von Anfang an gesagt, mir geht es um ein Mordgeständnis und das haben wir bekommen.«

»Sie glauben wohl, ein kleiner Bezirksinspektor wie Sie kann hier groß aufspielen und sich wichtigmachen?!«

Barbara stand auf und stellte sich neben Thomas.

»Darf ich?«, fragte sie ihren Kollegen mit einem verschwörerischen Grinsen.

Thomas machte einen Schritt zur Seite und grinste.

»Bitte, er gehört dir.«

Barbara drehte sich zum Einsatzleiter und blickte ihn mit ernster Miene an.

»So, und jetzt hörst du mir genau zu ...«, sie blickte auf sein Namensschild, »... Buchwald. Wir haben diese Operation übernommen, auf direkten Befehl des Innenministers. Dieser Innenminister ist rein zufällig mein Onkel.«

Inzwischen liebe ich es, wenn sie damit kommt, dachte Thomas hämisch. Seit Barbara seine Kollegin war, musste er seine allgemeine Abneigung gegenüber Politikern schon öfter überdenken.

»Wenn du deinen Frust loswerden willst, dann sicher nicht bei uns. Ansonsten kann ich jetzt sofort den Innenminister anrufen und dafür sorgen, dass aus dem Einsatzleiter Buchwald ab morgen ein Streifenpolizist in Hintertupfing wird. Haben wir uns verstanden?«

Anscheinend dauerte es einige Sekunden, bis Barbaras Ansprache vollständig bei dem Einsatzleiter angekommen war. Dann drehte er sich ohne ein weiteres Wort um und stampfte ins Casino zurück.

»Manchmal bin ich echt stolz auf dich«, kommentierte Thomas ihr Auftreten.

»Nur manchmal?«

»Können wir jetzt fahren? Ich will raus aus diesem Nobelanzug«, meinte Thomas, während er die Fliege von seinem Hals löste.

»Ach ja, ich hoffe, meiner Tante haust nicht so fest auf den Hintern«, fiel Barbara ein.

»Ihr muss ich dabei auch keine Waffe zustecken. Komm jetzt, für heute habe ich genug vom James Bond spielen.«

Skyfall

17. September

Pünktlich zu Dienstbeginn um 9 Uhr fanden sich Barbara und Thomas auf ihrer Dienststelle im ersten Wiener Gemeindebezirk ein. Nach dem gemeinsamen Einsatz im Casino, dem zwei Monate Undercover-Arbeit als reicher Geschäftsmann und Betthäschen vorangegangen waren, hatten sie das Wochenende genutzt, um wieder ihrem normalen Leben nachzugehen. Während Barbara einen spontanen Trip nach Salzburg unternommen hatte, über den Thomas nichts Genaueres erfuhr, verbrachte er das Wochenende mit seiner Lebensgefährtin Elisabeth, die gleichzeitig Barbaras Tante war. Neben der Zeit zu zweit wurden Vorbereitungen getroffen, denn der Umzug in ein gemeinsames Haus außerhalb von Wien stand demnächst bevor.

»Kratochwil! Kommen Sie in mein Büro und nehmen Sie Gugawitsch gleich mit«, rief ihnen ihr Vorgesetzter Oberst Frimmel aus seinem Büro zu.
»Und schon ist es vorbei mit der Ruhe«, sagte Thomas und stand auf. Er leerte den Rest seines Kaffees in einem Zug hinunter und marschierte mit seiner Kollegin in das Büro des Vorgesetzten.
Kaum hatte Barbara die Tür geschlossen, warf der Oberst ihnen einen Autoschlüssel zu.
»Ihr beide liebt ja besondere Fälle«, meinte er spöttisch.
»Was kommt denn jetzt?«, fragte Thomas wenig begeistert, »Ein toter Politiker, gibt´s einen neuen Serienmörder, oder womit dürfen wir uns dieses Mal rumschlagen?«
»Aber, aber. Mehr Begeisterung für Ihre Arbeit, Herr Bezirksinspektor. Ich habe da etwas ganz Nettes, nicht einmal ein Toter.«
Skeptisch blickten sich Barbara und Thomas an.
»Sie fahren ins AKH. Im Allgemeinen Krankenhaus liegt eine männliche Person, Identität unbekannt. Bei seiner

Einlieferung hat er nur wenig verraten und ich habe soeben erfahren, dass er bei Bewusstsein ist. Nehmen Sie die Aussage auf und kümmern Sie sich darum.«

»Wo ist der Haken?«, wollte Barbara wissen.

Der Oberst grinste sie an.

»Welcher Haken? Sie sollen nur seine Angaben überprüfen, die er dem zuständigen Arzt erzählt hat.«

Es war zu offensichtlich, dass Oberst Frimmel ihnen etwas vorenthielt.

»Das wird sicherlich ein interessanter Fall für Sie«, fuhr der Oberst fort, »Immerhin fällt nicht jeden Tag jemand vom Himmel, der nicht einmal mehr seinen Namen weiß und behauptet, von Außerirdischen entführt worden zu sein.«

»Wie bitte?«, entkam es Barbara und Thomas gleichzeitig.

Thomas übernahm das Steuer, während Barbara auf ihrem Handy die Nachrichtenseiten durchforstete.

»Da ist es. Vor zwei Tagen gab es die Meldung, dass ein Fallschirmspringer verunglückt sei. Er ist auf der Donauinsel aufgekommen und umgehend ins Krankenhaus gebracht worden. Mehr gibt es dazu aber nicht, die Sache wurde von keinem Reporter weiterverfolgt.«

»Irgendein Verein von Fallschirmspringern wird den doch vermissen«, gab Thomas zu bedenken.

»Auf diese Einvernahme bin ich gespannt, vor allem die Sache mit den Außerirdischen.«

»Geh bitte, so ein Schas. Der wird zu heftig auf den Kopf gefallen sein«, brummte Thomas.

Er blickte zu seiner Kollegin und stellte zum wiederholten Male fest, wie sehr sie sich in den letzten Monaten verändert hatte. Ihre ehemals blonden Haare waren nun schwarz mit dunkelblauen Strähnen. Sowohl in ihrem rechten Nasenflügel als auch links über ihrer Lippe trug sie seit kurzem einen Piercingstecker. Er hatte von ihr gelernt, dass ›das Ding über dem Mund‹ neumodisch als ›Monroe labret

Piercing‹ bekannt war. Außerdem wusste er von zwei Tätowierungen.

»Du hast mir nicht verraten, wann deine nächste Therapie ...?«, wechselte Thomas das Thema.

»Gestern«, antwortete Barbara, »Mach dir keine Sorgen, Thomas. Ich komme damit zurecht.«

Er blickte sie herausfordernd an.

»Ja, ich weiß, was du sagen willst«, sagte sie kapitulierend, »Beruflich bin ich völlig rehabilitiert, das habe ich schriftlich.«

»Und privat?«

»Du kannst mir jetzt einen Vortrag halten, dass meine äußerlichen Veränderungen ein Zeichen meines inneren Kampfes mit mir selbst darstellt und ich mein altes Ich verabscheue, bla, bla, bla. Das habe ich alles schon in der Therapie gehört. Ja, ich bin im Moment sicherlich nicht beziehungsfähig, aber damit kann ich leben. Meinen Spaß hole ich mir trotzdem. Als Kollegin kannst du mir vertrauen, als Freundin stehe ich dir jederzeit zur Seite, okay?«

Thomas setzte ein Grinsen auf.

»Ist schon gut, Mädel. Ich mache nur meine Pflicht, beauftragt von deiner Tante.«

Das Wiener Allgemeine Krankenhaus, von den Wienern nur AKH genannt, war schon von weitem zu erkennen. Die beiden grünen Quader der Bettenhäuser überragten alle Gebäude in der Umgebung und waren seit Jahrzehnten ein unübersehbarer Fixpunkt des Bezirks. Auf dem Areal befanden sich neben mehreren medizinischen Abteilungen auch viele Forschungseinrichtungen und Lehrgebäude.

Nachdem sie den Wagen direkt beim Haupteingang abgestellt hatten, begaben sich die beiden Bezirksinspektoren zum Portier. Erst nach längerem Suchen konnte ihnen die genaue Station mitgeteilt werden, da Patienten normalerweise mit ihrem Namen im System gespeichert waren. Dafür wusste man im achten Stock des

Bettenhauses sofort, wen Barbara und Thomas besuchen wollten.

»Er ist seit gestern Abend wach, kann aber weder Angaben zu seiner Person machen, noch etwas über den Unfallhergang sagen. Jedenfalls nichts, was wir ernst nehmen können«, erklärte ihnen die Stationsschwester.

»Bleibt er bei seiner Erzählung, von Außerirdischen entführt worden zu sein?«, fragte Barbara nach und erntete ein Nicken.

»Er behauptet, man habe an ihm Experimente durchgeführt, was zu seiner Amnesie führte. Aber hören Sie sich das am besten von ihm selber an.«

Neben der Tür zum Krankenzimmer stand nur ›Mr. NoName‹ auf dem Schild.

»Lassen wir uns überraschen«, meinte Thomas und öffnete die Tür.

Der unbekannte Mann hatte das Zimmer für sich alleine und lag mit einer Tageszeitung in der Hand in seinem Bett. Die hellgelben Wände und das schöne Wetter sorgten für ein angenehmes, helles Ambiente im Zimmer, vom Fenster aus konnte der Patient bis zum Kahlenberg und über die Donau blicken.

Der Mann legte die Zeitung beiseite und richtete sich im Bett auf.

»So früher Besuch? Ich nehme an, Sie sind von der Polizei«, sagte er. Aus seiner Stimme war herauszuhören, dass Deutsch nicht seine Muttersprache war. Der fremdländische Einschlag klang nach osteuropäischer Herkunft. Sein Alter war schwer zu schätzen. Thomas glaubte, einen ungefähr fünfzig Jahre alten Mann vor sich zu haben, der sich sehr gut gehalten hatte. Sein Gesicht zeigte so gut wie keine Falten, seine blonden Haare waren dicht und beinahe schulterlang. Obwohl er sich die letzten Tage nicht rasiert hatte, war zu erkennen, dass er normalerweise einen Schnauz- und Kinnbart trug. Die grünblauen Augen zeigten keine

Müdigkeit, vielmehr sah er sie durchdringend und interessiert an.

»Guten Morgen, Bezirksinspektor Kratochwil«, stellte sich Thomas vor.

»Meine Kollegin, Frau Gugawitsch und ich ...« Thomas verstummte und blickte auf den Mann. Er war mitten in der Bewegung erstarrt, gerade, als er nach einem Becher auf der Ablage neben seinem Bett greifen wollte. Es sah unwirklich aus, als hätte jemand just in diesem Moment die Zeit angehalten. Die Starre dauerte nur einige Sekunden lang. Thomas wollte gerade etwas sagen, als der Mann seine Bewegung fortsetzte und nach dem Becher griff.

»Alles in Ordnung?«, fragte Barbara verwundert.

»Aber sicher doch, junge Frau«, antwortete der Mann, als wäre nichts gewesen, »Wenn man davon absieht, dass ich nicht einmal meinen Namen kenne und meine einzige Erinnerung aus Dingen besteht, die man mir nicht glauben will.«

»Und woran erinnern Sie sich?«, hakte Thomas nach.

Der Mann setzte sich weiter auf.

»Ich weiß, dass ich auf einem Metalltisch gelegen bin. Mehrere Lichter sind über mir geschwebt und Wesen mit großen grauen Köpfen haben auf mich herabgesehen. Ich wurde untersucht und mit Nadeln gestochen, die Einstiche sind erwiesenermaßen vorhanden.«

»Wo?«, fragte Barbara.

Der Mann krempelte den linken Ärmel seines Krankenhaushemds hoch. In der Armbeuge war ein blauer Fleck zu sehen. Danach zeigte er ihnen seinen Handrücken, auf dem ein Einstichloch über einer Vene zu erkennen war.

»Die stammen nicht von hier. An meinen Schläfen hatte ich kreisrunde Abdrücke, wie es Saugnäpfe hinterlassen.«

»Und haben Sie dafür eine Erklärung?«, fragte Thomas.

»Nach allem, woran ich mich erinnere, gehe ich davon aus, dass ich von einer außerirdischen Lebensform entführt, untersucht und dann wieder freigelassen wurde.« Der Mann

sprach mit einer Überzeugung und Selbstsicherheit, als wäre
das, was ihm passiert sein sollte, völlig normal.

»Diese ... Außerirdischen, sahen sie so aus, wie man sie sich
gemeinhin vorstellt? Mit kleinem Körper, riesigen schwarzen
Augen und großem Hirn?« Barbara bemühte sich, ihre Frage
ernsthaft klingen zu lassen.

»Ja, genau so«, bestätigte der Mann ernst.

»Was wissen Sie über Ihren Fallschirmsprung?«, probierte
Thomas ein neues Thema.

»Meine einzige Erinnerung ist die kalte Luft, die im Gesicht
brannte. Ich kann nicht sagen, ob ich erfahren bin im
Umgang mit Fallschirmen.«

Hinter Barbara ging die Tür auf und die Visite kam herein.
Die Bezirksinspektoren erfuhren, dass der Mann noch
mindestens zwei Tage zur Kontrolle auf der Station bleiben
musste.

Um weiter ermitteln zu können, holten sie sich die Erlaubnis
des Mannes, seine persönlichen Gegenstände inklusive des
Fallschirms mitzunehmen. Außerdem machte Barbara ein
Foto des Mannes, damit sie nach seinem Gesicht in ihren
Datenbanken suchen konnte.

»Wenn Sie mir versprechen, meine Entführung ernsthaft zu
untersuchen und mich nicht für verrückt halten«, meinte der
Mann.

Barbara antwortete, um sicherzugehen, dass Thomas nicht
seine ehrliche Meinung kundtat.

»Wir werden uns zuerst mit Ihrem Fallschirmabsturz
beschäftigen und in alle Richtungen ermitteln«, sie reichte
ihm eine Visitenkarte, »Wenn Ihnen etwas einfällt, melden
Sie sich bitte umgehend bei uns.«

Beim Stationsstützpunkt drückte ihnen die
Krankenschwester einen weißen Sack mit den
Habseligkeiten des Patienten in die Hand und wünschte
ihnen viel Glück damit.

»Glauben Sie ihm seine Geschichte?«, fragte sie nach, während sie die Habseligkeiten durchsah. Außer dem Fallschirm hatte der Patient nichts bei sich, seine Taschen waren vollständig leer gewesen.

»Wir müssen zuerst überprüfen, was tatsächlich vorgefallen ist«, meinte Barbara ausweichend.

Direkter wurde Barbara erst, als sie mit Thomas bei ihrem Wagen stand und zusah, wie Thomas rauchte.

»Was von dem allem können wir glauben?«, fragte sie.

»Natürlich alles«, antwortete Thomas voller Sarkasmus, »Wir werden umgehend das FBI anrufen, damit die uns ihre Experten herschicken.«

»Ich nehme an, du meinst Mulder und Scully?«

»Ja, die beiden von Akte X. Der Typ da drinnen hat doch einen Klescher.«

»Aber er ist aus dem Nichts aufgetaucht und im Moment haben wir keinen Anhaltspunkt«, entgegnete Barbara.

»Dann werden wir genau dort ansetzen, beim Fallschirm«, entschied Thomas, »Außer in den nächsten Stunden landet das Raumschiff Enterprise auf dem Stephansplatz.«

Nach einem Telefonat mit seinem Freund Dieter Brehme, der im Bundeskriminalamt in der IT-Abteilung tätig war, beschloss Thomas, ihn zu besuchen, um Hinweise auf die Identität des Mannes zu bekommen und den Fallschirm untersuchen zu lassen.

Sie trafen den jungen Kollegen, der trotz seines Altersunterschiedes von zwanzig Jahren zu Thomas' besten Freunden zählte, bei einem Würstelstand, der sich vor dem Gebäude des Bundeskriminalamtes befand.

»Mann eh, was habt ihr angestellt, um so einen Fall zu bekommen? Entführung durch Außerirdische? Sucht ihr jetzt das UFO, aus dem er geworfen wurde?«, scherzte Dieter.

»Der spinnt einfach nur«, war Thomas' Meinung.

»Ich kenne einige ernstgemeinte Dokumentationen zu diesem Thema«, entgegnete Dieter, »Wobei eine Frage immer wieder aufgetaucht ist: Wenn uns jemand besucht, ist dessen Technologie unserer weit überlegen. Wozu also uns Menschen studieren?«

»Fängst du jetzt auch mit dem Schas an?«, sagte Thomas verärgert.

»Ich bin schon ruhig. Bratwurst und Kräuterlimo für euch beide?«, fragte Dieter.

»Bei uns heißt die Kräuterlimo Almdudler«, besserte ihn Thomas aus. Obwohl Dieter schon seit mehreren Jahren in Wien lebte, war sein deutscher Akzent deutlich herauszuhören, außerdem hatte er noch lange nicht alle österreichischen Ausdrücke gelernt.

Nachdem sie sich gestärkt hatten, brachte Dieter sie zu einem Kollegen im Haus, der begeisterter Fallschirmspringer war.

»Kommt herein, Dieter hat mich bereits vorgewarnt«, wurden sie begrüßt. Er stellte sich als Robert vor und schon beim ersten Blick in sein Büro wurde deutlich, dass sie an der richtigen Adresse waren. An den Wänden hingen großformatige Fotos von Fallschirmspringern, die in unterschiedlichen Formationen im freien Fall in die Kamera winkten. Daneben hingen Urkunden zum 1000. Sprung und Ehrungen von Sprungwettbewerben. Er nahm den

Plastiksack aus dem Krankenhaus entgegen und kramte den zusammengefalteten Fallschirm heraus.

»Ich springe seit über zehn Jahren und es ist immer noch aufs Neue ein unbeschreibliches Gefühl«, schwärmte Robert, »Dieser Kick beim Verlassen des Flugzeugs, der freie Fall und das Schweben über der Erde. Ihr solltet es einfach mal erlebt haben.«

Während Thomas und Dieter gleichzeitig ablehnten, war Barbara hellhörig geworden.

»Kann jemand völlig ohne Vorkenntnis springen?«, wollte sie wissen.

»Naja, theoretisch schon, wenn man von einem Tandemsprung spricht. Die werden für jeden angeboten. Alleine zu springen verlangt eine Ausbildung sowie Ahnung von der Materie und dem Material.«

Er hob den Rucksack hoch, an dem der geöffnete Fallschirm hing.

»Wer mit sowas springt, hat normalerweise einiges an Erfahrung.«

Da Robert bemerkt hatte, wie interessiert sich Barbara zeigte, wandte er sich ihr zu.

»Wenn du möchtest, nehme ich dich gerne mal mit. Ich habe die Ausbildung und Bescheinigung für Tandemsprünge, für dich mache ich es zu einem Sonderpreis.«

»Das klingt sehr verlockend, ich komme vielleicht darauf zurück«, meinte Barbara.

»Tu das. Der Nervenkitzel dabei ist einfach unbeschreiblich.«

»Aber auch nicht ungefährlich«, meinte Thomas.

Robert lachte auf.

»Statistisch gesehen ist die An- und Abreise zu einem Flugplatz riskanter als ein Sprung aus 4000 Metern Höhe. Natürlich vorausgesetzt, dass das Material in einwandfreiem Zustand ist. Deshalb kontrolliert jeder selbst seinen Fallschirm und den dazugehörigen Reserveschirm vor dem

Sprung. Außerdem gibt es auch noch sogenannte Notfall-Fallschirme, womit wir zu eurem Mitbringsel kommen.«

Robert breitete den Rucksack und den zusammengelegten Fallschirm vor ihnen auf dem Tisch aus.

»Wir haben hier einen Notfallschirm mit Öffnungsautomatik.«

Er hielt eine kleine schwarze Plastikschachtel hoch, an der zwei Kabel befestigt waren. Nachdem er das quaderförmige Plastikteil mehrmals in seiner Hand gedreht und inspiziert hatte, sagte er nickend: »Ich kann euch mit Sicherheit sagen, dieser Schirm hat sich bei zweihundert Metern von selbst geöffnet. Warum, müsst ihr herausfinden. Ich kann nur sagen, der Schirm wurde nicht manuell geöffnet, sondern die Automatik wurde ausgelöst.«

»Ist es vorstellbar, dass unser Mann bewusstlos aus einem Flugzeug geworfen wurde?«, fragte Thomas.

»Oder einem UFO«, fügte Barbara ironisch hinzu.

»In der Theorie, ja. Die Überlebenschance wäre recht hoch, was ja auch der Sinn des Notfallschirms ist.«

Thomas massierte gedankenverloren sein Kinn.

»Stellt sich die Frage, warum sollte ihn jemand aus einem Flugzeug werfen und ihn mit einem solchen Fallschirm eine reelle Chance geben?«

»Er könnte auch im Flug sein Bewusstsein verloren haben«, gab Robert zu bedenken.

»Zu viel Spekulation, wir werden mehr Informationen brauchen«, Thomas drehte sich zu Dieter um, »Hast du Zeit für uns?«

»Für euch doch immer, aber heute Abend treffe ich ...«, er stutzte.

»Was denn, etwa ein romantisches Date?«, fragte Barbara.

»Ja, ob du es glaubst oder nicht. Ich habe ein Date und das will ich nicht absagen müssen«, antwortete Dieter, der aber im nächsten Moment ohne erkennbaren Grund zusammenzuckte.

»Das freut mich für dich«, meinte Barbara ehrlich, »Eine Kollegin, oder woher kennst du sie denn?«

Dieter wurde knallrot, blickte nervös zu Boden.

»Keine Kollegin. Ich habe sie privat kennengelernt, es war ein Zufall ... Also nicht geplant, aber wir wollen es langsam angehen.«

»Und davon erzählst du mir gar nichts?«, fragte Thomas mit gespielter Empörung.

»Das ... Es hat sich nicht ergeben. Es ist noch sehr frisch und wir wollen erst sehen, wie es funktioniert.«

Thomas klopfte seinem Freund auf die Schulter.

»Schon gut, mach dir nicht gleich ins Hoserl. Wenn es ernster wird, kannst du sie mir immer noch vorstellen.«

»Ja, mach ich. Also, was machen wir wegen des vom Himmel Gefallenen?« Dieter war anzumerken, dass er schnell das Thema wechseln wollte.

»Wir werden nochmal mit unserem Mister X sprechen. Kannst du zusammen mit Robert bei den Vereinen und Flugplätzen in und rund um Wien nachfragen? Irgendwo muss ja ein Flugzeug gestartet und ein Springer zu wenig gelandet sein. Barbara wird dir ein Foto von der Person schicken.«

Da sich in der Tasche, in der der Fallschirm war, weder Ausweise, eine Geldbörse noch sonstige persönliche Gegenstände befanden, schlug Thomas vor, den Mann nochmals zu besuchen. Mit etwas Glück fanden sie bei seiner Kleidung verwertbare Hinweise.

»Wieso war Dieter plötzlich so nervös?«, fragte Barbara, kaum, dass sie vom Bundeskriminalamt wegfuhren.

»Keine Ahnung, was mit ihm los war. Vielleicht war es ihm unangenehm, seinem großen Schwarm gestehen zu müssen, dass er eine Freundin gefunden hat«, sagte Thomas. Seit ihrer ersten Begegnung hatte Dieter ein Auge auf Barbara geworfen. Mehrmals hatte er Thomas im Vertrauen verraten, dass er schwer verliebt war. Ihre Wandlung hatte sie für ihn anfangs noch interessanter gemacht, doch in letzter Zeit hatte er kein Wort mehr darüber verloren.

»Scheinbar braucht er wieder einmal einen Männerabend in der ›Schwarzen Rose‹ «, meinte Thomas. Das Lokal ›Schwarze Rose‹, eine Nachtbar, in der Frauen ihre Dienste anboten, war zu einem Stammlokal für Thomas und Dieter geworden. Wobei es vor allem Thomas nicht um das Angebot der Frauen ging, was Viktor, der Besitzer, und sein Personal längst wussten. Zwischen Viktor und Thomas herrschte eine freundschaftliche Arbeitsbeziehung. Thomas erhielt immer wieder Informationen aus dem Wiener Untergrund, als Gegenleistung sorgte er dafür, dass Viktors Lokal vor übermäßigen Kontrollen verschont blieb.

»Dass meine Tante dich immer noch dorthin gehen lässt«, wunderte sich Barbara.

»Elisabeth kennt mich und inzwischen sogar das Lokal. Keine Frau dort reizt mich so sehr wie sie. Ansonsten würde ich nicht auf die Idee kommen, mit ihr raus aus Wien zu ziehen.«

»Hast du mit Anastasia schon darüber gesprochen?«, bohrte Barbara weiter nach.

»Meine Tochter freut sich, dass ich eine Freundin habe und glücklich bin. Sie ist ja auch gerade erst umgezogen, gleich, nachdem sie und ihr Freund Schluss gemacht haben.«

Darüber wusste Barbara, die mit Thomas' Tochter ebenfalls befreundet war, schon Bescheid. Nach der Trennung hatte Anastasia mehrmals mit Barbara lange Nächte zusammen verbracht, um sich abzulenken. Thomas wollte keine Einzelheiten über diese Abende erfahren, da er Barbaras Privatleben und ihre lockere Einstellung nur zu gut kannte. Sie hatte ihm jedoch versichert, dass er sich keine Sorgen um seine Tochter machen musste.

Mehr Gedanken machte sich Thomas über seine Zukunft, denn noch in diesem Jahr plante Elisabeth in ihr neues Haus einzuziehen und nach dem derzeitigen Stand wollte Thomas

mit ihr gehen und damit nach 49 Jahren zum ersten Mal
außerhalb von Wien wohnen.

Wieder beim Krankenhaus angekommen, gingen sie direkt
zu den Aufzügen und fuhren in den achten Stock.
Inzwischen war eine neue Stationsschwester anwesend, die
zuerst ihre Ausweise verlangte.
»Wir haben noch ein paar Fragen an den Unbekannten …«,
Thomas wurde vom Piepsen seines Handys unterbrochen.
Er hatte eine Kurznachricht bekommen, von einer ihm
unbekannten Nummer.
»Der Doktor ist in Gefahr, die schwarze Ärztin wird ihn
umbringen! Rette den Unbekannten, JETZT!«, las Thomas
verwundert. Er zeigte Barbara die Nachricht.
»Was soll das bedeuten?«, fragte sie, als hinter ihr eine
dunkelhäutige Ärztin vorbeiging. Thomas gab seiner
Kollegin ein Zeichen und deutete auf die Frau. Sie
beobachteten, wie die vermeintliche Ärztin auf die Tür zum
Unbekannten zusteuerte.
»Was geht jetzt ab?«, flüsterte Barbara.
»Du bleibst hier«, sagte Thomas und beeilte sich zur Tür, als
die Frau diese öffnete und ins Zimmer verschwand. Er
sprintete hinterher, tastete nach seiner Waffe unter der Jacke
und stürmte ins Zimmer. Die Ärztin stand mit dem Rücken
zu ihm neben dem Bett des Unbekannten und beugte sich
hinab. Der Mann schien zu schlafen.
»Stopp!«, rief Thomas, machte noch zwei Schritte und stand
neben der Frau. Sie hatte eine Spritze in der Hand und war
im Begriff sie dem Mann zu injizieren.
»Was soll das?«, empörte sie sich, wirkte aber auch
überrascht.
»Was geben Sie ihm da?«
»Ein leichtes Schmerzmittel. Was ist Ihr Problem?«, fuhr ihn
die Frau giftig an.
»Ich bin Bezirksinspektor Kratochwil. Können Sie sich
ausweisen?«, fragte Thomas streng. Gleichzeitig überlegte er,

ob er vielleicht überreagierte, wegen einer SMS so einen Auftritt hinzulegen.

»Natürlich«, fauchte die Frau und griff in ihre Manteltasche. Als sie eine kleine Dose herauszog, reagierte Thomas blitzschnell und wollte danach greifen. Doch die Frau war schneller, sie musste auch nur einen Knopf drücken. Eine Wolke mit beißendem Geruch kam Thomas entgegen, der sich instinktiv wegdrehte. Er bekam einen festen Stoß verpasst, der ihn gegen das Bett beförderte, während die Frau aus dem Zimmer rannte. Vom Bett hörte Thomas ein Raunen, der Mann begann munter zu werden.

»Halt das Weib auf!«, schrie Thomas und hoffte, seine Kollegin war nah genug, um ihn zu hören. Er selbst wandte sich vom Bett ab, da er spürte, wie die Wolke anfing, in seinen Augen zu brennen. Er gelangte zum Fenster, riss daran und stellte fest, dass es sich nur kippen ließ. Das reichte ihm, er holte tief Luft, um frischen Sauerstoff einzuatmen. Von außerhalb des Zimmers hörte er einen dumpfen Knall. Gleich darauf wurde die Tür aufgestoßen und Barbara kam herein.

»Alles okay? Was stinkt hier so?«, fragte sie mit ihrer Dienstwaffe in der Hand.

»Sie hat eine Art Pfefferspray eingesteckt.«

»Jetzt hat sie ein spezielles Armband an ihrem Handgelenk. So leicht entkommt sie …«

Ein Schuss dröhnte laut durch die ganze Ebene. Barbara und Thomas wechselten einen entsetzten Blick. Der unbekannte Mann war inzwischen aufgewacht und hustete. Er sah verwirrt und fragend zu ihnen.

»Nicht tief Luft holen!«, riet ihm Barbara, bevor sie mit Thomas aus dem Zimmer rannte.

Im Gang herrschte hellste Aufregung, Thomas bemerkte zwei Patienten, die aufschrien, Krankenschwestern, die herumliefen und Personen, die sich zu einer Person im Arztkittel beugten, die regungslos auf dem Boden lag.

»Jemand hat auf diese Person geschossen.«

»Die Ärztin wurde angeschossen.«

Thomas versuchte, sich schnell einen Überblick zu verschaffen. Unter den herumlaufenden Personen konnte er keinen Schützen ausmachen. Die angeschossene Person entpuppte sich als die Ärztin, die gerade aus dem Zimmer gelaufen war. Die Stationsschwester kam mit geschockter Miene auf sie zu.

»Ein Mann, er hat auf sie geschossen und ist weggerannt«, sagte sie aufgeregt und deutete auf den Gang, welcher zum Ausgang der Station führte.

Barbara ließ Thomas stehen und rannte los. Sie wusste, dass er seit einem Angriff auf ihn vor einigen Monaten immer noch Probleme hatte, längere Strecken zu laufen. Thomas drehte den Körper der vermeintlichen Ärztin auf den Rücken und durchsuchte ihre Taschen.

»Kennen Sie die Frau?«, fragte er die Stationsschwester, die nur den Kopf schüttelte.

Außer der Pfefferspraydose hatte sie nichts in ihren Taschen.

»Eine Ärztin aus diesem Haus?«, fragte er weiter.

»Sie ist mir noch nie aufgefallen.«

Eine Krankenschwester, die neben der Frau kniete und ihren Puls suchte, schaute zu Thomas.

»Direkter Herzschuss, sie ist tot.«

Thomas löste die Handschellen und ließ den leblosen Körper mit Hilfe von zwei Pflegern in ein freies Zimmer tragen. Unterdessen rief Thomas seine Dienststelle an und forderte zusätzliche Beamte an, die zum Personenschutz abgestellt werden sollten. Danach fotografierte er das Gesicht der toten Frau und sendete es Dieter mit dem Text »Finde alles über diese Person heraus, Infos direkt an mich, Danke«

Zwanzig Minuten später standen Barbara und Thomas auf einem kleinen Balkon neben der Station. Obwohl auf dem kompletten Areal des Krankenhauses Rauchverbot galt, fanden sie hier einen Aschenbecher.

»Bist du wieder von den Dampfzigaretten mit Geschmack abgekommen?«, erkundigte sich Barbara.

»Daheim nehme ich sie schon, sie sind Elisabeth lieber. Im Haus wird nicht mehr geraucht, ich bekomme dafür ein eigenes Hütterl im Garten«, sagte er und zündete sich seine Zigarette an.

Barbara hatte den Schützen nicht mehr ausfindig machen können. Er hatte einen zu großen Vorsprung und weder im Stiegenhaus noch bei den Aufzügen war ihr jemand aufgefallen. Die hauseigene Security war zwar informiert, die herbeigeeilten Männer konnten aber auch nichts ausrichten. Dazu müsste ihnen zufällig ein Mann mit Waffe über den Weg laufen.

Kurz nach ihrer Rückkehr zu Thomas erschienen zwei uniformierte Kollegen und ließen sich von Thomas erklären, was gerade passiert war. Nun bewachten sie den unbekannten Mann, der immer noch nicht wusste, was vorgefallen war. Auf seine Nachfragen bei der Polizistin, die in seinem Zimmer stand, bekam er nur die Antwort, dass die Bezirksinspektoren ihn noch informieren würden.

»Sie ist aus dem Zimmer gekommen und wollte zum Ausgang laufen«, erzählte Barbara das Attentat aus ihrer Sicht, »Viel zu auffällig, deshalb habe ich mich ihr in den Weg gestellt. Sie wollte mich zur Seite stoßen, hat aber übersehen, dass ich bereits die Achter in einer Hand hatte. Ich habe ihren Arm abgefangen, die Handschellen umgelegt und am Tresen festgemacht. Dann bin ich zu dir gekommen.«

»Ich möchte zu gern wissen, wer mir …«, Thomas hatte sein Handy in der Hand und wollte die Nachricht nochmals lesen. Irritiert blickte er von seinem Display auf.

»Da ist nichts.«

»Hast du die Nachricht etwa gelöscht?«, fragte Barbara.

»Nein, garantiert nicht. Sie ist einfach nicht da«, wunderte er sich.

Nachdem er sich nochmal vergewisserte, dass er sie nicht übersehen hatte, wählte er Dieters Nummer.

»Mann eh, TJ«, meldete sich Dieter gleich beim ersten Läuten, »Ich bin schon dran, aber nur mit einem Profilbild dauert es, herauszufinden …«

»Ich weiß. Kannst du auf mein Handy zugreifen, ich brauche die letzte eingehende Nachricht.«

Er hörte, wie Dieter aufstöhnte.

»Einen Moment, ich mache gern fünf Sachen gleichzeitig.«

»Und ich weiß, dass du es gerne machst. Denk dran, dafür hast du heute einen netten Abend vor dir. Ich hoffe für dich, es wird auch eine nette Nacht«, meinte Thomas.

»Ja … also, ich möchte es langsam angehen«, wurde Dieter augenblicklich nervös.

»Es geht ja nicht nur um … Eigentlich gar nicht darum, wirklich! Ich möchte sie ja erst richtig kennenlernen und … Du kennst mich, TJ«, stotterte er herum.

»Stimmt, ich kenne dich. In mancher Hinsicht viel zu gut«, neckte ihn Thomas.

»Das kannst du nicht vergleichen. Das ist was ganz anderes, was du … also, was du von mir weißt und … ich mag sie sehr und werde … Das, was du weißt, hat nichts damit zu tun …«

»Ja, ist schon gut. Geh bitte, lass dich nicht von mir verscheißern, Bua«, beruhigte ihn Thomas. Dieters Nervosität war auffällig und ungewohnt. Er schätzte, dass diese Frau ihm ziemlich den Kopf verdreht hatte.

»Zurück zur Arbeit«, wechselte Dieter das Thema, »Ich bin in deiner Nachrichtenliste … Moment, sag, ist euch langweilig oder wollt ihr mich einfach auf den Arm nehmen?«

»Was meinst du?«, fragte Thomas nach.

»Den Scherz mit deiner SMS meine ich.«

»Das ist kein Scherz«, stellte Thomas klar.

»Okay, na dann. Die letzte Nachricht auf deinem Handy beginnt mit den Worten ›Ich hätte nichts dagegen, wenn du

morgen frei hast und wir die ganze Nacht für uns haben.‹ Da
Barbara anwesend ist, werde ich nicht vorlesen, was deine
Freundin noch geschrieben hat.«
Barbara kicherte.
»Die Nachricht stammt von heute früh«, erinnerte sich
Thomas, »Ich meine die Nachricht von einer mir nicht
bekannten Nummer, die vor ungefähr einer Stunde
eingelangt ist.«
»Danach hast du keine Nachricht mehr bekommen. Weder
als Kurzmitteilung noch über WhatsApp.«
»Das kann nicht stimmen«, meinte Thomas.
»In der letzten Stunde gab es nur ein Telefonat mit deiner
Dienststelle. Ansonsten nur die normalen
Hintergrundprogramme, aber keine Nachricht.«
Thomas sah zu Barbara.
»Ich habe es doch auch gesehen«, sagte Barbara.
»Ich weiß nicht, was ihr gesehen habt, aber auf deinem
Handy ist nichts«, wiederholte Dieter.
»Okay, danke. Melde dich bitte, wenn du etwas über die Frau
oder unseren Unbekannten weißt«, verabschiedete sich
Thomas.
Mit aufsteigendem Zorn dämpfte er die Zigarette aus.
»Was ist denn das für ein verrückter Tag heute? Lass uns zu
unserem Fallschirmspringer gehen.«

Vor dem Zimmer stand der junge Polizist und wurde von
einem Arzt belehrt.
»Ich bin Doktor Vossier, ich habe hier das Sagen. Wenn ich
sage, ich muss zu dem Patienten, dann werden Sie mich
gefälligst reinlassen. Wer glauben Sie denn …?«
»Mein junger Kollege braucht nicht glauben. Er soll das
machen, was ich ihm befohlen habe«, mischte sich Thomas
forsch ein.
»Und mein Befehl war, dass niemand das Zimmer betritt.
Niemand schließt im Moment jeden ein.«

»Das ist mir völlig egal!«, fuhr ihn der Doktor an, »Da drinnen liegt mein Patient und ich werde mir sicherlich nicht von einem dahergelaufenen Polizisten sagen lassen, was ich machen darf.«

Thomas baute sich vor dem Mann auf und sah ihm mit entschlossenem Blick in die Augen.

»Jetzt pass mal auf, du Eierbär. Vorhin ist eine sogenannte Ärztin hier hineinspaziert und wollte den Mann wahrscheinlich eine Todesspritze verabreichen. Das ist Grund genug für mich, niemanden mehr einfach so zu dem Mann zu lassen. Wir werden jetzt mit diesem Mann ein Gespräch führen, alleine! Und danach wird das Zimmer rund um die Uhr von meinen Kollegen bewacht. Egal, was Sie vorhaben, der Mann wird nicht aus den Augen gelassen und jeder, der das Zimmer betritt, muss sich ausweisen oder wird umgehend festgehalten. Haben wir uns verstanden, oder brauchen Sie noch einen Vortrag über den Straftatbestand Widerstand gegen die Staatsgewalt?«

Der Doktor schnaubte laut auf, drehte sich um und stampfte davon.

Thomas hielt Barbara die Tür auf und folgte ihr ins Krankenzimmer.

»Hatten Sie einen Streit?«, wurde er vom Unbekannten im Bett gefragt.

»Ich glaube, ich habe Ihren Doktor verärgert.«

Der Mann grinste.

»Tja, es gibt Leute, die glauben, mit einem Doktortitel ist man plötzlich wichtiger.«

»Sie sind da anders, oder?«, fragte Barbara, die einen spontanen Einfall hatte.

»Mein Doktortitel ist kein medizinischer«, kam die ebenfalls spontane Antwort des Mannes.

»Sondern?«, beeilte sich Barbara mit ihrer Frage.

»Das unterliegt … Moment, warum sollte es der Geheimhaltung unterliegen?«, antwortete der Mann verwundert.

»Konzentrieren Sie sich. Was wollten Sie sagen, was fällt Ihnen ein?«

Der Mann schloss die Augen, schüttelte aber nach einigen Sekunden den Kopf.

»Werte Frau, das ist es ja. Mir fällt nur ein, dass ich es nicht verraten soll. Aber nicht, warum oder was ich nicht verraten soll«, er stöhnte auf, »Es ist sehr mühsam, wenn man sich nicht einmal an seinen Namen erinnern kann, nicht an seine Arbeit. Ich glaube, ich habe einen Doktortitel, aber weiß nicht einmal, welchen.«

Thomas zog einen Stuhl zum Bett und ließ Barbara Platz nehmen. Er blieb hinter ihr stehen und stützte sich an der Stuhllehne ab.

»Das ist nicht gut, Herr Doktor. Denn wir würden gerne wissen, warum Sie eine Frau besucht, Ihnen etwas spritzen möchte und dann wegrennt und erschossen wird.«

Der Mann reagierte weitaus weniger geschockt, als Thomas erwartet hätte. Vielmehr schien er sich die Aufzählung durch den Kopf gehen zu lassen.

»Nichts«, sagte er dann, »Nicht einmal ein Bild oder etwas, was ich damit in Verbindung bringen könnte.«

Die Tür ging auf und eine weitere Polizistin trat ein. Sie gehörte zu den Kollegen, die die Leiche der Frau abtransportierten. Unter dem Bett des Patienten lag immer noch die Spritze, die die falsche Ärztin benutzen wollte. Thomas holte sie hervor, ließ sie einpacken und bat darum, den Inhalt so schnell wie möglich zu untersuchen.

Als sie wieder unter sich waren, wandte er sich erneut dem Mann zu.

»Hat jemand mit Ihnen über Ihren Gedächtnisverlust gesprochen?«, wollte Thomas wissen.

»Es gibt leider keine genaue Erklärung dafür«, antwortete der Mann entschuldigend, »Ich habe keine schwere Kopfverletzung, aber die Spuren an den Schläfen könnten dafür verantwortlich sein. Oder ein traumatisches Ereignis, wie zum Beispiel die Entführung durch eine außerirdische …«

»Lassen wir die Aliens einmal beiseite«, unterbrach ihn Thomas und zeigte ihm das Bild der angeblichen Ärztin.

»Klingelt da etwas bei Ihnen?«

Der Mann sah mehrere Sekunden lang auf das Bild, bis er den Kopf schüttelte.

»Es tut mir leid.«

Auch Thomas schüttelte resignierend den Kopf. Er erklärte dem Mann, dass der Polizeischutz für ihn aufrecht bleiben würde und er sich umgehend bei ihnen melden sollte, wenn etwas aus seiner Erinnerung zurückkehren würde.

Es war bereits nach 18 Uhr, als Barbara den Bericht über ihre heutigen Erlebnisse fertiggestellt hatte. Im Gegensatz zu Thomas hatte sie keine Pläne für den Abend. So lag sie mit Tiefkühlpizza und Rotwein auf ihrer Couch und durchsuchte das Angebot ihres Streaming-Anbieters. Dabei fiel ihr die Serie »Akte X« ins Auge. Sie erinnerte sich, wie sie die Serie damals geliebt und so gut wie keine Folge verpasst hatte. Während sie noch überlegte, ob sie einen kleinen Serienmarathon starten wollte, klingelte ihr Handy.

»Dieter, was gibt´s? Solltest du nicht mit deiner neuen Flamme unterwegs sein?«

Schon vor einigen Wochen war ihr aufgefallen, dass Dieter ihr gegenüber viel lockerer geworden war. Seine Schwärmerei war einer richtig guten Freundschaft gewichen.

»Doch ... also, gleich. Sie ist gerade gekommen und wir ... Egal, ich habe noch meine Arbeit erledigt«, antwortete er, schon wieder hörbar unruhig.

»Ein gut gemeinter Ratschlag, mein lieber Dieter. So wichtig unsere Arbeit auch ist, vergiss darüber hinaus nicht dein Privatleben.«

»Danke. Sie weiß zum Glück, wie es oftmals bei uns zugeht.«

»Aber es ist keine Kollegin, hast du gesagt?«, fragte Barbara nach.

»Nein, aber sie ... sie kennt den Polizeidienst. Ich werde mich bemühen, dass ich trotzdem meine Freizeit mehr ihr widme als dem Job.«

»Du siehst es ja selbst bei unserem Thomas. Seit er mit Elisabeth zusammen ist, ist er viel ausgeglichener und umgänglicher. Man lebt nur einmal und das nicht nur für seinen Beruf«, meinte Barbara und nahm sich das letzte Stück Pizza vom Teller.

»Dasselbe hat Anastasia auch gesagt. Deshalb wollte ich dir nur schnell mitteilen ...«,

»Anastasia!«, fiel Barbara ihm überrascht ins Wort. Sie fuhr von der Couch hoch, wobei ihr beinahe das Pizzastück aus der Hand fiel.

»Ups ... scheiße«, kam es kleinlaut aus dem Telefon.

»Weiß Thomas Bescheid?«, fragte Barbara, obwohl ihr die Antwort schon klar war.

»Nein, und ... er braucht es auch noch nicht zu wissen. Verstehst du, es ist noch so frisch und ... Nicht, dass er dann sauer auf mich ist, wenn es nicht klappt. Bitte, versprich mir ...«

Breit grinsend lehnte sich Barbara zurück.

»Thomas und sein Privatleben«, meinte sie lachend, »Da spielt das Schicksal echt mit ihm.«

»Barbara, bitte«, flehte Dieter.

»Ja, passt schon«, beruhigte sie ihn, »Von mir erfährt er nichts. Das muss er von Anastasia und dir erfahren. Aber nicht zu spät, deine Nervosität ist schon auffällig genug.«

»Ja, okay. Danke. Ich werde mit Anastasia darüber reden. Vielleicht nicht gleich heute, aber bald.«

»So, und damit du jetzt endlich zu deiner Freundin kommst, verrate mir, was du rausgefunden hast«, erinnerte sie Dieter an den eigentlichen Grund seines Anrufes.

»Ach ja. Mann eh, du hast mich komplett aus dem Konzept gebracht. Okay, also Folgendes: Niemand in Wien und Niederösterreich vermisst einen Fallschirmspringer. Aus einigen Vereinen habe ich erfahren, dass die sich selbst über den Zeitungsbericht gewundert haben, denn so ein Unfall hätte in der Szene schnell die Runde gemacht. Die Fingerabdrücke und das Gesicht von Herrn Noname sind in keiner mir zugänglichen Datenbank gespeichert.

Dafür hatte ich mehr Erfolg bei der schwarzen Ärztin. Denise Masson, 45 Jahre, gebürtige Französin, seit fast zehn Jahren in Wien. Sie arbeitet in der UNO-City, Abteilung UNOOSA, als Sekretärin.«

»UNO? Na super. Da können wir nicht einfach rein und Fragen stellen«, stöhnte Barbara auf.

»Dein Onkel kann da sicherlich was machen«, schlug Dieter vor.

»Der ist noch zwei Wochen in China. Regierungsbesuch mit Wirtschaftsbund und anderen. Ich werde es morgen mit Thomas bereden, schick mir die Infos bis 9 Uhr zu. Aber jetzt mach dir einen schönen Abend!«

»Mache ich, und bitte denke dran, nichts zu verraten.«

»Ja. Ab mit dir, Dieter. Schönen Abend und mach nichts, was ich nicht auch machen würde«, meinte sie, musste im nächsten Moment aber glucksen.

»Dir ist schon klar, dass ich viel von dir weiß?«, sagte Dieter.

»Ich weiß. Lass Anastasia schön grüßen«, meinte sie und beendete das Gespräch.

Immer noch grinsend, von der Vorstellung, wie Dieter und Anastasia als Paar aussahen, suchte sie auf ihrem Handy die Homepage der UNO auf und informierte sich über die Niederlassung in Wien.

Man lebt nur zweimal

18. September

Thomas kam fünf Minuten vor 9 Uhr bei der Polizeidirektion an, wo Barbara bereits auf ihn wartete.

»Es gibt Neuigkeiten. Dieter hat mich gestern noch angerufen und informiert«, sagte sie zur Begrüßung.

»Das kannst du gleich loswerden. Oberst Frimmel hat angerufen, wir sollen umgehend zu ihm.«

Als die beiden Bezirksinspektoren das Büro ihres Vorgesetzten betraten, saß dieser hinter seinem Tisch. Stumm deutete er auf die beiden Stühle vor ihm. Auch als Barbara und Thomas Platz nahmen, blieb er stumm. Erst nach etwa zehn Sekunden begann der Oberst zu reden.

»Ich hätte eine Frage an Sie beide ...«, sagte er mit tiefer, ruhiger Stimme und holte Luft, »Wollt ihr mich eigentlich verarschen?«

Die Frage kam so überraschend, dass Barbara und Thomas ihn nur perplex ansahen.

»Ein einfacher Fall, nur ein Verrückter, der glaubt, von Außerirdischen entführt worden zu sein. Und was macht ihr beide daraus? Eine Schießerei im AKH, eine Tote, die sich als Ärztin ausgegeben hat, und keine Spur vom Schützen. Der unbekannte Fallschirmspringer gibt auch nichts Neues her.«

»Gut zusammengefasst«, kommentierte Thomas die Aufzählung und handelte sich einen giftigen Blick seines Vorgesetzten ein.

»Die angebliche Ärztin war Sekretärin in der UNO-City«, übernahm Barbara das Reden, »Sie arbeitete im Büro für Weltraumfragen, der UNOOSA. Wenn wir eine Erlaubnis bekommen ...«

»Die UNO?«, war Oberst Frimmel erstaunt, »Sie wissen sicherlich, dass wir auf exterritorialem Gelände keine Befugnisse haben. Die haben ihren eigenen Sicherheitsdienst.«

»Das ist richtig«, entgegnete sie, »aber der Mord an Denise Masson fand in Wien statt. Wir möchten nur ihren Vorgesetzten darüber informieren und vielleicht dabei ein paar Fragen stellen.«
Der Oberst vergrub sein Gesicht in den Händen.
»Ich werde es bereuen, ich werde es mit Sicherheit bereuen«, murmelte er kopfschüttelnd.
»Hören Sie mir zu, beide!«, verkündete er, als er den Kopf wieder hob, »Fahren Sie in die UNO-City. Ich rufe beim dortigen SSS an. Der ›Security and Safety Service‹ war immer sehr entgegenkommend, also machen Sie ja keinen Aufstand, verstanden? Informieren Sie den zuständigen Abteilungsleiter und versuchen Sie mehr über diese Frau zu erfahren. Besser, Sie reden, Frau Gugawitsch.«
»Oh, danke für Ihr Vertrauen«, meinte Thomas empört.

Barbara übernahm das Steuer.
»Hat Dieter noch mehr herausgefunden?«, wollte Thomas wissen.
Sie lieferte ihm eine kurze Zusammenfassung von ihrem Gespräch mit Dieter, wobei sie seine Freundin mit keinem Wort erwähnte.
»UNOOSA? Was genau ist das?«, fragte Thomas.
»Das habe ich bis gestern auch nicht gewusst«, gestand Barbara, »Es geht dabei um die Förderung der internationalen Zusammenarbeit bei der friedlichen Nutzung des Weltraums. In Wien sitzt der Ausschuss für eben diese friedliche Nutzung. Dabei werden rechtliche Fragen und wissenschaftliche Aspekte besprochen und bereitgestellt.«
»Also eine ideale Anlaufstelle, wenn wir nach den Außerirdischen fragen wollen«, meinte Thomas sarkastisch.
»Du kannst ja nachfragen. Wir müssen zu Olavi Nieminen, Büroleiter der UNOOSA, eine von unzähligen Abteilungen in dem Gebäude.«

Das Vienna International Centre, allgemein UNO-City genannt, war seit vielen Jahren eines der markantesten Gebäude im 22. Bezirk, direkt an der Donau gelegen. Die architektonisch auffallenden Hochhäuser unterschiedlicher Höhe mit halbrunder Fassade hatten über die letzten Jahrzehnte ihren alleinstehenden Status verloren, da rund um die UNO-City ein ganzes Viertel entstanden war, dominiert von unterschiedlichen Bürotürmen. Unter anderem befand sich in unmittelbarer Nähe das höchste Gebäude Wiens, der DC-Tower. Dieser hob sich mit seiner dunklen Farbe deutlich von der hellgrauen Außenfassade der UNO-City ab. Barbara und Thomas mussten neben dem Haupteingang, der von zwei Sicherheitsmännern in schusssicheren Westen und mit Sturmgewehren bewacht wurde, parken. Ohne sich für den Dienstausweis von Thomas zu interessieren, wurde ihnen auf Englisch mitgeteilt, dass sie nicht auf das Gelände fahren durften.

»Gehen Sie bitte zum Besuchereingang bei Gate 1. Dort wird man sich um Sie kümmern«, erklärte ihnen der Sicherheitsbeamte.

Selbst Thomas musste einsehen, dass er gegen diese Männer nicht ankam, und hielt sich mit Flüchen oder einem Wutausbruch zurück.

»Wenigstens haben wir einen Parkplatz direkt vor dem Aufgang«, meinte Barbara, die den Dienstwagen direkt bei einem Verkehrsschild abstellte, das das Parken verbot, ausgenommen für Omnibusse.

Sie gingen die Stufen zum Eingang hinauf, wobei sie freien Blick auf die Gebäude der UNO-City hatten.

»Kannst du dir vorstellen, wie es hier ausgesehen hat, als das Vienna International Center erbaut wurde?«, meinte Barbara.

»Damals in den 70er Jahren gab es hier noch nichts. Keine Bürohochhäuser, fast keine Infrastruktur, keine U-Bahn«, erklärte Thomas, »Anfangs waren die Angestellten wenig begeistert, in Wien arbeiten zu müssen. Aber es hat sich für die Stadt rentiert. Von den über 5.000 Beschäftigten stammt ein Drittel aus Österreich, außerdem hat sich Wien einen Namen als Kongressstadt gemacht.«

»Nicht zu vergessen, die praktische Lage von Wien, immerhin lag Österreich genau an der Grenze zum Osten, inklusive Eisernem Vorhang und Grenzzäunen.«

Der Zugang zum Gebäude wurde ebenfalls von der hauseigenen Security bewacht. Barbara und Thomas mussten den Eingang für ›Visitor‹ nehmen. Der Unterschied zum danebenliegenden ›Staff‹-Zugang wurde gleich hinter der Drehtür deutlich.

Wie man es vom Flughafen kannte, standen sie vor einer Sicherheitsschleuse mit Metalldetektoren. Eine Beamtin teilte ihnen mit, ihre Taschen zu leeren und den Inhalt in die Wanne zu legen.

Im nächsten Moment erstarrte sie, als Thomas kommentarlos seine Dienstwaffe hineinlegte. Gleichzeitig reagierten auch ihre Kollegen und kamen näher.

»Ganz ruhig«, meinte Thomas, hob die Hände auf Brusthöhe und zeigte seinen Ausweis.

Neben dem Sicherheitsmann am Computer des Gepäckscanners erschien ein Mann im dunkelblauen Anzug.

»Guten Tag, ich nehme an, Sie sind Herr Bezirksinspektor Kratochwil?«

Thomas nickte.

»Wir wurden angekündigt und möchten zu Herrn Olavi Nieminen.«

»Natürlich. Ich bin hier, um Sie zu begleiten, da wir uns in wenigen Metern rechtlich nicht mehr in Österreich befinden. Deshalb muss ich Sie zuerst zur Sicherheitskontrolle bitten. Ihre Dienstwaffen müssen wir für die Dauer Ihres Besuchs in Gewahrsam nehmen.«

Nachdem sie die Kontrolle hinter sich gebracht hatten, wurden ihnen Lanyard-Bänder mit Besucherausweis ausgehändigt.

»Herr Nieminen erwartet Sie bereits in seinem Büro. Er hat allerdings keine Ahnung, warum die Kriminalpolizei mit ihm reden möchte.«

»Er braucht sich keine Sorgen zu machen, er hat nichts angestellt«, sagte Barbara.

Sie traten auf den Platz und befanden sich somit, wie ihnen ihr Begleiter erklärte, nicht mehr auf österreichischem Hoheitsgebiet.

Vor ihnen ragten die gebogenen Fassaden der Gebäude in die Höhe. Trotz schlichter Grautöne und dunkler Fensterscheiben wirkten die Gebäude aufgrund der Form und Größe imposant. Auf dem runden Platz standen Fahnenmasten im Kreis, auf jeder hing eine andere Landesfahne.

»Für jedes Land, welches Mitglied der Vereinten Nationen ist«, wurde ihnen erklärt.

Sie gingen zum zweithöchsten der insgesamt vier Bauwerke, vorbei an Personen, die in unterschiedlichsten Sprachen miteinander oder am Handy sprachen.

Im Inneren des Gebäudes erwartete sie eine viel modernere Umgebung. Riesige Gemälde unterschiedlichster Künstler und verschiedene Gastgeschenke aus aller Welt hingen und standen an den glatten, weißen Wänden, die wie auch der Steinboden blitzsauber waren. Alles machte einen erhabenen Eindruck.

»Sieht nobel aus«, stellte Thomas fest.

»Unsere Mitarbeiter sollen sich wohl fühlen. Wir sind die Vertretung für 193 Mitgliedstaaten. Dazu ist eine der größten Organisationen der UNO, die Atomenergiebehörde hier in Wien ansässig. Was Sie hier sehen, ist der Bereich, der 2004 saniert wurde. Doch wenn Sie gleich aus dem Aufzug steigen werden ...«, der Mann sprach nicht weiter, da gerade der Aufzug eintraf.

Die Türen öffneten sich einige Stockwerke weiter oben. Thomas trat in den Gang und fühlte sich einige Jahrzehnte zurückversetzt. Statt edler Wände dominierten hier die

Farben dunkelorange und braun. Alles wirkte altbacken, passend dazu ließen die verschmutzten Fensterscheiben nur diffuses Licht hindurch.

»Genau, Herr Kratochwil. Hier sieht es noch sehr nach 1970 aus«, erkannte ihr Begleiter den Blick.

Barbara und Thomas liefen hinter ihrem Begleiter mehrere Gänge entlang. Diese sahen alle gleich aus und es wurde nicht moderner, sondern blieben im Stil der 70er-Jahre. Nach wenigen Minuten war sich Thomas sicher, nicht mehr alleine aus diesem Haus hinauszufinden. Sie landeten vor einer auffallend weißen Tür, an der in Augenhöhe ein Schild montiert war.

UNOOSA - CPLA

United Nations Register of Objects Launched into Outer Space

Weltraumhaftungsübereinkommen

Büroleitung: Olavi Nieminen

»Der braucht eine große Visitenkarte«, meinte Thomas, klopfte an und hörte im nächsten Moment, wie sich die Tür entriegelte.

Sie traten in einen einladenden Büroraum, der erneut wie eine Zeitreise auf Thomas wirkte. Weiße Wände ließen den Raum noch heller wirken, als er durch die direkt hineinscheinende Sonne schon war. Der dunkelblaue Teppich federte jeden Schritt ab, sodass sie lautlos vorangingen. Die Büromöbel stammten nicht aus der Vergangenheit, wirkten modern und edel. An einem Schreibtisch aus Metall erhob sich ein schlaksiger, blonder Mann um die fünfzig und lächelte ihnen zu.

»Ich begrüße Sie.«

Er streckte die Hand aus und begrüßte zuerst Barbara, die er dabei besonders musterte. Thomas erhielt einen kräftigen Händedruck und ein freundliches Zunicken von Olavi Nieminen.

»Was verschafft mir die Ehre ihres Besuchs?«

»Wir müssen mit Ihnen über Ihre Sekretärin, Frau Denise Masson sprechen«, übernahm Barbara das Reden.

»Soll ich Sie holen?«, fragte Olavi Nieminen gelassen.

Die beiden Bezirksinspektoren sahen ihn perplex an.

»Das wird nicht möglich sein«, meinte Thomas.

»Warum nicht?«, meinte Olavi Nieminen und drückte einen Knopf auf seinem Tischtelefon, »Denise, kommen Sie bitte kurz zu mir.«

Barbara sah zu Thomas, der nur verwundert die Schultern hob.

Die Tür hinter dem Büroleiter öffnete sich und eine schwarze Frau kam herein. Die beiden Bezirksinspektoren konnten nicht anders, als sie mit großen Augen anzustarren. Die eingetretene Frau hatte große Ähnlichkeit mit der Toten vom Vortag. Ebenfalls sehr dunkelhäutig, die Haare tiefschwarz und gelockt. Sie war nicht so schlank wie die falsche Ärztin, ihr Gesicht war länglicher und schmaler, als ihre Schwester würde sie aber durchgehen. Mit einem freundlichen Lächeln auf den Lippen grüßte sie die Gäste und wartete neben ihrem Chef auf weitere Anweisungen.

»Sie sind Denise Masson?«, fragte Thomas ungläubig.

»Seit meiner Geburt«, antwortete sie keck, mit deutlich französischem Akzent.

»Sie ... sind bei bester Gesundheit«, stellte Barbara fest.

»Ja, ich kann mich nicht beschweren.«

»Haben Sie eine Schwester?«, fragte Barbara.

»Nein, ich bin Einzelkind.«

»Und Sie sind französische Staatsbürgerin?«, wollte Thomas wissen.

»Oui. Ich stamme aus Marseille. Inzwischen lebe ich aber schon seit sieben Jahren in Wien. Darf ich erfahren, worum es hier geht?«

»Das würde mich auch interessieren«, mischte sich Olavi Nieminen ein.

Immer noch verwundert blickte Thomas von der Frau zu Barbara.

»Da muss irgendwo ein Fehler passiert sein. Wir haben eine tote Frau, bei deren Identifizierung wir ihren Namen erhalten haben, Frau Masson.«

Kurz sah Denise Masson die beiden Bezirksinspektoren erschrocken an.

»Ich fühle mich sehr lebendig. Was genau ist denn vorgefallen?«, wollte sie wissen.

»Unsere Frau Masson wurde gestern Opfer eines Schussattentates«, sagte Thomas, »Darf ich fragen, wo Sie gestern waren?«

»Oh mon Dieu!«, entfuhr es Denise Masson, »Wie schlimm!«

»Frau Masson war von 8 bis 16 Uhr hier bei mir«, antwortete Olavi Nieminen, »Wir hatten eine Sitzung um 11 Uhr, gemeinsames Mittagessen im Haus und danach haben wir zusammen mehrere Dokumente durchgesehen.«

Thomas schüttelte den Kopf und strich über sein Kinn.

»Entschuldigen Sie bitte die Störung. Hier liegt eindeutig ein Fehler von unserer Seite vor«, meinte er mürrisch und erhob sich.

Barbara stand ebenfalls auf.

»Frau Masson, dürfte ich Fingerabdrücke von Ihnen nehmen und ein Foto machen. Damit wir unseren sogenannten Experten den Vergleich zur echten Frau Masson bringen können.«

Die Sekretärin versuchte ein freundliches Lächeln, der Schock über die Nachricht war ihr dennoch anzusehen.

»Kein Problem«, sagte sie mit zittriger Stimme, »Ich hatte noch nie mit der Polizei zu tun, deshalb sollten meine Abdrücke eigentlich nicht bei Ihnen gespeichert sein.«

»Außer Sie haben Zugriff auf die Personaldatenbank der Vereinten Nationen«, warf ihr Chef ein.

Wenigstens das wird Dieter hinbekommen, dachte Thomas verärgert.

Sie verabschiedeten sich und wandten sich um, als Thomas noch etwas einfiel.

»Ich hätte noch eine Frage«, sagte er und drehte sich nochmals um.

»Bitte gerne«, meinte Olavi Nieminen.

»Haben Sie hier auch mit Außerirdischen zu tun?«

Er versuchte, ernsthaft zu klingen, erwartete aber, belächelt zu werden oder eine spöttische Antwort zu bekommen.

»Nicht in unserer Abteilung, Herr Bezirksinspektor. Aber es gibt im Haus auch dafür ein Departement. Diese Abteilung hat wenig bis nichts mit irgendwelchen Science-Fiction-Filmen, Serien oder Büchern zu tun. Nach unserem derzeitigen Wissensstand wird der erste außerirdische Kontakt, wenn wir einen finden, eher auf bakterieller Basis oder in Form von Einzellern erfolgen. Aber es gibt Experten auf diesem Gebiet, die der Frage nachgehen, wie ein Erstkontakt mit einer intelligenten Lebensform ablaufen könnte.«

»Das klingt fast so, als erwarten Sie einen derartigen Erstkontakt«, meinte Barbara.

»Die Frage, ob wir alleine in diesem Universum sind, würde ich mit ›Nein‹ beantworten. Die Frage, ob wir wirklich Kontakt mit intelligenten Lebensformen aufnehmen sollten, muss ich aber mit Blick auf die derzeitige Menschheit ebenfalls mit ›Nein‹ beantworten«, erklärte Olavi Nieminen.

Erst als sie von ihrem Begleiter auf dem Platz vor dem Gebäude verabschiedet wurden, sprachen Barbara und Thomas wieder. Umringt von den unzähligen Fahnenstangen mit den Flaggen der Mitgliedsländer blickte Thomas die Fensterfassade hinauf.

»Dafür kriegt Dieter einen Tritt in den Arsch.«

»Sowas kann eigentlich nicht passieren. Auf diese Erklärung bin ich gespannt«, meinte Barbara und ging zum Besuchereingang, wo ihre Dienstwaffen verwahrt waren.

Auf dem Weg zum Auto rief Dieter an.

»Du kommst mir gerade richtig«, meldete sich Thomas.

»Guten Morgen«, sagte Dieter, zu mehr kam er nicht.

»Guten Morgen? Für dich wird's kein schöner Tag, mein Freund.«

»Was ist los?«, entfuhr es Dieter erschrocken.

»Wir machen uns auf den Weg zu dir und dann müssen wir ein ernstes Wort miteinander reden.«

Er hörte, wie Dieter am anderen Ende der Leitung aufsprang. Was Thomas nicht sah, war Barbara, die ebenfalls zusammenzuckte. Sie befürchtete, dass Dieter ihn falsch verstand und annahm, dass Thomas von seiner Beziehung sprach.

»Du oder deine Kollegen habt einen Blödsinn angestellt mit den Fingerabdrücken der toten Ärztin«, warf sie schnell ein.

»Was? Worum geht es? Ich rufe euch ja wegen der Leiche an. Was meint ihr?«, Dieter klang völlig verwirrt.

»Denise Masson ist eine einfache Sekretärin und keine mutmaßliche Mörderin. Vor allem erfreut sie sich bester Gesundheit«, murrte Thomas.

»Das kann nicht sein. Aber wegen der Leiche ...«

»Ja, die Leiche könnt ihr nochmals untersuchen. Wir bringen dir die Fingerabdrücke von der echten Denise Masson. Wenn wir es nicht mit einem wundersamen Fall von identischen Abdrücken zu tun haben ...«

»Die Leiche ist nicht mehr da«, unterbrach ihn Dieter.
»Wie bitte?«, fragten Barbara und Thomas gleichzeitig.
»Deswegen rufe ich ja an. Mann eh, was für ein Chaos habt ihr da am Hals? Die Leiche von Denise Masson, oder wer auch immer das war, ist nicht mehr in der Pathologie.«
»Was soll das heißen? Sie kann kaum von selbst weggegangen sein?«, meinte Thomas erzürnt.
»Keine Ahnung, wir überprüfen gerade die Überwachungskameras und Zutrittsprotokolle. Tatsache ist, die Leiche der Frau, mitsamt den gespeicherten Unterlagen über sie, sind verschwunden. Als hätte es gestern keine Tote gegeben.«
»Wir sind auf dem Weg«, meinte Thomas sauer und legte auf. Er nahm Barbara den Schlüssel ab und setzte sich ans Steuer. Mit Blaulicht raste er los in Richtung neunten Bezirk.

Thomas schleuderte die Tür zu Dieters Büro auf und marschierte schnurstracks auf ihn zu.

»Was ist passiert?«, fragte er grimmig.

Dieter hob nur die Schultern und setzte sich an einen Computer neben ihm.

»Ich kann es nicht erklären.«

Er öffnete mehrere Fenster auf dem Bildschirm.

»Das habe ich noch nie erlebt. Wenn ich es nicht besser wüsste, würde ich nicht glauben, was du gestern erlebt hast«, meinte Dieter.

Er ließ ein Überwachungsvideo laufen, auf dem der Gang zur Pathologischen Abteilung zu sehen war. Das Neonlicht der Deckenleuchten ließ keinen Schatten erkennen. Niemand erschien im Bild, bis auf die Uhrzeit war keine Bewegung auf dem Bild zu erkennen.

»Passt auf ... jetzt!« Er deutete auf die mitlaufende Uhrzeit im rechten unteren Eck. Um 01:23:43 Uhr sprang die Zeit in der nächsten Sekunde auf 01:48:06.

»Jemand hat die Zeit dazwischen aus dem System gelöscht, und zwar vollständig. Es betrifft nahezu alle Videofeeds, egal ob Eingangsbereich, den kompletten unteren Stock, die Pathologie, unsere IT-Abteilung und auch die Kamera die auf den Platz vor den Eingang gerichtet ist.«

»Da hat sich jemand ordentlich Mühe gegeben«, sagte Barbara.

»Es kommt noch schlimmer.«

Dieter öffnete ein Programm, in welchem er seine Untersuchungsergebnisse an die diversen Abteilungen versendete.

»Alles, was ich gestern bekommen habe, ist weg. Die Fingerabdrücke von Denise Masson, die persönlichen Informationen über die Frau, der pathologische Bericht, alles.«

Barbara hatte ihr Handy in der Hand und tippte darauf herum.

»Moment, bei mir sind sowohl deine Mail als auch die von dir geschickten Unterlagen verschwunden«, stellte sie fest.

»Als hätte es gestern keine Tote gegeben, die wir als Denise Masson identifiziert haben. Ich kann es nicht erklären, denn für so eine Aktion muss jemand direkten Zugriff auf unsere Server haben und ein kleines Genie auf dem Computer sein.« Thomas lehnte sich in seinem Stuhl zurück und ballte seine Hände zu Fäusten.

»Kann mir bitte jemand erklären, was für eine Scheiße hier abgeht?«

Die Fingerabdrücke der Sekretärin wurden binnen weniger Minuten im System gefunden. Denise Masson war als Mitarbeiterin der Vereinten Nationen gespeichert. Sowohl das Bild als auch ihr hinterlegter Lebenslauf stimmten mit ihren Aussagen überein. Sie hatten dieselben Daten vor sich, die Dieter schon gestern herausgefunden hatte.

»Fragt mich nicht wie, aber da wurden die Abdrücke der Toten mit dieser Frau verknüpft. Eine etwas andere Art von Identitätsdiebstahl.«

»Was ist mit der Spritze, die sie bei Mister Noname verwenden wollte?«, fiel Thomas ein.

»Verschwunden. Ich habe nur die telefonische Info aus dem Labor, dass es sich mit Sicherheit um ein Gift gehandelt hat. Die Kollegin wollte es noch genauer untersuchen, was nicht mehr möglich ist. Sie konnte aber schon einmal herausfinden, dass die Dosis mit Garantie tödlich gewesen wäre.«

Thomas schüttelte nochmals den Kopf.

»Ich will ein Bier und viel Whisky«, murmelte er.

Alkohol bekam Thomas noch keinen, dafür lud Dieter die beiden Bezirksinspektoren zum Würstelstand ein.

Bei Käsekrainer und Almdudler legte sich Thomas' Zorn langsam. Auf Barbaras Frage, was sie in den Bericht schreiben sollte, musste er zunächst einige Sekunden lang überlegen.

»Schreib alles, wie es passiert ist. Wir können nur abwarten, ob unser Doktor Noname etwas beitragen kann.«

»Apropos Fallschirm!«, fiel Dieter ein, »Robert hat mich angerufen. Es ist nur eine Kleinigkeit, aber vielleicht hilft es euch. Der Notfall-Fallschirm war ein britisches Fabrikat. Die Rucksäcke sind europaweit nahezu gleich, es gibt nur kleine länderspezifische Unterschiede, wegen EU-Richtlinien oder verschiedener Materialzulieferer.«

»Dann ist er Brite mit osteuropäischem Dialekt?«, stellte Barbara in den Raum.

»Nein, das glaube ich nicht«, entgegnete Thomas, »Ich bleibe dabei, er ist Osteuropäer. Den Rucksack kann jemand für ihn gekauft haben.«

Thomas wechselte das Thema und erkundigte sich bei seinem Freund nach dessen Date.

»Ähm ... Ja, es war sehr nett. Wir hatten einen schönen Abend zu zweit. Ich habe sie zum Essen eingeladen und danach ...«

»Hast du ihr deine Briefmarkensammlung gezeigt?«, meinte Thomas schmunzelnd.

Dieter schreckte kurz zusammen.

»Nein!«, sagte er übertrieben laut, »Wirklich nicht. Wir sind noch etwas trinken gegangen, ich habe sie heimgebracht und mich brav verabschiedet.«

»Du meinst es scheinbar echt ernst mit der Kleinen?«, meinte Thomas, nun ohne Sarkasmus in der Stimme.

Dieter nickte, während sich Barbara ein Grinsen verkneifen musste.

18. September

18:15 Uhr

Barbara und Thomas standen vor ihrer Dienststelle.
»Deine Pläne für den Abend?«, fragte Thomas, während er nach seinen Zigaretten kramte.
»Das Übliche.«
»Das würde bei dir heißen, du lädst dir ein Gspusi ein und hast eine heftige Nacht vor dir.«
Barbara grinste ihn an.
»Du kennst mich gut«, meinte sie, »und du?«
»Ich werde zu Elisabeth fahren.«

Thomas setzte sich in den Dienstwagen und zückte sein Handy. Er rief seine Freundin an, um zu erfragen, ob sie daheim oder im neuen Haus war. Langsam wurde es ernst mit dem Umzug. Inzwischen hatten sie schon einige Nächte in ihrem zukünftigen Zuhause verbracht. Mit jedem Mal gefiel es Thomas mehr, auch wenn er anfangs große Bedenken hatte, aus Wien wegzuziehen.
Doch diese Nacht würde er in Wien verbringen. Elisabeth war noch mit Kollegen unterwegs, versicherte ihm aber, recht bald zu ihm zu kommen.
Er wollte gerade losfahren, als sein Handy klingelte.
»Ja bitte?«
»Herr Bezirksinspektor Kratochwil? Denise Masson hier, wir haben uns heute getroffen.«
»Ich weiß. Ist Ihnen noch etwas eingefallen?«, fragte Thomas. Insgeheim befürchtete er, doch noch nicht Feierabend machen zu können.
»Ich weiß nicht, ob es für Sie von Bedeutung ist. Aber ihr Besuch hat mich nachdenken lassen. Das alles klang so, als hätte jemand meine Identität übernommen. Das hat das Telefonat für mich in einem anderen Licht erscheinen lassen.«

»Welches Telefonat?«

»Vor drei Tagen habe ich einen seltsamen Anruf von einer unbekannten Nummer erhalten. Ich kann Ihnen den Anruf zukommen lassen. Aufgrund meiner Tätigkeit bei der UNO habe ich ein Programm auf meinem Handy, um alle Telefonate aufzuzeichnen.«

Er verstand nicht ganz, worauf die Frau hinauswollte. Deshalb bat er sie, ihm die Aufzeichnung zu übermitteln.

Nachdem das Telefonat beendet war, stieg Thomas wieder aus und holte erneut seine Zigaretten heraus. Noch bevor er sich eine anzünden konnte, bekam er die Datei zugeschickt und spielte sie ab.

»Coco 25, Sie müssen nach Bratislava. Am 21. September zwischen 15 und 17 Uhr im Souvenirshop der Cosmo Ausstellung werden Sie ein Notizbuch kaufen. Ein graues mit dem Apollo 13 - Logo.«

Das Gespräch war beendet.

»Wollt ihr mich denn alle verarschen?«, fluchte Thomas, steckte die unbenutzte Zigarette wieder in die Packung und stieg in sein Fahrzeug. Zunächst sendete er die Datei an Dieter mit der Bitte, mehr darüber herauszufinden. Danach entschied er, den Abend mit Elisabeth zu genießen.

Barbara hatte gewartet, bis sie sicher war, dass Thomas weit genug entfernt war und nicht wiederkam. Sie nahm ihr Handy heraus und suchte eine gespeicherte Nummer.

»Frau Gugawitsch, schön, dass Sie anrufen«, meldete sich eine Männerstimme.

»Tja, was soll ich sagen? Ich hatte Sehnsucht nach Ihnen.«

»Das freut mich, auch wenn ich davon ausgehe, dass Sie das sarkastisch meinen.«

»Erraten«, gab Barbara zu.

»Möchten Sie jetzt noch vorbeikommen, oder haben Sie heute etwas anderes vor?«

»Was sollte ich Besseres vorhaben, als den Feierabend mit meinem Psychologen zu verbringen?«, antwortete sie spöttisch.

»Das klingt ganz danach, als würden oder könnten Sie immer noch nicht in ihre alten Gewohnheiten zurückfallen.«

»Gut erkannt. Deshalb möchte ich gerne jetzt noch vorbeikommen, weil ich immer noch nicht bereit bin, andere Männer außer Ihnen zu treffen.«

»Selbsterkenntnis ist ein sehr guter Begleiter auf unserem Weg, Frau Gugawitsch. Ich habe Zeit, Sie können also gerne jetzt sofort kommen.«

Barbara dankte ihrem Psychologen und legte auf.

19. September

9 Uhr

Nach ihrem inzwischen üblichen Morgenritual – Kaffee, eine Zigarette vor ihrem Büro und kurze private Gespräche – setzten sich Barbara und Thomas an ihre Schreibtische.
»Denise Masson hat mich gestern noch angerufen«, begann Thomas und zog sein Telefon heraus.
»Sie hat sich an eine seltsame Nachricht erinnert und mir diese geschickt. Es klingt wirklich komisch ...«
Er suchte die Nachricht und die Datei auf seinem Handy.
»Na, bin ich deppert?«, fluchte Thomas.
»Sag nicht, sie ist verschwunden?«, fragte Barbara.
»Ich kann weder die Datei noch die WhatsApp-Nachricht von der Frau finden. Auch die Nachricht, die ich Dieter geschickt habe, ist weg«, sagte er in einer Mischung aus Wut und Verwunderung.
Barbara nahm sein Handy und suchte selbst noch einmal, währenddessen rief Thomas über das Diensttelefon bei Dieter an.
»Morgen! Gut, dass du über die Festnetzleitung anrufst«, meldete sich Dieter.
»Hallo. Du hast doch gestern eine Nachricht von mir ...«
»Ja und du willst mir jetzt sagen, dass sie verschwunden ist«, fiel ihm Dieter ins Wort.
»Genau.«
»Bei mir auch. Ich habe keine Nachricht mehr von dir, die Datei ist nicht mehr auf meinem Handy zu finden«, erklärte Dieter.
»Das kann doch nicht sein. Ich weiß ganz genau ...«
»Hör zu, TJ. Packt euch zusammen, wir treffen uns im 9. Bezirk, beim AKH. Lasst eure Handys im Büro, nehmt nicht den Dienstwagen. Wartet einfach vor dem Haupteingang.«
»Was ist denn jetzt los?«, wunderte sich Thomas.

»Ich habe eine Vermutung und die wird dir überhaupt nicht gefallen.«

»Spuck´s aus!«, forderte Thomas wirsch.

»Geheimdienst.« Das eine Wort reichte Thomas. Er verabschiedete sich, erklärte Barbara kurz, wohin sie gehen würden und meldete sich bei seinem Vorgesetzten ab.

Statt eines Dienstwagens fuhren die beiden Bezirksinspektoren, wie von Dieter gewünscht, mit einem Taxi zum Allgemeinen Krankenhaus.

»Ich könnte nachher jemanden anrufen, der uns sicherlich ein paar Informationen organisieren kann«, schlug Barbara vor.

»Ist er vertrauenswürdig?«, wollte Thomas wissen.

»Ich spreche von Karl Christow«, sagte Barbara.

»Stimmt! An den hatte ich gar nicht gedacht. Ja, Karl genießt mein vollstes Vertrauen.«

Thomas hatte Karl bei seinem letzten Fall rund um einen Serienmörder kennengelernt. Dabei hatte er auch erfahren, dass der groß gewachsene Mann im Innenministerium tätig war und dort Aufträge erhielt, die vor der Öffentlichkeit geheim gehalten wurden.

Vor dem Haupteingang des AKH stiegen Barbara und Thomas aus und sahen sich um. Über Rolltreppen und Stiegen der Brücke, die die mehrspurige Gürtelstraße überspannte, kamen laufend Personen aus der U-Bahn-Station und den äußeren Bezirken. Neben dem Haupteingang versammelten sich Patienten und Besucher an den Raucherplätzen.

Dieter erwartete sie bereits, schnappte die beiden Bezirksinspektoren und setzte sich mit ihnen ins Kaffeehaus neben dem Haupteingang des Krankenhauses.

Nur wenige Gäste waren anwesend, vorwiegend Patienten mit einer Begleitperson.

»So, was willst du uns sagen und warum haben wir unsere Handys im Büro gelassen?«, wollte Thomas wissen.

»Ich habe eine Vermutung, die die Ereignisse der letzten Tage erklären kann. Ihr habt wahrscheinlich in ein Wespennest gestochen und einige in Wien lebende Agenten aufgescheucht«, kam Dieter ohne Umschweife zum Punkt, »Unter anderem eine französische Agentin, Codename Coco 25, die mit der Identität von Denise Marron bislang undercover gelebt hat. Es ist davon auszugehen, dass der unbekannte Schütze im AKH ebenfalls ein Agent war.«

Barbara und Thomas starrten ihn einige Sekunden lang stumm an.

»Dann werden wir den Fall abgeben«, entschied Thomas.

»Wieso denn? Bist du nicht neugierig, herauszufinden, was es mit diesem Fallschirmspringer ohne Gedächtnis auf sich hat?«, fragte Barbara.

»Und eine Leiche, die verschwunden ist«, gab Dieter zu bedenken.

»Das ist kein Fall für uns, da dürfen sich andere Kaliber darum kümmern.«

»So kenne ich dich gar nicht, TJ. Es überrascht mich, dass du so schnell aufgibst«, meinte Dieter.

»Ich habe keine Lust, wenn sich da Geheimdienste einmischen. Die sind noch schlimmer als Politiker. Da musst du bei jedem Schritt aufpassen und hast ständig wen im Rücken.«

»Heutzutage nennen die sich Nachrichtendienst«, besserte Barbara ihn aus, »Ich erzähle euch sicher nichts Neues, aber Wien ist ein Sammelplatz für Geheimdienste aus allen möglichen Ländern. Nach dem Zweiten Weltkrieg hat sich die Lage Österreichs ideal angeboten, eine Pufferzone zwischen Ost und West einzurichten.«

»Wie viel hat dir dein Onkel denn verraten?«, fragte Dieter nach.

»Ich war früher bei einigen Veranstaltungen von Onkel Michael. Offiziell ging es da nur um geschäftliche Beziehungen. Ich bin mir aber sicher, auch wenn es nie explizit gesagt wurde, dass ich dabei mehreren Geheimdienst-Mitarbeitern über den Weg gelaufen bin.«

»Normalerweise fallen Agenten aber nicht vom Himmel«, meinte Thomas und musste im nächsten Moment grinsen, »Dein Onkel wird sich freuen, wenn er zurückkommt. Wenn er erfährt, wo wir schon wieder drinnen stecken ...«

»Ach komm«, meinte Barbara und schubste ihren Kollegen, »Inzwischen versteht ihr euch doch recht gut.«

»Frauen und Geheimnisse verbinden«, gab Thomas trocken zurück.

Barbara blickte zu Dieter und dann zu Thomas.

»Schau nicht so, Dieter weiß eh Bescheid«, meinte Thomas. Während ihres letzten Falls, bei dem sie ein Brüderpaar als Serienmörder überführten, war der Innenminister gezwungen, einen der Brüder zu erschießen. Der andere Bruder wurde von Barbara erschossen, was ihr immer noch zusetzte, auch wenn sie es nicht zugeben wollte. In der offiziellen Stellungnahme wurden die Schüsse nicht erwähnt.

»Wenn wir schon da sind, sollten wir nochmals nachfragen, ob sich unser Doktor Noname inzwischen an etwas erinnert«, sagte er zu Barbara und brachte sie wieder auf ihren derzeitigen Fall zu sprechen.

Dieter ließ Barbara und Thomas alleine, gab ihnen aber noch den Rat, weitere Daten zu diesem Fall sicherheitshalber auch analog zu sichern.
»Oder, damit TJ es auch versteht, ausdrucken oder auf einem USB-Stick abspeichern. Auf jeden Fall offline, nicht auf online vertrauen.«

Der anwesende Arzt auf der Station brachte die beiden Bezirksinspektoren in ein kleines Zimmer, um ungestört reden zu können.
»Es gibt keine nennenswerte Veränderung beim Zustand des Patienten«, erklärte der Arzt, »Medizinisch können wir nichts mehr unternehmen. Von unserer Seite darf er das Krankenhaus nach der Visite heute Abend zur häuslichen Pflege verlassen.«
»Nur weiß er nicht, wo sein Haus ist«, sagte Barbara.
»Was das betrifft, kann man ihm bei uns nicht weiterhelfen. Wir wissen nicht, warum seine Amnesie anhält. Neurologisch ist alles in Ordnung. Natürlich kann der Schock eines Sturzes aus einem Flugzeug ein Auslöser sein, aber das kann ich nicht mit Bestimmtheit sagen.«
Thomas bat den Arzt, die Entlassung auf den morgigen Tag hinauszuzögern, damit er die zuständigen Kollegen informieren konnte. Näheres wollte er nicht verraten.
»In Ordnung. Aber morgen muss ich ihn entlassen, wir benötigen das Zimmer«, erklärte sich der Arzt einverstanden und betonte, dass er froh sein würde, wenn der Polizeischutz verschwand.
Ein Blick ins Zimmer des Namenlosen zeigte, dass der Mann gerade schlief. Deshalb entschied Thomas, seine Kollegin in ein nahegelegenes Lokal einzuladen.
Beim gemeinsamen Mittagessen war Thomas' bevorstehender Umzug ihr Hauptthema. Thomas gestand,

dass er immer noch unsicher war. Nichtsdestotrotz bedeutete ihm Elisabeth sehr viel und es war klar, dass er nicht getrennt von ihr leben wollte.

Auf ihr Privatleben angesprochen, wich Barbara seinen Fragen aus. Sie erwähnte nicht, dass sie immer noch in Therapie war, und erzählte ihm von heißen Affären, die alle völlig unverbindlich blieben.

»Trotzdem wäre es interessant, wie es weitergeht«, meinte Barbara und reichte Thomas einen Becher frischen Kaffee.

Sie waren wieder auf ihrer Dienststelle und fest entschlossen, den Oberst zu informieren, dass sie den Fall abgeben würden.

»Das wird ein Fall für eine der offiziell nicht existenten Abteilungen, die meinem Onkel, dem Innenminister, unterstehen.«

»Mit solchen Leuten will ich mich nicht herumschlagen«, meinte Thomas entschieden.

»Dann reden wir mit Oberst Frimmel«, sagte Barbara und trank ihren Kaffeebecher aus.

Thomas' Handy, welches er in der Schublade verstaut hatte, läutete. Auf dem Display stand der Name seiner Tochter Anastasia. Er deutete Barbara zu warten und nahm den Anruf entgegen.

»Hallo, Ana. Kann ich dich ...?«

»Herr Bezirksinspektor, bitte hören Sie mir genau zu«, meldete sich eine männliche Stimme.

Thomas vergewisserte sich nochmals, sah den Namen seiner Tochter als Anrufer und sprang augenblicklich auf.

»Wo ist Anastasia?«, fragte er angespannt.

»Ganz ruhig, bitte. Ihre Tochter ist bei uns und es geht ihr bestens. Wir haben sie gebeten, uns bis heute Abend Gesellschaft zu leisten. Bis wir sie Ihnen wieder bringen.«

Thomas schnaubte. Sein Körper verkrampfte, der Zorn stieg in ihm hoch. Er wollte etwas sagen, doch der Fremde kam ihm zuvor.

»Sie werden jetzt ins Krankenhaus fahren und Doktor ... den Patienten ohne Gedächtnis abholen. Sie nennen ihn Doktor Noname, was ich sehr passend finde.«

»Wenn Sie meiner Tochter ...«, zischte Thomas ins Telefon.

»Nicht doch, nicht doch. Keine Drohungen, das haben wir beide nicht nötig. Ich verstehe Ihre Aufregung, ich bin selbst

Vater. Deshalb versichere ich Ihnen, Herr Thomas Jaroslav Kratochwil, Ihrer Tochter wird nichts passieren. Jedenfalls bis heute Abend, sagen wir 20 Uhr.«

»Was soll der Scheiß? Wer bist du?«

»Falsche Frage. Es ist unwichtig, wer ich bin, wichtig ist nur eines: heute 20 Uhr, Einlaufbauwerk Langenzersdorf. Dort werde ich auf Sie warten und Sie kommen mit dem Doktor. Ich nehme Ihre Tochter mit, Sie können sie wieder in die Arme schließen und alle sind zufrieden.«

»Was für ein krankes Arschloch ...?«

»Bitte keine Kraftausdrücke. Wir sind doch zivilisierte Männer, Herr Kratochwil.«

»Wenn ich dich in die Finger kriege ...«, Thomas atmete schwer, »Wenn du meiner Tochter irgendwas antust ... Ich reiß dir den Schädel ab und stopf ihn dir eigenhändig in den Arsch.«

»Interessante Vorstellung, aber dazu wird es nicht kommen. Denn Sie werden mit dem Doktor erscheinen und wir tauschen einfach den Mann gegen Ihr Kind. Also, 20 Uhr, Einlaufbauwerk Langenzersdorf. Sie wissen, wo das ist, oder?«

»Ja«, brummte Thomas. Seine Hände zitterten vor Wut.

»Eines noch, Herr Kratochwil. Verwechseln Sie meine Höflichkeit nicht mit meiner Entschlossenheit. Bis heute Abend, 20 Uhr, bin ich freundlich und zuvorkommend zu Ihrer Tochter. Wenn Sie aber versuchen, mich zu hintergehen, den Doktor nicht mitnehmen oder es dort von Polizisten wimmelt ... Dann ist es vorbei mit der Freundlichkeit.«

Der Unbekannte legte auf.

Barbara starrte ihn an, sie hatte nicht gehört, was der Anrufer gesagt hatte, Thomas' Antworten und Reaktionen ließen aber das Schlimmste befürchten.

»Komm mit, wir müssen raus hier«, befahl Thomas und marschierte wutentbrannt aus dem Büro.

Auf der Straße rauchte sich Thomas eine Zigarette an. Er atmete schwer, sein Kopf war hochrot, seine freie Hand zur Faust geballt. Unruhig ging er auf und ab.

»Sprich mit mir, bitte«, bat Barbara sorgenvoll.

»Jemand hat Anastasia entführt.«

»Oh Gott«, entfuhr es Barbara entsetzt.

»Ich muss Dieter anrufen.«

»Aber ... Warum?«, war Barbara verwundert.

»Er muss versuchen, den Anruf zurückzuverfolgen. Damit das klar ist, das Gespräch gerade eben bleibt unter uns. Niemand, nicht einmal Dieter oder sonst wer, erfährt davon.«

Sie nickte.

»Wir müssen diesen Doktor aus dem Krankenhaus holen und um 20 Uhr beim nördlichen Ende der Donauinsel abliefern.«

»Ich verstehe«, meinte Barbara, die versuchte, möglichst gefasst zu wirken.

Der Anruf bei Dieter brachte sie nicht weiter, denn er konnte nur feststellen, dass der Anruf von Anastasia aus einem sich bewegenden Objekt stattfand. Auf seine Frage, wieso Thomas es wissen wollte, antwortete dieser nur, dass es sich um ein Vater-Tochter-Ding handelte.

»Das war's dann wohl mit ›Wir geben den Fall ab‹?«

Thomas blickte seine Kollegin mit wutentbranntem Gesicht an.

»Jetzt ist es persönlich geworden. Noch nie in meiner ganzen Dienstzeit ist jemand meiner Familie nahegekommen. Dafür wird dieser Typ bezahlen.«

Barbara fuhr den Dienstwagen, während Thomas wortlos aus dem Fenster sah. Unterwegs erfuhr Barbara durch eine Kurznachricht, dass ihr Onkel zusammen mit Karl noch in China verweilte und erst in einer Woche zurückkehrte.

»Das heißt, was auch immer am 21. September in Bratislava vorgeht ...«, sagte Barbara.

»Im Moment ist mir das wurscht. Zuerst muss Anastasia wieder bei mir sein, dann können wir weiter überlegen«, brummte er.

Barbara blickte mehrmals zu Thomas. So hatte sie ihn noch nicht erlebt. Er knetete nervös seine Hände, fuhr sich immer wieder über sein Gesicht.

»Ihr wird nichts passieren«, sagte sie leise und zuversichtlich.

»Ihr darf einfach nichts passieren«, antwortete er zähneknirschend.

Barbara hatte den Wagen vor dem Haupteingang des Krankenhauses noch nicht völlig abgebremst, da stieg Thomas bereits aus, knallte die Tür des Dienstwagens zu und marschierte hinein, ohne auf sie zu warten. Erst bei den Aufzügen holte sie ihn ein.

»Hör zu, egal was du gerade durchmachst, ich bin an deiner Seite und unterstütze dich. Also lauf mir nicht davon und mach keinen Blödsinn«, redete sie auf ihn ein.

Thomas reagierte nicht, sah nur starr auf die grüne Aufzugstür.

Auf der Station angekommen ging er auf direktem Weg zum Zimmer des Doktors.

»Aufstehen, wir machen einen Ausflug!«, raunzte Thomas beim Betreten des Zimmers. Der Patient saß aufrecht in seinem Bett und war in ein Automagazin vertieft.

»Herr Bezirksinspektor, ich grüße Sie«, meinte er überrascht aber freundlich, »Gerne, es wird hier langsam langweilig. Niemand kann mir helfen, mich an etwas zu erinnern, also vielleicht könnten Sie ...«

»Wir reden unterwegs«, unterbrach ihn Thomas im Befehlston, »Anziehen und mitkommen.«

Widerspruchslos legte der Mann die Zeitschrift zur Seite und schwang sich aus dem Bett.

»Ihre Motivation lässt mich vermuten, dass es Neuigkeiten gibt. Können Sie mir inzwischen verraten, wer ich bin?«, fragte er erwartungsvoll.

»Freuen Sie sich nicht zu früh.«

Barbara übernahm die Entlassung des Doktors, nachdem sie den Beamten vor der Zimmertür erklärte, dass sein Auftrag beendet war.

»Wissen Sie, wie mühsam es ist, wenn man nicht einmal seinen eigenen Namen kennt«, sinnierte der Doktor im Aufzug.

»Wir glauben, dass Sie einen Doktortitel tragen«, sagte Barbara, »deshalb werden Sie im Moment Doktor Noname genannt.«

Er grinste sie an.

»Klingt gar nicht so schlecht, Frau ...?«

»Gugawitsch, Barbara Gugawitsch. Sie können mich ...«, Barbara verstummte, da der Doktor vor ihr erstarrte. Die Aufzugtür öffnete sich, doch der Mann blieb regungslos stehen.

»Hallo?«, Barbara wollte nach dem Mann greifen, als er sich wieder regte.

»Ein interessanter Name«, sagte er.

»Was war los?«, fragte Thomas, der neben ihm aus dem Aufzug stieg.

»Was meinen Sie?«

»Ihr Erstarren bei der Erwähnung des Namens meiner Kollegin.«

»Ich weiß nicht was Sie meinen?«, sagte der Doktor verwundert.

»Gugawitsch«, sagte Thomas und im nächsten Moment blieb der Mann mitten in der Bewegung stehen. Barbara und Thomas blickten ihn genau an. Der Doktor war wie eingefroren. Nicht einmal sein Blick wanderte herum, die Augen blieben starr auf Barbara.

Thomas zählte bis drei, dann setzte der Doktor seinen Gang unbeirrt fort.

»Ja, ich habe bereits erwähnt, es ist ein interessanter Name. Ich glaube, ich habe ihn schon einmal ...«

»Gugawitsch«, wiederholte Thomas und bekam dasselbe Ergebnis.

Nach drei Sekunden Erstarrung bewegte sich der Doktor wieder.

»... gehört. Ist das nicht komisch? Ich kann mich an einen Namen erinnern, aber mein eigener ...«

»Gugawitsch«, versuchte es Thomas erneut.

»Thomas, hör auf«, forderte Barbara, »Das ist kein Spiel, der macht das nicht zum Spaß.«

»... Name fällt mir nicht ein«, setzte der Doktor seinen Satz nach einer kurzen Starre fort, »Was für ein Spaß?«

Thomas schüttelte den Kopf.

»Vergessen Sie es. Nennen wir meine Kollegin einfach Barbara. Rauchen Sie?«

Der Doktor überlegte.

»Ich glaube nicht.«

Als er im Freien den Rauch von Thomas abbekam und die Nase rümpfte, war sich der Doktor sicher, Nichtraucher zu sein.

»Wohin geht unsere Reise?«, fragte er.

Thomas ging seine Möglichkeiten im Kopf durch, wobei ihm Dieters Aussage einfiel.

»Wir benötigen ein Zimmer«, entschied er, »Ruf in der Zentrale an, sie sollen uns ein Hotelzimmer im Norden von Wien ...«, Thomas verstummte und überlegte.

Zehn Sekunden später nahm er sein Handy zur Hand und rief seinen Vorgesetzten an.

»Oberst Frimmel, wir haben den Doktor ohne Namen in Gewahrsam genommen. Die genauen Hintergründe erkläre ich Ihnen später. Jetzt benötigen wir ganz schnell ein Safehouse oder Ähnliches, bis heute Abend voraussichtlich.«

»Sie wollen mich doch auf den Arm nehmen, Bezirksinspektor Kratochwil«, antwortete dieser erbost.

Da Thomas nicht weitersprach, seufzte der Oberst auf.

»Ich schicke Ihnen die Adresse aufs Telefon. Wenn Sie zwischendurch Zeit finden, wäre es überaus zuvorkommend, wenn ich einen Bericht bekomme, in welchem verrückten Fall sie beide schon wieder stecken.«

»Ja, später«, sagte Thomas und trennte die Verbindung.

»Ich fahre«, sagte er entschieden und forderte mit einer Handbewegung den Schlüssel von seiner Kollegin.

»Ich möchte nicht aufdringlich klingen, aber kann mir jemand erklären, was hier vorgeht?«, wollte der Doktor wissen, der hinter Barbara und Thomas im Wagen saß.

»Vorerst reicht es, wenn Sie wissen, dass wir Sie an einen sicheren Platz bringen«, sagte Thomas.

»Wohin fahren wir? Du hast ...«, begann Barbara.

»Ich weiß, wohin wir müssen. Und jetzt kein Wort mehr«, meinte Thomas scharf, während er den Wagen auf den Gürtel lenkte.

Zwei Minuten später kam die Kurznachricht von Oberst Frimmel.

»Eiswerkstraße, Ecke Gotenweg, 22. Bezirk. Ein Team wird uns dort erwarten«, las Barbara vor.

Thomas nickte, gab aber kein Wort von sich. Er fuhr ohne große Eile durch Wien, ohne Blaulicht reihte er sich auf der Nordbrücke in einer Wagenkolonne ein und landete nach einer Viertelstunde bei der Abfahrt zur UNO-City.

»Schon wieder diese Gegend«, stellte Barbara fest. Kurz darauf blickte sie verwundert zu Thomas, als er den Wagen nicht auf die Straße zu ihrem Ziel lenkte. Stattdessen fuhr er an den Bürotürmen neben dem Gebäude der Vereinten Nationen vorbei und blieb an einer Bushaltestelle stehen.

Thomas sprang aus dem Fahrzeug und deutete Barbara kommentarlos, ebenfalls auszusteigen. Stumm griff er in ihre Hosentasche, nahm ihr Handy und warf es in den Wagen.

»Du schnappst dir den Doktor und ihr nehmt euch ein Zimmer. Kein Handy, niemand soll erfahren, wo ihr seid«, er wies auf die Beschilderung zum Hotel des 220 Meter hohen DC-Tower. Das schwarze Hochhaus mit der markanten Fassade, die an senkrechte Wellen erinnern sollte, beherbergte neben Firmen auch ein 4-Sterne-Hotel und eine Bar mit Aussichtsterrasse in einem der obersten Stockwerke.

»Wie bitte?«

»Nenn es Paranoia, aber ich möchte auf Nummer sicher gehen. Wenn Dieter Recht hat, wissen die Gfraster, die den Doktor wollen, bereits wohin wir fahren«, erklärte ihr Thomas.

»Okay, auch wenn es ziemlich verrückt klingt.«

»Was an dieser Sache ist nicht verrückt?«, entgegnete Thomas.

Barbara öffnete die Tür und winkte dem Doktor, damit er austieg. Sie packte ihn am Arm und marschierte in Richtung Hoteleingang.

Thomas hingegen nahm wieder im Wagen Platz und fuhr los, das Safehouse lag nur noch ein paar Gassen entfernt.

Er bog in die entsprechende Gasse ein und erkannte am Ende der Straße, dass er bereits erwartet wurde. Zwei Männer standen rauchend an der Kreuzung, bemüht, möglichst unauffällig zu wirken. Doch sie machten beim Näherkommen den typischen Fehler, den Thomas auch aus diversen Thrillern im Fernsehen kannte. Mit einem Griff ans Ohr, um die Kollegen über den Ohrstöpsel besser zu hören entlarvten sie sich als Beamte in Zivilkleidung.

Das Einparken zögerte Thomas absichtlich hinaus, um sicherzugehen, dass er keine Verfolger hinter sich hatte. Mit den Handys und seiner Dienstwaffe stieg er aus.

»Kratochwil«, stellte er sich knapp vor, »Wir sollten reingehen.«

»Uns wurde gesagt ...«, sagte einer der Beamten, verstummte aber, als Thomas die Hand hob.

»Euch wurden drei Personen angekündigt, ich weiß. Ihr könnt gerne bei Oberst Frimmel nachfragen, er wird meine Identität bestätigen. Es gibt bestimmte Gründe, warum ich alleine hier bin und glaubt mir, ich hoffe, dass ich falsch liege.«

Er registrierte, dass beide Männer eine Hand in der Nähe ihrer Waffe hatten.

Gut so, zuerst müsst ihr mich überprüfen, dachte er und folgte ihnen zu einem unscheinbaren Einfamilienhaus. Während die beiden Männer telefonierten, sah sich Thomas das Haus genauer an.

Nichts wies darauf hin, dass an diesem Haus etwas Besonderes war. Der einfache Gartenzaun würde niemanden aufhalten, wobei er bei genauerer Betrachtung feststellte, dass dieser unter Strom stand. Bei den ebenerdigen Fenstern waren die Vorhänge zugezogen, Thomas sah, dass das Haus mit einer Alarmanlage gesichert war.

»Kommen Sie, Herr Kratochwil«, wurde er ins Haus gerufen.

Insgesamt vier Männer saßen Thomas gegenüber, als er im spärlich eingerichteten Wohnzimmer Platz nahm. Bei Kaffee und Zigaretten musste der Bezirksinspektor zunächst einige Fragen beantworten.

»Dieses Haus dient als Unterschlupf für besondere Fälle. Wo ist dieser besondere Gast?«

»Es besteht der Verdacht, dass wir beschattet wurden. Unser spezieller Gast ist in Sicherheit, diese Aktion dient nur dazu, herauszufinden, ob ich paranoid bin, oder unser Doktor Namenlos wirklich so wichtig ist.«

»Wenn uns jemand nahekommt, bekommen wir das rechtzeitig mit. Auch wenn es nicht danach aussieht, es ist nicht leicht, ins Haus einzudringen«, versicherte man ihm.

»Aber selbst, wenn wir überrannt werden, gibt es einen Ausweg. Machen Sie es sich bequem«, der Mann deutete auf einen Kollegen, »Franz ist ein hervorragender Koch. Wir werden in ungefähr einer Stunde essen.«

16 Uhr

Dieter saß vor seinem Computer und knetete nervös seine Hände. Er wartete auf eine Reaktion von Anastasia, die seine Nachricht bislang nicht gelesen hatte.

»Ich bin in den Personalakten der schwedischen Botschaft«, meinte die junge Frau, die ihm gegenüber saß. Sie hatte kurze schwarze Haare mit knallroten Strähnen, im Gesicht trug sie an der Oberlippe, am Nasenflügel und auf der Augenbraue ein Piercing. Nachdem ihre Computerfähigkeiten ihr eine Verhaftung eingebracht hatte, hatte Dieter sie zu sich geholt. Er hatte sich für einen Deal eingesetzt und den zuständigen Behörden klargemacht, dass eine Hackerin von ihrer Qualität bei ihnen dringend notwendig war.

»Carmen, du weißt, dass man keine Spur von dir finden darf«, erinnerte er sie.

»Null Problemo, Chef. Ich brauche nur zwei, drei Minuten, dann sind alle Personen mit dem Bild von Doktor Noname verglichen. Die Schweden waren keine große Herausforderung. Lustiger wird es bei den Engländern, die haben bessere Vorkehrungen.«

»Dann heben wir uns die für den Schluss auf. Versuch dein Glück danach bei den Slowaken.«

Seit Thomas' Anruf war sich Dieter sicher, dass etwas nicht in Ordnung war. Er kannte Thomas lange genug, um erkannt zu haben, dass dessen Nachfrage bezüglich Anastasia einen bestimmten Grund hatte. Da er seine Freundin danach nicht erreichen konnte, setzte er nun alles daran, hinter das Geheimnis um den namenlosen Doktor zu kommen.

»Wie schaut es mit der Handyortung aus?«, fragte Carmen.

»Nichts. Das Handy wurde nicht mehr eingeschaltet«, meinte Dieter besorgt.

»Du machst dir Sorgen um die Kleine. Weiß dein Bezirksinspektor, dass du auf sie stehst?«

Dieter sah von seinem Bildschirm auf.

»Schau nicht so, es ist zu offensichtlich«, sagte die junge Frau mit einem breiten Grinsen.

»Ich kenne Anastasia schon lange ...«, versuchte sich Dieter herauszureden, gab es aber gleich wieder auf, »Ja, wir sind zusammen. Thomas weiß es noch nicht und ich werde ihn nicht gerade jetzt damit konfrontieren. Also bleibt das unter uns, verstanden?«

Carmen nickte.

»Natürlich, Chef.«

»Hör auf, mich Chef zu nennen. Ich bin Dieter.«

»Okay Dieter. Bei den Schweden gibt´s niemanden, der Ähnlichkeit mit dem Doktor hat. Als nächstes kommen die Slowaken dran. Es gibt neben der Botschaft auch einige Firmen, die eng mit Regierungen zusammenarbeiten. Dort wären Personen mit Geheimdiensthintergrund bestens aufgehoben.«

Sie lächelte ihn verschmitzt an.

»Dafür, dass ich mich hier auf illegalen Wegen bewege und dein kleines Geheimnis für mich behalte, hätte ich ein gutes Abendessen verdient, findest du nicht?«

Dieter riss die Augen auf und blickte seine Kollegin überrascht an.

»Carmen, ich glaube, du verstehst nicht ...«

Sie lachte auf, hob ihren rechten Fuß und legte ihn auf den Tisch. Sie schob ihre Hose hoch und zeigte ihre elektronische Fußfessel.

»Chef, was glaubst du denn? Ich will kein Date mit dir. Ich bin auf Bewährung und unter Aufsicht hier. Ich will nichts anderes als einen Abend feiern gehen und dazu benötige ich quasi deine Erlaubnis. Deshalb möchte ich essen gehen, ein paar Lokale unsicher machen und endlich wieder ordentliche Cocktails trinken. Nimm deine Kleine mit, mir geht es darum, rauszukommen.«

Nun grinste Dieter.

»Ich mache dir einen Vorschlag. Du findest heraus, wer unser Doktor Noname ist und ich organisiere dir einen

Abend und eine Nacht, die dir lange in Erinnerung bleiben
wird.«
Er streckte die Hand aus und Carmen schlug ein.
»Wir haben einen Deal, Chef.«

Die Männer im Safehouse hatten nicht zu viel versprochen, was die Kochkünste ihres Kollegen betraf. Thomas saß vor einem köstlich riechenden Hühnerfilet mit zartem Gemüse und Pilzsauce. Sein Wunsch nach einem Bier wurde ebenfalls erfüllt, auch wenn es sich dabei um ein alkoholfreies handelte.

»Haben Sie inzwischen etwas von ihrer Kollegin gehört?«

Thomas schüttelte den Kopf.

»Nein, ich warte so lange wie möglich. Wir müssen mit dem Doktor um 20 Uhr zu einem Treffpunkt. Bis kurz davor ...«

»Achtung, wir bekommen Gesellschaft!«, rief der Mann, der gerade Dienst an den Überwachungskameras hatte, »Drei Fahrzeuge, Diplomatenkennzeichen. Es steigen vier, nein fünf Männer aus.«

Sofort sprangen alle vom Tisch auf.

»Roman, Ottokar und Bojan sichern das Haus. Ich werde den Kellerausgang vorbereiten. Kratochwil, kommen Sie mit«, sagte Franz.

Thomas wollte etwas erwidern, doch dazu kam er nicht.

»Kein Widerspruch. Meine Männer sind bestens eingespielt. Unser Auftrag lautet, Sie heil hinauszubringen.«

Franz sperrte eine Tür auf und wies Thomas an, die Treppen hinab zu gehen.

»Die Stromversorgung wurde gekappt. Die gehen strickt nach Plan vor, typisch Amerikaner«, hörte Thomas noch, dann flog die Tür hinter ihm zu.

»Von hier geht es zu einem Ausgang, gleich bei der Alten Donau. Von dort musst du alleine weiter. Du folgst dem Weg bis zu einer kleinen Brücke, die Kaiserwasserbrücke.«

Er drückte Thomas einen Autoschlüssel in die Hand.

»Dort steht ein blauer Renault Clio, nicht registriert.«

»Was machst du?«, fragte Thomas.

»Ich tauche unter, mein Auftrag ist damit erledigt.«

»Was passiert hinter uns?«

Franz blieb kurz stehen und sah Thomas schmunzelnd an.

»Nichts, was man aus Actionfilmen kennt. Die Amerikaner werden sich Zutritt verschaffen, aber es wird keinen Schusswechsel geben. Nachdem sie die gesuchte Person nicht finden werden, wird man gegenseitig ein paar nette Worte austauschen. Danach geht jeder seinen Weg. Solange es keinen Grund gibt, wird nicht zur Waffe gegriffen.«

»Ihr habt scheinbar schon Erfahrung mit Geheimdiensten«, meinte Thomas, während sie den unterirdischen Gang entlanggingen. Im Abstand von jeweils zwei Metern hingen kleine Lichter an der Wand, um ihnen den Weg zu leuchten. Obwohl alles trocken war, roch es modrig. Thomas schob das auf die Nähe zur Donau.

»In Wien tummeln sich ein ganzer Haufen Geheimdienst-Mitarbeiter, aus allen möglichen Ländern. Die meiste Zeit gibt es zwischen den Diensten einen Informationsaustausch, manchmal mehr, manchmal weniger. Es ist selten so spektakulär wie bei James Bond.«

»Ich glaube, dann erlebe ich gerade eine dieser seltenen Momente. Wenn sogar der amerikanische Geheimdienst auftaucht«, meinte Thomas.

Er war sich sicher, dass Franz und sein Team mehr Erfahrung mit Nachrichtendiensten hatten, als er zu erzählen bereit war.

»Die Amis sind anstrengend, da stimmen leider die Klischees von hochtechnologischem Spielzeug, totaler Überwachung und auch gerne mal Rambo-Methoden.«

»Auch die Entführung von unbeteiligten Kindern?«

»Nein, das kommt im Regelfall nicht vor.«

»In diesem Fall schon.«

Franz stoppte und sah Thomas ernst an.

»Du bist Bezirksinspektor, also in diesem Spiel normalerweise nur ein kleines, unbedeutendes Rädchen. Wenn jemand so weit geht, dein Kind zu entführen, dann bist du auf was sehr Heißes gestoßen. Pass auf dich auf, Kratochwil«, riet er ihm.

Nachdem sie sich ein Zimmer für eine Nacht genommen hatten, waren Barbara und der Doktor zunächst in diesem geblieben. Der Doktor hatte nochmals berichtet, woran er sich erinnern konnte, was aber keine neuen Erkenntnisse brachte. Immer noch war er überzeugt, dass mutmaßliche Außerirdische ihn entführt und untersucht hatten. Wie er von der ›Untersuchung‹ danach in den Himmel über Wien kam, wusste der Doktor ebenso wenig, wie Details über seinen Flug und die Landung mittels Fallschirms.

Zwei Stunden später, die ohne Handy und ohne Informationen von Thomas an Barbaras Nerven zerrten, entschied sie, mit dem Mann das Lokal im obersten Stockwerk aufzusuchen.

Neben einem Restaurant bot die Außenterrasse einen Blick über ganz Wien. Das Wetter lud dazu ein, im Freien zu sitzen, nur ein paar harmlose Wolken zogen über den Himmel. Durch die tiefstehende Sonne leuchteten diese in unterschiedlichen Rottönen. Die Stadt, die sich unter ihnen von der Donauinsel über das Häusermeer ausbreitete, wurde dadurch in eine malerische Stimmung getaucht.

Mit Cocktails in der Hand standen sie an der Brüstung und blickten die Donau entlang in Richtung Kahlenberg.

»Kennen Sie Wien gut?«, fragte Barbara.

»Mein Kind, woher soll ich das wissen?«, antwortete der Doktor, lehnte sich dann aber auf das Geländer und konzentrierte sich auf die Aussicht.

Einer spontanen Eingebung folgend, trat Barbara näher. Sie stand direkt hinter ihm, legte ihre Hände auf seine Schultern und kam ganz nah an sein Ohr. Für die wenigen Gäste der Bar mussten sie wie ein verliebtes Paar wirken.

»Wien ist eine schöne Stadt«, flüsterte sie ihm sanft ins Ohr, »Die Ihnen sicherlich gefällt.«

»Ich spüre jedenfalls keine Abneigung. Ich bin mir sogar sicher, die Stadt nicht zum ersten Mal zu sehen«, antwortete der Doktor leise. Er genoss ihre Gesellschaft, es war ihm aber anzuhören, dass er verwundert über ihre plötzliche Nähe war.

»Du hast sicherlich schon einiges in Wien erlebt«, wechselte Barbara mit leiser, hauchender Stimme zu einer persönlicheren Ansprache.

»Ja, das ist möglich. Aber mein Kind, was ...?«

»Keine Fragen, entspann dich.« Barbara flüsterte ihre Worte in sein Ohr, strich dabei sanft über die Schultern des Doktors.

»Was siehst du?«, hauchte sie ihm ins Ohr.

»Wien, die Donau, dort die ›Millennium City‹. Ich sehe das Allgemeine Krankenhaus und sogar die Kirche auf dem Leopoldsberg kann man erkennen.«

»Na siehst du, du kennst dich recht gut in Wien aus.«

»Es ist eine wirklich schöne Stadt«, gab er ebenfalls leise zurück, während er ihre Berührungen sichtlich genoss.

»Oder gefällt dir Bratislava besser, Doktor?«, hauchte sie weiter.

»Das kann man nicht vergleichen, Bratislava ist mein Zuhause und in Wien habe ich nur ...«, der Doktor musste überlegen und verstummte. Zwei Sekunden später drehte er sich abrupt um, Barbara wich überrascht einen Schritt zurück.

»Springen Sie, jetzt«, sagte er mit aufgerissenen Augen, »Springen Sie, wir sind über Wien, ich werde Sie finden!«

»Wie bitte?«

»Eine männliche Stimme hat genau diese Worte zu mir gesagt. Fragen Sie mich nicht wer, aber diese Person hat mich aufgefordert, über Wien abzuspringen.«

»Ein Mensch oder ...?«, fragte Barbara nach, bemüht, die Frage nicht lächerlich klingen zu lassen.

»Ja, ein Mensch. Entweder jemand, der mich befreit hat, oder ... Ich weiß es nicht«, er schloss die Augen und versuchte, die Erinnerung festzuhalten, aber mehr kam dem Doktor nicht in den Sinn.

»Ich höre nur diesen Satz. Springen Sie, wir sind über Wien, ich werde Sie finden. Kein Bild, kein weiterer Moment der Erinnerung.«

»Dafür wissen wir, dass Bratislava Ihre Heimat ist«, sagte Barbara, die nun wieder mit normaler, ernster Stimme sprach.

»Bratislava ...«, überlegte der Doktor, »Ich sehe Bilder der Stadt vor mir, die Burg ... aber auch die Gassen, ein Lokal, ein Irish Pub ... Ja, ich kenne Bratislava, sehr gut sogar.«

Barbara griff nach ihren Cocktails und reichte dem Doktor seinen.

»Lassen Sie uns hinsetzen. Für den Moment haben wir genug erfahren.«

»Gerne. Vielleicht können Sie mir dann endlich erklären, warum ich aus dem Krankenhaus geholt wurde. Ihr Kollege hat etwas vor, und da es mich betrifft, möchte ich Bescheid wissen.«

Barbara holte tief Luft.

»Nur, wenn Sie versprechen, keine Dummheiten zu machen. Denn das, was ich Ihnen erzählen werde, wird Ihnen nicht gefallen.«

Mit dem unauffälligen Wagen war Thomas zunächst planlos durch Wien gefahren, bis er sicher war, keine Verfolger zu haben. Erst dann fuhr er zum Hotel im DC-Tower zurück. Den Wagen parkte er in der Tiefgarage des Hotels. Bevor er das Hotel betrat, genehmigte sich Thomas noch eine Zigarette vor dem Haupteingang. Dabei blickte er die Fassade des imposanten Hochhauses hinauf. Direkt vor dem Haus stehend wirkte die schwarze Fassade geradezu erdrückend. Während die anderen drei Seiten glatt waren, beeindruckte die Frontseite mit hervorstehenden Fassadenelementen, die an einen abstrakten, schwarzen Wasserfall erinnerten.

Auch wenn ich mit Architektur und Kunst nichts anfangen kann, das schaut nicht schlecht aus, dachte er. Der Platz um ihn herum enttäuschte hingegen im typisch großstädtischen Stil, grau und steril. Seine Gedanken wanderten wieder zu Anastasia und sein Magen zog sich zusammen. Er musste darauf vertrauen, dass ihr nichts angetan wurde und er schwor sich, sich für die Entführung zu revanchieren.

Gerade, als er seinen Blick über den Platz streifen ließ, fielen ihm drei Männer auf. Sie marschierten nebeneinander auf den Haupteingang zu und machten den Eindruck, gerade aus einem Agentenfilm gekommen zu sein. Alle waren glatzköpfig, gekleidet in schwarzen Anzügen und jeder hatte eine dunkle Sonnenbrille aufgesetzt.

Thomas schüttelte den Kopf.

»Langsam werde ich echt deppert im Schädl«, murmelte er, entschied sich dann aber, seiner verrückten Vorahnung nachzugeben. Er lief los, wobei er schon nach wenigen Schritten seinen rechten Fuß spürte, der immer noch von seinem letzten Einsatz beeinträchtigt war. Entschlossen biss er die Zähne zusammen, überholte die Männer und rannte in das Hotel und direkt zur Rezeption. Dabei achtete er nicht auf die extravagante Einrichtung, die dunklen Steinwände und den glänzenden Boden, der mit Marmorplatten ausgelegt war.

»Guten Tag, wie kann ...«, begrüßte ihn die junge Frau am Tresen. Er hielt ihr seinen Ausweis hin.

»Bezirksinspektor Kratochwil, hallo. Folgendes, bitte hören Sie mir genau zu. Ich weiß, dass meine Kollegin, Frau Gugawitsch vor ein paar Stunden bei euch eingecheckt hat. Ich brauche die Zimmernummer und muss sie dringend anrufen.«

Die Frau nickte ihm nur zu, tippte auf ihrem Computer und griff dann zum Telefon. Thomas blickte zur Tür, wo die drei verdächtigen Männer nur noch wenige Meter bis zum Eingang hatten.

»Es hebt niemand ab«, informierte sie Thomas.

Er schloss die Augen, strich sich über sein Gesicht und überlegte hektisch.

Kein Telefon, keine Chance sie zu erreichen ... Sie weiß aber, dass ich irgendwann auftauche. Wenn bislang nichts passiert ist, dann...

Thomas strich über sein Kinn und überlegte fieberhaft.

Dann ist ihr langweilig geworden, kam ihm ein neuer Gedanke. Entweder sind die beiden was trinken gegangen, oder ..., Thomas musste kurz schmunzeln, Nein, der Doktor ist nicht ihr Beuteschema.

»Sie haben doch ganz oben eine Bar?«, fiel ihm ein.

»Ja, im 57. Stock. Soll ich ihre Freundin ... Kollegin ausrufen lassen?«

Thomas lehnte sich vor und dämpfte seine Stimme.

»Habt ihr vielleicht auch Kameras da oben, auf die du hier zugreifen kannst?«, fragte er mit leiser Stimme.

Die Dame sprang auf Thomas' Freundlichkeit an, grinste zurück und nickte. Nach wenigen Klicks drehte sie den Bildschirm zu Thomas.

»Ich glaube, Sie meinen diese Frau, die mit Begleitung ...«

»Bingo, da ist sie ja. Ich danke Dir, fesches Mädel. Wenn jemand nach einer Frau Gugawitsch fragt, vergiss bitte, dass sie oben an der Bar sitzt.«

Wieder nickte sie ihm zu, im Gesicht ein breites Grinsen.

Die Männer traten hinter ihm an die Rezeption, Thomas wandte sich ab und ging ohne Hast zum Aufzug.

»Wir suchen Herrn Kratochwil oder Frau Gugawitsch, sie haben ein Zimmer in ihrem Hotel«, hörte Thomas einen der Männer fragen. Der Akzent des Mannes klang Französisch. Ohne ihm einen möglicherweise verräterischen Blick zuzuwerfen, tippte die Rezeptionistin auf ihrem Computer.

Die Aufzugstüren öffneten sich und Thomas stieg ein, das Letzte was er hörte, war: »Ich habe keine Gäste unter diesem Namen.«

Braves Mädel, dachte Thomas grinsend und drückte den Knopf für den 57. Stock.

Auf der flotten Fahrt hinauf, überlegte Thomas, wie die Unbekannten Barbara und den Doktor gefunden hatten. Außerdem wunderte er sich zum wiederholten Male über die internationalen Personen, die plötzlich überall auftauchten.

Er fand Barbara und den Doktor an einem niedrigen Tisch sitzend, beide mit einem frisch zubereiteten Cocktail in der Hand, zwei leere Gläser standen vor ihnen auf dem Tisch.

»Ist euch eh noch nicht fad geworden?«, begrüßte Thomas die beiden, nahm Barbara das Glas aus der Hand und nahm einen großen Schluck.

»Schmeckt´s?«, fragte Barbara spitz.

Thomas nickte.

»Bisschen zu wenig Alkohol für diesen Tag«, antwortete Thomas und stellte ihr Glas ab.

»Trinkt aus, wir müssen weg«, forderte er sie auf.

»Haben Sie etwas von Ihrer Tochter gehört?«, wollte der Doktor wissen und überraschte Thomas damit.

»Nein, aber inzwischen weiß ich, dass die Amis und anscheinend auch Franzosen hinter Ihnen her sind. Langsam wird es Zeit, dass Ihre Erinnerung zurückkommt«, raunte Thomas.

»Wir wissen inzwischen, dass unser Doktor aus der Slowakei stammt, genauer aus Bratislava.«

Thomas nickte seiner Kollegin zur Bestätigung zu.

»Darüber können wir später reden, jetzt sollten wir verschwinden. Die haben mich gefunden und sind inzwischen auch schon euch auf den Fersen«, drängte Thomas.

»Wer genau?«, fragte der Doktor.

»Wenn wir wissen, wer Sie sind, können wir diese Frage vielleicht leichter beantworten.«

Barbara übernahm es, die Rechnung zu bezahlen, während sich der Doktor an den Bezirksinspektor wandte.

»Ich möchte Ihnen nur sagen, dass ich Sie in jeder Hinsicht unterstütze, damit Sie ihre Tochter wieder in die Arme schließen können«, versicherte der Doktor.

»Ihnen ist schon klar, dass niemand weiß, was der Unbekannte von Ihnen will?«

Der Doktor sah Thomas mit einem beruhigenden Lächeln an.

»Ich habe das Gefühl, dass ich diesen Tag überleben werde. Ich kann es nicht definieren, aber ich bin gerne bereit, mich gegen ihre Tochter auszutauschen. Kinder sollten da nicht hineingezogen werden.«

Barbara kam zurück und sie nahmen den Doktor in die Mitte.

»Danke für die schönen Stunden, Frau Barbara. Ich glaube, von hier oben habe ich Wien noch nie gesehen«, meinte der Doktor in Barbaras Richtung, während Thomas den Aufzug rief.

»Interessieren Sie sich für den Weltraum, Doktor?«, fragte Thomas.

»Ich glaube schon. Vielleicht habe ich sogar einen Doktor in Astronomie, aber wieso fragen Sie?«

»Weil es einen Hinweis ...«

Die Aufzugstüren öffneten sich und vor ihnen standen die drei Anzugträger. Die Sonnenbrillen trugen sie immer noch.

»Der Spaß ist jetzt vorbei«, meinte der Mann, welcher in der Mitte stand, »Sie kommen mit uns mit.«

»Moment, ich glaube, wir sollten uns zuerst vorstellen«, sagte Barbara.

Thomas' Hand war bereits zu seiner Dienstwaffe gewandert.

Der Doktor machte einen Schritt vor.

»Wer sind Sie?«, fragte er.

»Das wissen Sie ganz genau. Und jetzt kommen Sie mit, sonst ...«, meinte der linksstehende Mann und öffnete sein Jackett um seine Pistole zu präsentieren.

Barbara erstarrte für einen Moment, Thomas wollte seine Waffe ziehen, doch beide wurden von ihrem Begleiter überrascht.

Blitzschnell machte der Doktor einen weiteren Schritt nach vorne und schlug zu. Schneller, als Thomas es von alten Kung Fu Filmen mit Jackie Chan kannte, flogen die Fäuste des Doktors im Aufzug von einem Mann zum nächsten. Gleichzeitig landete er harte Treffer mit seinem Fuß. Keiner der drei mutmaßlichen Franzosen kam dazu seine Waffe zu ziehen oder sich zu verteidigen. Die Schläge und Tritte hagelten ohne erkennbare Gegenwehr auf die Männer ein. Binnen weniger als zehn Sekunden lagen sie auf dem Boden des Aufzugs, alle bewusstlos. Zwei Männer bluteten aus der Nase, mindestens zwei Kniescheiben und Schultergelenke waren ausgekugelt. Der Doktor beugte sich über einen der Zusammengeschlagenen und griff nach dessen Waffe. Mit geübtem Griff kontrollierte und entfernte er das Magazin und steckte es ein. Wortlos machte er dasselbe bei der zweiten Waffe, die dritte kontrollierte und sicherte er, dann steckte er sie selbst ein.

»Fahren wir, die Herrschaften werden noch fünf bis zehn Minuten schlafen«, meinte der Doktor trocken.

Barbara und Thomas sahen sich verwundert an.

»Holy Shit«, meinte Barbara erstaunt.

»Wenn das so weitergeht, dann sind Außerirdische nicht mehr das Verrückteste«, sagte Thomas kopfschüttelnd und trat über die Männer in die Aufzugskabine.

Ohne Zwischenstopp fuhren sie direkt in die Tiefgarage. Unterwegs durchsuchte Thomas die Männer, fand aber nur gefälschte Dienstausweise der Polizei.

»Nicht einmal gut gefälscht, aber die wenigsten Leute kennen einen echten Ausweis.«

»Wollen wir die drei einfach liegen lassen?«, fragte Barbara.

»Ja«, antwortete der Doktor, »Wir sollten zum Treffpunkt fahren. Herr Thomas soll seine Tochter zurückbekommen.«

»Sie haben scheinbar keine Angst, dass Ihnen etwas zustoßen könnte«, stellte Barbara fest.

»Wie gesagt, ich habe ein gutes Gefühl bei der Sache«, versicherte er ihr mit einem gutmütigen Grinsen.

»Dieter!«, rief die junge Hackerin durch den Raum. Ihr war es egal, dass sich alle Blicke zu ihr richteten.

»Dieter, ich kriege ein Abendessen und eine ordentliche Nacht mit dir!«, rief sie euphorisch.

Dieter kam aus einem Nebenraum auf sie zu.

»Was soll das Geschrei? Ich habe mir nur erlaubt, eine Coke zu holen.«

»Schlechter Zeitpunkt, Chef. Hier, schau und gratuliere mir«, sagte sie triumphierend und hielt einen Ausdruck hoch. Auf diesem war ein Schwarz-Weiß-Bild mit dem Portrait des namenlosen Doktors.

»Bin ich gut?«, fragte sie herausfordernd.

»Lass es mich überprüfen, Carmen. Erst dann ...«, er stutzte, als er den Text unter dem Bild las. Er nahm ihr den Ausdruck aus der Hand und blickte vom Papier zu ihrem Computer.

»Doktor Radoslav Novotný, 55 Jahre, Slowake. Geboren in Bratislava«, las er vor, dann sah er zu Carmen.

»Gestorben dieses Jahr im Juni in Bratislava«, las er weiter vor.

Carmen schenkte ihm ein breites Grinsen.

»Bin ich gut?«, fragte sie erneut.

»Wie kann er im Juni gestorben sein und jetzt putzmunter herumlaufen?«

»Das muss dein Freund herausfinden, der ist Inspektor. Setz dich zu mir.«

Dieter nahm sich einen Stuhl und nahm neben Carmen vor dem Computer Platz.

»Ich muss zugeben, ein bisschen Glück und weibliche Intuition war auch dabei«, begann sie und öffnete mehrere Fenster auf dem Bildschirm.

»Bei der Durchsicht der slowakischen Botschaft ist mir ein Typ aufgefallen, der unserem Doktor sehr ähnlich sah. Übrigens, die Slowaken sollten echt in ihre IT-Sicherheit investieren. Da kommt ja jedes Kleinkind rein. Deren Firewall ist so schlecht geschützt, ich konnte im Quellcode eine Funktion finden, die alle Systeme, sogar die

Virenscanner abdreht. Ein Klick mehr und ich hätte alle Überwachungskameras durchsehen können. Sogar die Kommunikation ins Hauptquartier des Nachrichtendienstes in Bratislava habe ich ...«

»Du schweifst ab«, stoppte Dieter ihren Monolog.

»Sorry Chef. Also, ich war drinnen, habe mir die Personalakten angesehen und mir nach dem offiziellen Personal auch die Akten der SIS vorgenommen.«

Dieter hob seine Augenbrauen.

»Du hast dich direkt in den Slowakischen Nachrichtendienst gehackt?«

»Wer so leichtfertig mit seinen Daten umgeht, sollte froh sein, dass ich keine Geschenke hinterlassen habe. Gib mir zehn Minuten und ich kann dir von jedem Agenten des Nachrichtendienstes einen Lebenslauf besorgen, inklusive Echtzeit-Ortung. Die haben ihre Agenten nämlich mit einer besonderen Wanze versehen. Die ist nicht einfach nur ein kleines Ding, die einem geimpft wird, sondern eine Kombi, die sich nicht mehr aus dem Körper entfernen lässt.«

»Du hast versucht ...? Du hast dich direkt in den Nachrichtendienst geschaltet? Wenn dich da jemand erwischt, stehen wir vor einer internationalen Krise!«

»Es hat mich aber keiner erwischt. Willst du jetzt was erfahren?«

Dieter schwieg und hob abwehrend die Hände.

»Wo war ich ...? Ach ja, die Agenten. Neben den aktiven Personen gibt es auch eine Datenbank für freie Mitarbeiter. Verschiedene Privatpersonen, die dem SIS Informationen zu tragen. Darunter auch hochrangige Politiker, Militärangehörige und Wissenschaftler.«

»Dort hast du ihn gefunden?«

»Nein, Chef«, meinte Carmen kopfschüttelnd, »Ich wollte schon aufhören, aber dann fiel mir noch eine Personendatenbank auf, für KIAs, MIAs und RIPs.«

»Wie bitte?«

»Hey Chef, das solltest du schon wissen«, neckte sie ihn mit überheblicher Stimme.

»Übertreib es nicht«, ermahnte Dieter sie.

»Sorry. Also, die Datenbank listet die inaktiven Mitarbeiter auf. Killing oder Missing in Action und Verstorbene. Ich habe unser Bild durchlaufen lassen und plötzlich hat es ›Bing‹ gemacht.«

Dieter verfolgte ihre Handlungen auf dem Bildschirm, da sie von ihrer Aktion Screenshots gemacht hatte.

»Ich war so frei und habe den Text für dich übersetzen lassen. Ein Autounfall, mitten in der Nacht, der Wagen ist dabei vollständig ausgebrannt. Soweit ich es verstanden habe, war kein anderes Fahrzeug daran beteiligt. Die Identifikation stammt vom Nachrichtendienst selbst.«

»Sehr praktisch, um jemanden verschwinden zu lassen«, meinte Dieter.

»Den Doktortitel hat Novotný in Atomphysik, er war an der Comenius-Universität in Bratislava tätig. Kein auffälliger Kerl, es gibt weder eine Todesanzeige oder sonstige Berichte.«

Dieter schlug sich eine Hand vor die Augen und stöhnte auf. »Mann eh, wo ist TJ da nur wieder reingerutscht? Ich kann ihn schon fluchen hören, wenn er das alles erfährt.«

Im Angesicht des Todes

Die Sonne war bereits verschwunden, am Horizont war nur noch ein schwacher rötlicher Streifen zu sehen. Das Einlaufbauwerk Langenzersdorf nördlich von Wien lag an der Abzweigung der Neuen Donau. Seit seiner Erbauung 1975 diente die Brücke dem Hochwasserschutz der Stadt. Außerdem bot sie Radfahrern und Fußgängern eine Möglichkeit, von der Ortschaft Langenzersdorf auf die Donauinsel zu gelangen.

Der Parkplatz neben der Donauufer-Autobahn war leer, die Tagesausflügler waren längst verschwunden.

»Kein schlecht gewählter Platz«, musste Barbara zugeben, »Von der Brücke aus hat man alle Richtungen im Blick.«

»Deshalb haben wir auch niemanden informiert«, sagte Thomas grimmig.

Zusammen mit dem Doktor stiegen sie aus und sahen sich um. Die Brücke der Wehranlage war menschenverlassen, die vorbeifahrenden Fahrzeuge auf der Autobahn hatten zwar freie Sicht auf den Platz, doch kaum jemand würde auf sie achten.

Thomas entsicherte seine Dienstwaffe und behielt sie in der Hand, während sie zu dritt auf die Brücke zugingen. Dabei kamen sie an einem knapp zehn Meter langen Metallteil vorbei, welches auf Betonpfeilern ruhte. Thomas vermutete, dass dies eines der Schleusentore in Originalgröße war.

Über Stufen aus Naturstein, die zu beiden Seiten von wild wachsendem Gras umgeben war, gelangten sie auf die Brücke. Die Fahrbahn war breit genug für ein Fahrzeug, wobei die Zufahrt nur für Einsatzfahrzeuge erlaubt war.

»Unsere Wege werden sich wohl gleich trennen«, sagte der Doktor, »Deshalb möchte ich mich für ihre Unterstützung bedanken.«

»Wir haben nicht viel herausgefunden, dafür aber viel Staub aufgewirbelt«, meinte Barbara.

Thomas war unterdessen vorgegangen und blickte über die Absperrung zu den geschlossenen Schleusentoren. Anhand der Ablagerungen auf dem Stahl ließ sich ausmachen, dass im Moment die Gefahr eines Hochwassers sehr gering war. Gerade als er sich zu Barbara und dem Doktor umdrehte, hörte er einen Wagen vom anderen Ende auffahren. Das Fahrzeug blieb am Beginn der Brücke stehen, die Scheinwerfer blinkten kurz auf, dann wurde der Motor abgestellt.

»Es geht los. Kommen Sie zu mir, Doktor.«

Barbara blieb im Hintergrund stehen, eine Hand an ihrer Waffe.

»Papa!«, rief ihm Anastasia zu, die gerade aus dem Wagen gestiegen war. Neben ihr stand eine Person, die Thomas zuwinkte.

Thomas' Handy läutete.

»Danke, dass Sie pünktlich sind, Herr Bezirksinspektor«, meldete sich die männliche Stimme auf seinem Telefon.

»Lassen Sie meine Tochter gehen, sofort!«, brummte Thomas.

»Aber natürlich. Ich möchte Ihnen versichern, Anastasia ist nichts Unangenehmes geschehen. Wir haben gut gegessen, leider wenig miteinander gesprochen, aber ich kann Ihnen ...«

»Dann schick sie zu mir, sofort!«, giftete er den Mann an.

»Ihr Gast soll zu mir kommen, wir machen das wie in einem billigen Film. Beide gehen gleichzeitig los. Ich werde hier warten, ich darf mich nicht zu weit von meinem Fahrzeug entfernen. Nur noch eine Bitte, Herr Kratochwil: Stecken Sie Ihre Waffe ein, ich bin weitaus erfahrener in diesen Dingen.«

»Arschloch«, fluchte Thomas, doch die Verbindung war bereits unterbrochen.

Schnaubend steckte er seine Waffe wieder zurück. Der namenlose Doktor stand neben ihm, nickte ihm zu und reichte ihm die Hand.

»Ich nehme an, wir werden uns nicht wiedersehen. Danke für alles«, sagte er und ging los.

Auf der anderen Seite war auch Anastasia losgegangen, zunächst langsam, doch sie wurde rasch schneller. Als sich Anastasia und der Doktor gegenüberstanden, blieben sie kurz stehen und sahen sich an.

»Wer sind Sie?«, fragte Anastasia mit leiser, zitternder Stimme, als sie dem Doktor gegenüberstand.

»Wenn ich das nur wüsste, mein Kind«, antwortete der Mann, »Aber es ist schön zu sehen, dass es dir gut geht. Dein Vater ist ein guter Mann.«

»Ryu war sehr freundlich. Ich hoffe, er ist auch zu Ihnen ...« Ein lauter Knall ließ sie und den Doktor zusammenzucken. Anastasia ging in die Hocke und sah zu ihrem Entführer zurück.

Gleichzeitig zog Thomas erneut seine Waffe und sah erschrocken zu Anastasia. Ihr Hinabbücken ließ ihn das Schlimmste vermuten, woraufhin er in ihre Richtung losrannte.

Nur Barbara hatte mitbekommen, was der Knall bedeutete. Sie sah zu Anastasias Entführer, der von einer Kugel getroffen nach hinten taumelte und gegen die Absperrung prallte. Es folgte ein zweiter Schuss, der ebenfalls traf. Barbara glaubte zu erkennen, dass die Kugel den Mann in Brusthöhe traf. Er wurde nach hinten geschleudert, verlor das Gleichgewicht und flog rücklings über die niedrige Absperrung.

»Thomas! Schuss auf den Entführer!«, schrie Barbara und sah sich um.

Hinter ihnen, auf dem Weg vom Parkplatz zur Brücke, konnte sie auf dem Metallteil eine kniende Gestalt erkennen. Das längliche Ding in seiner Hand war eindeutig ein Scharfschützengewehr.

Als Nächstes sah sie einen weiteren Wagen neben ihrem auf dem Parkplatz stehen.

Verdammt, wie ist der so lautlos hergekommen, fluchte sie in Gedanken.

Thomas hatte die Situation binnen Sekunden erfasst. Seine Tochter war nicht Ziel des Schützen, dafür sah er den Entführer über die Brüstung fallen. Er wandte sich seiner Kollegin zu, sah ebenfalls die schattenhafte Gestalt, die der Schütze sein musste. Der Schatten lief los und sprang von dem Schleusentormodel hinunter.

»Oida, warum steht da noch ein Auto?«, fluchte er.

»Halt den Wagen auf!«, rief er Barbara zu, während er zu Anastasia und dem Doktor rannte.

»Schauen Sie nach dem anderen Kerl, uns geht es gut«, rief ihm der Doktor beim Näherkommen zu, der neben Anastasia in die Knie gegangen war.

Thomas nickte ihm ohne stehenzubleiben zu und lief weiter zu der Stelle, an der der Mann über die Brüstung gefallen war.

Barbara hatte bereits ihre Waffe in der Hand und sprang die Steinstufen hinab. Der mutmaßliche Schütze hatte einen großen Vorsprung und war bereits bei seinem Fahrzeug angekommen, dessen Lichter aufleuchteten, als er den Wagen entsperrte.

»Stehenbleiben, Polizei!«, schrie sie im Laufen, doch der Mann zeigte keine Reaktion.

Sie hielt die Waffe hoch und feuerte einen Schuss ab. Der Flüchtende zuckte nicht einmal zusammen, riss die Wagentür auf und schwang sich auf der Beifahrerseite ins Innere.

»Verdammt, stehen bleiben oder der nächste Schuss ...«, sie erreichte den Parkplatz und zielte auf den Wagen, der bereits anfuhr.

Dunkelrot, Audi e-tron GT, verdunkelte Scheiben, Kennzeichen ... fehlt, notierte sie in Gedanken.

Der Wagen fuhr rückwärts auf sie zu, ohne es dabei übertrieben eilig zu haben. Barbara zielte auf die Heckscheibe.

»Raus oder ich schieße!«, rief sie.

Der Wagen bremste, die Rückfahrlichter erloschen.

»Verdammter ...«, fluchte sie, drückte aber nicht ab. Vor ihren Augen kamen die Bilder ihres letzten Schusswaffengebrauchs wieder hoch. Wie sie auf ihren Entführer schoss, wie die Kugel sich in seinen Kopf bohrte und der Körper zu Boden ging.

Wie sie mit einer Fingerbewegung ein Leben auslöschte.

Die Sekunden nutzte der Fahrer und gab Gas. Die Reifen quietschten und der Wagen fuhr auf den offenen Schranken zu, der den Parkplatz mit der Autobahn verband. Barbara blieb regungslos stehen und konnte nur zusehen, wie das Fahrzeug mit einem schnellen Schwenk auf den Pannenstreifen der Autobahn einbog und verschwand.

»Fuck it!«, fluchte sie leise und ließ zunächst die Waffe sinken, bevor sie selbst langsam in die Hocke ging.

Thomas kam zu der Stelle, an der er den Mann von der Brücke fallen gesehen hatte. Er blickte über die Absperrung ins dunkle Wasser.

Die Schleusen sind zu, damit ist es ein stehendes Gewässer, dachte er, Der Kerl ist in das Becken vor der geschlossenen Schleuse gestürzt, wobei die Donau hier dagegen prescht.

Er konnte keine Person im Wasser ausmachen und lief zur anderen Seite der Straße. Auch hier konnte er niemanden finden.

Das Wasser kommt nicht durch die Schleusen hindurch, überlegte Thomas, aber ein erfahrener …

Thomas schüttelte verächtlich den Kopf.

»Klar, ein bestens ausgebildeter Geheimagent kommt durch die Schleuse und schwimmt angeschossen nach Wien, wo er aus dem Wasser steigt, als wäre nichts gewesen«, brummte er.

Konzentriert blickte er über das Wasser und das Ufer, als er hinter sich ein leises Piepsen vernahm.

»Was ist denn …?«, murmelte er und drehte sich zu dem Fahrzeug von Anastasias Entführer um. Auf dem Armaturenbrett blinkte schwach ein gelbes Lämpchen.

»Ich werde hier warten, ich darf mich nicht zu weit von meinem Fahrzeug entfernen«, fiel ihm der Satz des Mannes wieder ein.

»Der wird doch nicht …?«, überlegte Thomas laut, erkannte, dass das Blicken rasch schneller wurde, und hatte nur noch einen Gedanken.

»Lauft! Weg hier!«, schrie er panisch seiner Tochter und den Doktor zu. Er selbst rannte ebenfalls los.

Der Doktor und Anastasia waren bereits auf dem Weg zu Barbara, hörten Thomas' panisches Aufschreien und zuckten zusammen.

Thomas erreichte die beiden, als er ein lautes Zischen vernahm. Gleichzeitig wurde es hinter ihm mit einem Schlag hell, als der Wagen zu einem brennenden Feuerball wurde.

Thomas blickte sich um, erwartete jeden Moment eine Explosion, doch die blieb aus. Binnen weniger Sekunden brannte der Wagen lichterloh.

»Was …?«, stotterte der Doktor, der ebenfalls wie gebannt auf die Flammen blickte.

»Langsam wünsche ich mir echt, Ihre Außerirdischen würden auftauchen«, sagte Thomas mürrisch, »Dann wäre das alles hier nicht mehr so verrückt.«

Inzwischen war der Himmel dunkel, nur die wenigen Lichtmasten und die auf der Autobahn vorbeifahrenden Fahrzeuge sorgten für Licht.

Barbara hockte an dem Wagen angelehnt auf dem Boden und blickte geistesabwesend auf die Donau. Thomas stand neben ihr, seine Tochter im Arm. Abseits stand der Doktor, wie die anderen blieb er stumm. Zehn Minuten vergingen, bis Anastasia die Stille brach.

»Also, falls es jemand interessiert, bei mir ist alles in Ordnung. Ich wurde gut behandelt, habe gegessen und getrunken. Nur viel reden wollte Ryu, wie er sich vorgestellt hat, nicht.«

Sie blickte zum Doktor.

»Kann mir vielleicht einer erklären, was hier vor sich geht?«

»So genau wissen wir das auch nicht«, sagte Thomas. Ihm war anzuhören, wie stinksauer er war.

»Ihr könntet damit anfangen, mir den Herrn vorzustellen«, meinte Anastasia, woraufhin sich der Angesprochene ihr zuwandte.

»Das kann ich leider nicht, mein Kind. Ich weiß nicht, wie ich heiße und ...«

Thomas' Telefon läutete.

»Dieter, was gibt es?«, brummte Thomas grimmig.

»Und ich habe keine Erinnerung daran, was mir zugestoßen ist«, sprach der Doktor weiter, »Ich kann dir nicht erklären, warum ich so wichtig sein soll, dass man zu solchen Methoden greift. Meine Hoffnung war, bei diesem Austausch endlich mehr zu erfahren, außerdem habe ich deinem Vater mein Wort gegeben, dass ich alles mache, damit dir nichts zustößt.«

»Radoslav Novotný!«, rief Thomas in Richtung des Doktors und Anastasia.

Der Doktor wandte sich Thomas zu.

»Wie bitte?«

»Herr Doktor, Ihr Name ist Radoslav Novotný. Sie sind 55 Jahre und Slowake«, sagte Thomas.

Der Doktor nahm die Information auf, überlegte einige Sekunden lang und schüttelte dann den Kopf.

»Nichts. Keine Eingebung, keine Erleuchtung, keine neuen Erinnerungen«, musste er zugeben.

»Einsteigen«, befahl Thomas, »Wir fahren zur ›Schwarzen Rose‹.«

Barbara und Anastasia nahmen auf dem Rücksitz Platz, Radoslav Novotný stieg auf der Beifahrerseite ein. Wortlos setzte sich Thomas ans Steuer des Wagens und fuhr los.

Wieder blieb es minutenlang still im Fahrzeug, bis sich Barbara räusperte.

»Es tut mir leid«, sagte sie kleinlaut.

»Du hast mich angelogen«, antwortete Thomas emotionslos.

»Thomas ... Ich weiß nicht, was ich sagen soll.«

»Wovon redet ihr beiden jetzt?«, wollte Anastasia wissen.

»Wurscht jetzt, wir müssen uns zuerst um dich kümmern«, entschied Thomas, doch Anastasia ließ nicht locker.

»Mir geht es gut. Ryu war die ganze Zeit über nett zu mir. Er hat nur nicht verraten, um was es hier geht.«

Radoslav Novotný drehte den Kopf zu ihr.

»Wie gesagt, so genau wissen wir es auch nicht. Ich hatte gehofft, einige Antworten zu bekommen. Der Schütze hätte uns vielleicht mehr sagen können.«

Barbara blickte aus dem Fenster in die Nacht.

»Ich weiß ... Es war ...«, sie stockte.

»Du bist immer noch nicht über die Sache von damals hinweg«, sagte Thomas streng.

»Welche Sache?«, fragte Anastasia.

»Dein Vater meint, dass ich immer noch damit zu kämpfen habe, einen Menschen erschossen zu haben«, erklärte sie.

Anastasia kannte die Geschichte bereits, doch Barbara hatte sie vor ihr immer wieder heruntergespielt. Sie hatte Anastasia gegenüber auch nicht erwähnt, dass sie in therapeutischer Behandlung war.

»Du weißt, dass ich hinter dir stehe«, fuhr Thomas fort, »Und ich habe gedacht, wir können über alles reden, nicht nur beruflich.«

Der Vorwurf traf Barbara hart. Sie zog die Schultern hoch und drückte sich in ihren Sitz. Anastasia rutschte zu ihr, legte den Arm um ihre Schulter und drückte sie an sich.

»Lass es gut sein, Papa. Ihr geht es nicht gut.«

Thomas bog von der Autobahn ab.

»Ich muss überlegen. Wir werden in Ruhe darüber reden, wie es weitergehen soll«, entschied er.

Doktor Novotný sah von den Frauen zu Thomas.

»Sie haben eine starke Tochter. Frau Barbara hat eine schwere Zeit. Sie braucht jetzt viel Unterstützung und echte Freunde, die ihr beistehen.«

Thomas nickte ihm zu.

»Sie hat Freunde«, sagte er trocken.

Zwanzig Minuten und einige Telefonate später saß eine mehrköpfige Gruppe im Nachtlokal »Schwarze Rose« an einem Tisch im ruhigeren Bereich des Lokals. Neben Barbara, Anastasia, Thomas und dem Doktor, hatten sie auch Werner Ritter eingeladen. Der stämmige Polizeipsychologe zählte zu den engen Freunden der beiden Bezirksinspektoren. Thomas' Freundin Elisabeth, gleichzeitig Barbaras Tante, war informiert, für sie war der Weg von außerhalb Wiens bis zum Lokal aber zu weit.

Kaum hatten sie ihre erste Runde Getränke auf dem Tisch stehen, erschien auch Dieter. Er kam nicht alleine, an seiner Seite war eine junge Frau, deren rote Strähnen im ansonsten schwarzen Haar im Licht der Bar besonders auffällig strahlten.

»Hallo zusammen«, grüßte er die Runde. Als er Anastasia erblickte, zuckte er zusammen und blickte zu seiner Begleitung.

»Servas«, grüßte Thomas.

»Wen hast du denn da mitgebracht?«, fragte er und musterte die junge Frau.

»Das ist Carmen, meine Kollegin. Sie ...«, Dieter sah Anastasias Blick und wurde nervös, »Sie ist nur eine Kollegin, damit wir uns richtig verstehen.«

»Ist okay«, meinte Thomas, der aber nicht überzeugt klang.

»Wirklich TJ, glaub mir. Carmen ... also, sie ist ... sie hat eine Bewährungsstrafe abzusitzen und darf nur ...«, er sah wieder zu Anastasia, »Sie darf nur raus, wenn ein zuständiger Beamter dabei ist. Wegen ihrer Fußfessel, deshalb muss ich ...«

»Moment«, unterbrach Thomas, »Willst du mir erklären, deine Freundin läuft mit einer Fußfessel herum?«

»Ja, aber ...«

»Eine Frau mit Fußfessel, die den Abend in einem Puff verbringt«, stöhnte Thomas, nahm einen großen Schluck Bier und lehnte sich zurück, den Blick zur Decke gerichtet, »Und da soll noch einer behaupten, Außerirdische wären übertrieben.«

»Sie ist nicht meine Freundin, also nicht, wie du vielleicht denkst«, entgegnete Dieter.

»Chef, stell dich nicht so an«, mischte sich Carmen ein und nahm neben Thomas Platz, »Ich habe mich erwischen lassen, als ich auf ein paar internen Regierungsseiten unterwegs war. Vielleicht war auch die eine oder andere Bank darunter. Jedenfalls wurde mir das Angebot gemacht, meine Fähigkeiten bei deinem deutschen Freund zu beweisen. Er ist ganz okay, aber ich gehe nicht mit ihm ins Bett, damit das klar ist.«

Sie blickte dabei zu Anastasia, um klarzustellen, dass sie Bescheid wusste.

»Aber ich darf nur ausgehen, wenn Dieter oder ein anderer Beamter dabei ist. So wie ich das sehe, sind hier gleich mehrere Bullen, also bin ich gut aufgehoben«, sagte sie verschmitzt und erntete kollektives Kopfschütteln

»Nachdem wir das geklärt haben«, meldete sich Werner zu Wort, »sollten wir zurück zu unserem Problem kommen.«

Thomas stimmte ihm zu. Zunächst erzählte er, dass er mit seiner Freundin Elisabeth besprochen hatte, seine Tochter zu ihr ins neubezogene Haus bringen zu lassen.

»Raus auf das Land?«, fragte Dieter nach. Er saß neben Anastasia und ließ sich nicht anmerken, wie groß seine Sorge um sie war.

»Ja, in unser neues Haus«, fuhr Thomas fort, »Elisabeth hat bereits mit Steinberger gesprochen. Auch wenn er gerade weg ist, wird der Innenminister ein Team zum Personenschutz abstellen.«

Dieter wollte etwas erwidern, schluckte es aber hinunter.

Radoslav Novotný hob die Hand.

»Leider weiß ich immer noch nicht, wer ein solches Interesse an mir hat. Nicht einmal mein Name klingt für mich vertraut. Aber ich möchte weder den Bezirksinspektoren noch der jungen Frau Probleme machen. Deshalb ...«

»Du brauchst gar nicht weiterreden«, unterbrach ihn Thomas, »So leicht kommt uns diese Bagage nicht davon. Geheimdienst hin oder her, ich will wissen, wer meine Tochter entführt hat und wer den Entführer erschossen hat.«

»Er hat sich als Ryu vorgestellt und hatte asiatische Züge. Mehr hat er mir nicht verraten«, warf Anastasia ein.

»Verstehe ich das richtig?«, meldete sich Werner zu Wort, »Wir haben bislang Amerikaner, vermutlich Franzosen und einen Asiaten, die hinter dem Doktor her sind?«

Thomas nickte.

»Ziemlich international, alle Achtung«, meinte Werner beeindruckt.

Viktor erschien an ihrem Tisch.

»Mein junger, deutscher Freund. Lange nicht mehr gesehen«, grüßte er Dieter. Dessen Kopfschütteln nahm er nicht zur Kenntnis.

»Mein Mädchen hat schon Sehnsucht ...«

»Viktor, wir könnten deine Hilfe brauchen«, unterbrach Thomas.

Dabei nahm er den fragenden Blick nicht wahr, den seine Tochter Dieter zuwarf. Barbara hingegen schon.

»Erklär Viktor, was auch immer du vorhast, ich verschwinde mal kurz. Kommst du mit, Ana?«, fragte sie in Richtung der jungen Frau und deutete ihr, nicht abzulehnen.

»Was kann ich für dich tun, mein Freund?«, fragte Viktor.

»Ich brauche eine sichere Unterkunft für unseren Doktor«, meinte Thomas und deutete auf Radoslav.

»Du weißt schon, ich betreibe ein Nachtlokal und kein Hotel.«

»Ich weiß auch, dass du sehr gute Beziehungen zu Leuten hast, mit denen man sich nicht anlegen möchte.«

Viktor grinste kurz, bevor er wieder eine ernste Miene aufsetzte.

»Ist es so ernst?«

Thomas nickte.

»Ich komme in zehn Minuten wieder«, sagte er und verschwand hinter der Bar.

»So, meine Herren«, meldete sich Carmen zu Wort, »Darf ich jetzt erklären, warum ich hier bin?«

»Ich dachte, um etwas zu trinken?«, mutmaßte Thomas.

»Nicht nur, Herr Bezirksinspektor.«

Carmen bekam ihr Bier, nahm einen großen Schluck, der ihr sichtlich gefehlt hatte und begann zu reden.

»Ich habe den Doktor im System des slowakischen Geheimdienstes gefunden. Interessanterweise gilt er als verstorben. Aber es ist eindeutig Radoslav Novotný, der hier vor uns sitzt. Sein Lebenslauf fällt ziemlich kurz aus, es ist nur vermerkt, dass er Atomphysik studiert hat, an einer Universität tätig war und sowohl in Bratislava als auch in Wien eingesetzt wurde.«

»Inwiefern eingesetzt?«, fragte Thomas.

»Das habe ich nicht herausfinden können. Dafür habe ich etwas sehr Wichtiges für euch. Der liebe Radoslav kann wahrscheinlich immer noch jederzeit von seinem Geheimdienst geortet werden. Die Slowaken benutzen ein System, das nicht auf einem implantierten Chip oder sonstigen leicht Entfernbarem beruht. Ich kann es nicht genau erklären, dazu war ich nicht lang genug im System, aber es ist eine Mischung aus gesicherter GPS-Peilung, eigener Funkfrequenz und noch ein paar Fachausdrücken, die mehr nach James Bond oder Star Trek klingen. Kurz, wenn jemand Zugang zu diesem System hat, dann kann er den Doktor orten.«

Carmens Vortrag ließ die Anwesenden kurz verstummen. Barbara kam mit Anastasia zurück an den Tisch und sah verwundert in die Runde.

»Was hat euch denn die Sprache verschlagen?«

»Die Erkenntnis, dass Radoslav Novotný wie ein Weihnachtsbaum leuchtet, im elektronischen Sinn«, erklärte Werner.

»Heute Nacht wird Viktor auf ihn aufpassen. Ich werde mir überlegen, wie und ob wir überhaupt weiter vorgehen«, sagte Thomas und strich über sein Kinn. In seinem Kopf hatte er jedoch bereits beschlossen, die Sache nicht auf sich beruhen zu lassen.

Zehn Minuten später, als die Gruppe gerade mit neuen Getränken versorgt wurde, wurde es hörbar unruhig im Lokal. Der Grund dafür war sofort zu erkennen.

Drei Männer betraten die Bar, in voller Aufmachung der Cobra-Spezialeinheit. Nur die Helme hatten sie weggelassen, nicht aber das Sturmgewehr, welches sie um die Schulter trugen.

Viktor stürmte auf die Männer zu, während die angestellten Damen sich verschreckt in den hinteren Bereich verzogen.

»Keine Sorge, wir sind nicht wegen Ihnen da«, erklärte einer der Männer und blickte sich um, bis er Thomas fand.

»Thomas Kratochwil?«

Thomas erhob sich und winkte die Beamten zu sich.

»Ana, dein Begleitschutz ist eingetroffen.«
Nachdem sie Thomas versicherten, seine Tochter unbeschadet zu Elisabeth zu bringen und das Haus rund um die Uhr zu bewachen, verabschiedete sich die junge Frau von der Gruppe. Dabei warf sie Dieter einen wenig liebevollen Blick zu.

Nachdem sich auch Radoslav Novotný verabschiedet hatte und mit Viktor verschwand, bestellte Thomas eine weitere Runde Bier. Barbara wollte ablehnen, wurde aber von ihm überredet.
»Gerade du hast es nötig«, gab er ihr als Antwort, bevor er sich Werner zuwandte.
»Und nun zu dir. Was sagt der Psychologe zu der Person Novotný?«
Werner nahm einen großen Schluck Bier und lehnte sich mit einem breiten Lächeln in seinem Stuhl zurück.
»Aus psychologischer Sicht muss ich sagen, ein sehr interessanter Fall. Ich habe deine Frage erwartet, weshalb mir Dieter Zugang zu den Unterlagen verschafft hat. Ich gehe nicht auf die besonderen Vorkommnisse ein, das ist nicht mein Gebiet.
Zunächst muss ich sagen, nach Durchsicht der ärztlichen Berichte und deren Ergebnisse ist davon auszugehen, dass der Sturz nicht für die immer noch andauernde Amnesie verantwortlich ist. Seine Verletzungen sind dafür viel zu gering. Natürlich kann man einen Schockzustand als Ursache der Amnesie anführen. Dieser fällt bei jedem anders aus, aber eine so intensive Störung ist mehr als selten. Grundsätzlich unterscheidet man bei einer Amnesie zwischen retrograd, anterograd und kongrad. Bevor ihr euch aufregt, damit ist gemeint, die Medizin kennt drei Arten von Gedächtnisverlust. Einmal den, bei dem der Betroffene sich an nichts erinnern kann, was vor einem entscheidenden Ereignis stattfand. Das Gegenteil, die anterograde Amnesie bezeichnet den Verlust der Erinnerungen nach einem

Ereignis. Bei der dritten Variante kann sich der Patient an das Ereignis selbst nicht erinnern.«

Er ließ die Information kurz sacken und nahm einen weiteren Schluck.

»Unser Doktor passt in keine Kategorie, hier spricht man vielmehr von einer transienten globalen Amnesie.«

»Werner, es ist schon spät«, meinte Thomas seufzend.

»Schon gut«, meinte er schmunzelnd, »Diese Art bedeutet, vollständiger Verlust. Aber, diese Episode dauert im Regelfall maximal 24 Stunden. Auch wenn in dieser Zeit bestimmte komplexe Tätigkeiten möglich sind, von Autofahren bis zur Handhabung eines gelernten Instruments, würde es einem Patienten unter normalen Umständen schwerfallen, im Alleingang drei ausgewachsene, kampferfahrene Männer einfach so auszuschalten.«

Thomas' genervter Blick sprach Bände.

»Meine persönliche Meinung: Ich glaube nicht, dass Doktor Novotný simuliert. Ich möchte behaupten, seine Amnesie ist künstlich erzeugt worden.«

»Und wie?«

»Das musst du herausfinden, Thomas. Es gibt Personen, die von einer Entführung durch Außerirdische berichten und von solchen Störungen berichten. Nicht in diesem Ausmaß, aber ähnlich.«

Thomas leerte sein halbvolles Bierglas in einem Zug.

»Dann ist die Sache ja ganz klar«, sagte er mit ironischem Unterton, »Der slowakische Spion Doktor Radoslav Novotný wurde von ET und seinen Freunden entführt, untersucht und missbraucht. Danach haben sie ihn aus ihrem Raumschiff geworfen, weil es aber liebe Aliens sind, haben sie ihm vorher noch einen Fallschirm besorgt. Und jetzt jagen alle den Doktor, weil er vielleicht in seinem Unterbewusstsein von den Plänen der Alien weiß, die Erde zu überfallen.«

Alle am Tisch sahen Thomas an. Als nach mehreren Sekunden keine Reaktion erfolgte, hob Thomas die Hände abwehrend hoch.

»Leute, das war ein Scherz! Es glaubt doch nicht wirklich jemand diesen Schas, oder?«

»Es ist nur so …«, übernahm Dieter das Reden, »Deine Theorie passt im Moment am besten auf alles, was bislang passiert ist.«

20. September

Wie üblich wartete Thomas vor der Dienststelle auf seine Kollegin. Er war alles andere als ausgeschlafen und musste sich eingestehen, dass er zu alt war, um Nächte durchzumachen und zu viel Alkohol zu konsumieren.
Vielleicht ändert sich das, wenn ich mit Elisabeth zusammenwohne, dachte Thomas.
Rauchend sah er zu, wie der morgendliche Verkehr an ihm vorbeizog. Es versprach ein angenehmer, milder Herbsttag zu werden. Auf seinem Weg zum Büro hatte Thomas bereits mit seiner Tochter telefoniert. Elisabeth hatte sie herzlich empfangen und das Gästezimmer für sie hergerichtet. Die insgesamt vier Personen, die zum persönlichen Sicherheitsteam rund um den Innenminister gehörten, waren Elisabeths Bitte gefolgt und noch in der Nacht ebenfalls bei ihr eingezogen. Anastasia berichtete ihrem Vater, dass Elisabeth bereits unterwegs war, um für alle Gäste Lebensmittel einzukaufen. Thomas versprach, so schnell wie möglich zu ihr zu kommen. Es war bereits einige Minuten nach 9 Uhr, als sie ihr Telefonat beendeten.
Obwohl Thomas nicht wusste, wo Radoslav die Nacht verbracht hatte, vertraute er Viktor, dass der Doktor vollkommen sicher war. Noch hatte er keinen Plan, wie sie herausfinden sollten, was es mit dem Doktor auf sich hatte. Im Moment konnte er nur versuchen, durch weitere Gespräche die Erinnerungen des Mannes zurückzuholen.
Während Thomas überlegte und seine Zigarette ausdämpfte, sah er Barbara um die Ecke biegen. Ihr Gesicht verriet, dass sie nicht die beste Laune hatte.
Da geht sich noch eine Tschick aus, dachte Thomas und nahm eine weitere Zigarette aus der Packung, als sein Handy läutete. Das Display zeigte ihm keine Nummer, nur den Text ›Unbekannte Nummer‹.
»Morgen«, sagte Thomas, als er abhob. Gleichzeitig deutete er einen Gruß in Barbaras Richtung an.

»Die Frau in Jeans, dunkelrotem T-Shirt und Sonnenbrille und der Mann hinter Barbara, mit dunkler Leinenjacke und schwarzer Hose. Beide beschatten Sie, bringen Sie sie nicht in die Nähe des Doktors. Die beiden haben den Auftrag, den Doktor auszuschalten«, sagte eine Männerstimme.

Noch bevor Thomas antworten konnte, war das Gespräch beendet.

»Was soll dieser …?«, fluchte er leise und sah an Barbara vorbei. Einige Meter hinter ihr entdeckte er einen Mann, wie am Telefon beschrieben. Mit dem Handy am Ohr schien er völlig in sein Gespräch vertieft, wobei er immer wieder stehen blieb.

»Morgen Thomas. Die Straßenbahn …«, grüßte Barbara, wurde aber sogleich von Thomas innig umarmt. Sie verbarg ihre Überraschung und hatte eine Ahnung, was ihr Kollege vorhatte.

»Siehst du hinter mir eine Frau, Jeans, rotes Shirt, Sonnenbrille?«, flüsterte er ihr ins Ohr, während er sie an sich drückte. Außenstehende mussten annehmen, dass hier ein Pärchen mit großer Sehnsucht aufeinandertraf.

»Ja, zwei Gassen entfernt. Steht und blickt zu uns … Jetzt dreht sie sich weg«, sagte sie leise.

Thomas löste sich von ihr und marschierte los.

»Wir machen heute Außendienst«, entschied er und steuerte die nächste Gasse in Richtung Innenstadt an.

Fünf Minuten hielt es Barbara stumm neben ihm aus, dann war die Neugier zu groß.

»Willst du mich aufklären?«

»Glaubst du mir, wenn ich dir sage, ich hatte einen Anruf von Mister Unbekannt? Er hat gemeint, zwei Personen beschatten uns, und diese Zwei haben vor, unseren Doktor umzulegen.«

Barbara musste schmunzeln.

»Zurzeit würde ich dir sogar glauben, wenn du sagen würdest, ein paar Außerirdische sind gestern noch auf ein Bier vorbeigekommen. Sind sie immer noch hinter uns?«

Thomas blieb stehen, nahm sich eine weitere Zigarette und nutzte das Anzünden für einen Blick zurück. Der Mann in der Leinenjacke stand vor einem Schaufenster und blickte scheinbar interessiert auf die Auswahl von Antiquitäten. Als Thomas sich wieder Barbara zuwandte, fand er die Frau vor ihnen an einer Straßenecke stehen, sie interessierte sich für die Tageszeitungen, die auf einem Ständer vor einem Kiosk aufgereiht lagen.

»Beide Gfraster sind immer noch in der Nähe. Wir gehen weiter«, meinte er.

Sie spazierten auf direktem Weg in die Innenstadt, vorbei an einem Gebäudekomplex, der als Palais Ferstel bekannt war. Bei der Hälfte des Gebäudes befand sich eine Passage, die über einen altehrwürdigen Innenhof zur anderen Seite führte. Thomas griff nach der Hand seiner Kollegin und bog ein.

»Sightseeing für Fortgeschrittene?«, ulkte Barbara, »Willst du mir den Donaunixenbrunnen zeigen?«

Sie deutete auf den aktiven Brunnen vor ihnen, der in der Mitte des sechseckigen Innenhofs stand.

»Dafür fehlt mir gerade die Zeit. Wenn unsere Verfolger zusammenarbeiten, werden sie gleich von beiden Seiten auftauchen.«

Er zog Barbara noch vor dem Innenhof zur Seite und steuerte eine unscheinbare Holztür neben einer Boutique an. Handtaschen und Schuhe in grellen Neonfarben leuchteten ihnen aus der Auslage entgegen. Die Tür war unverschlossen, Thomas öffnete sie einen Spalt und bugsierte Barbara hindurch.

Dahinter erwartete sie ein spärlich beleuchteter Gang, der jedoch regelmäßig benutzt wurde. Der Boden war sauber, die unebenen Steinfliesen stammten noch aus der Zeit der Erbauung des Gebäudes. Vor ihnen waren Kisten auf beiden

Seiten gestapelt, die der Beschreibung nach mit Zuckersticks befüllt waren. Auf einem weiteren Stoß waren ›Original Wiener Kaffeehäferl‹ eingepackt, wie ein Aufdruck auf den Kartonagen verriet.

Thomas ging voran, bis der kurze Gang bei einer Metalltür endete, die augenscheinlich aus jüngerer Zeit stammte. Diese war abgesperrt.

»Ich habe eine Vermutung, wo wir gleich landen werden«, meinte Barbara, während Thomas zuerst leise, dann fester anklopfte.

Sekunden später ging die Tür nach innen auf und ein Mann im Frack erschien.

»Wir erwarten keine Lieferung«, meinte der Kellner herablassend.

Barbara hatte richtig vermutet, Thomas hatte sie zum Hintereingang des Café Central geführt.

»Morgen, mein Herr«, grüßte Thomas übertrieben freundlich, Ausweis und Kokarde vorweisend, »Wir sind eine spezielle Lieferung. Zwei Kriminalbeamte, die gerne einen Kaffee trinken möchten, aber einen guten Grund haben, nicht durch die Eingangstür zu kommen.«

Der Kellner sah von Thomas zu Barbara und dann auf den Ausweis.

»Kieberer«, meinte er kopfschüttelnd und mit herablassendem Tonfall, machte den beiden Bezirksinspektoren Platz und schloss hinter ihnen wieder ab.

»Nehmen Sie Platz, ich komme sofort«, sagte er, wieder ganz in seinem Element als Kellner eines der nobelsten Kaffeehäuser der Stadt.

Barbara und Thomas hatten sich einen Platz beim Fenster ausgesucht und sich für eine Wiener Melange entschieden. Während ihrer Kaffeepause blickten sie unentwegt hinaus, konnten ihre Verfolger aber nicht entdecken. Auch die eintreffenden Gäste wurden gemustert, wirkten aber unauffällig.

Nachdem er sich vergewissert hatte, dass sie ungestört waren, rief Thomas bei Viktor an.

»Morgen, Inspektor. Ich habe deinen Anruf schon erwartet.«

»Ich will nur ein Ja oder Nein hören. Geht es ihm gut?«

»Ja, natürlich.«

»Gab es Probleme?«

»Nein, nur einige auffällige Personen rund um mein Lokal. Inspektor, ich hoffe …«

»Du erinnerst dich, dass du mir erzählt hast, wo du zuletzt mit deinem neuen Flitscherl essen warst?«

Viktor verstand endlich, was Thomas vorhatte.

»Ja«, antwortete er.

»Das Alter meines Whiskys als Uhrzeit?«

»Ich kenne mich aus. Bis später«, Viktor legte auf.

Barbara, die ihm gegenüber saß, grinste.

»16 Uhr, im Restaurant des Donauturms.«

Thomas nickte ihr zur Bestätigung zu.

»Was geht hier eigentlich ab?«, fragte Barbara.

»Gehen wir einmal davon aus, dass wir nicht in einer Verschwörung rund um Außerirdische, die die Welt übernehmen wollen, stecken. Lassen wir die Umstände von Doktor Novotnýs Auftauchen beiseite, ebenso seine Aussage«, begann Thomas mit einer Zusammenfassung.

»Dann bleibt eine Frau mit falscher Identität, die zuerst erschossen wird und sich dann in Luft auflöst«, fuhr Barbara fort, »Dazu die kurzzeitige Entführung von Anastasia, die zu einem weiteren Toten führt, der in der Donau verschwindet. Wir wissen, dass Doktor Novotný Atomphysik studiert hat, er scheint als Diplomat auf und hat offensichtlich Kampferfahrung.«

»Und überall kriechen ausländische Rauschkinder hervor und gehen uns auf die Eier. Und das meine ich nicht rassistisch.«

»Herr Bezirksinspektor«, tadelte ihn Barbara scherzhaft, »So können Sie doch nicht in so einem noblen Etablissement sprechen.«

»Ich rede, wie mir die Pappn gewachsen ist«, gab er ihr zurück, »Jetzt laufen uns wieder zwei Gfraster nach und wir haben keinen Dunst, warum.«

Nach einer halben Stunde verließen sie das Kaffeehaus wieder, dieses Mal durch den Vordereingang. Inzwischen hatte sich vor dem Kaffee eine Schlange von zwei Dutzend Personen gebildet, vorwiegend Touristen, die das Traditionskaffeehaus besichtigen wollten. Barbara deutete auf einen hängenden Mistkübel in ihrer Nähe, da sie wusste, was ihr Kollege vorhatte.

»Du kennst mich schon …«, er stockte und fluchte, »Das darf nicht wahr sein!« Thomas wies mit den Augen zur Nebengasse. Dort stand ihr Beschatter von vorhin, rauchend in einem Hauseingang.

Vor Wut kochend dämpfte Thomas die gerade angezündete Zigarette aus.

»Jetzt habe ich genug«, sagte er und lief los.

Barbara blieb noch kurz stehen, ging ihre Möglichkeiten im Kopf durch und rannte dann ebenfalls los. Sie folgte jedoch nicht Thomas, sondern lief die Gasse zum Kaffeehaus zurück.

Zunächst blieb der unbekannte Beschatter in seiner Rolle und schenkte Thomas keine Beachtung. Doch dann wandte er sich ab und lief davon.

»Bleib stehen, du Hund. Wir klären das jetzt!«, rief Thomas ihm zu. Er erhöhte das Tempo, erkannte aber, dass sein Gegenüber deutlich sportlicher war. Obwohl sein rechtes Bein schmerzte, wollte er den Mann nicht davonkommen lassen. Der Mann bog um die Ecke, änderte die Richtung und rannte in Richtung des Michaelerplatzes.

Von dort hat er mehrere Gassen zur Auswahl, da wird es noch schwerer …, dachte Thomas. Plötzlich stand Barbara am Ende der Gasse und kam dem Mann entgegen.

»Polizei!«, schrie Thomas, »Bleib sofort stehen!«

Natürlich gehorchte der Mann nicht, lief unbeirrt weiter, wobei er Barbara nicht wahrnahm. Erst als sie vor ihm auftauchte, erkannte er, wer sich ihm in den Weg stellte. Er wollte die Richtung wechseln, doch Barbara reagierte schneller. Der Mann drehte sich zur Seite, gleichzeitig packte ihn Barbara an den Hüften. Sie nutzte den Schwung, um den Mann hochzuheben, und schleuderte ihn mit Wucht rücklings auf die Pflastersteine der Straße.
Wutentbrannt schrie der Mann seine Schmerzen hinaus und fluchte. Auf Italienisch.
»Noch eine Nationalität. Sind wir hier bei den olympischen Agentenspielen?«, fragte Barbara, die den Mann auf dem Boden fixierte. Die Personen um sie herum blieben neugierig stehen, die ersten Handys wurden gezückt.
Barbara beugte sich zu dem Ohr des jammernden Mannes.
»Sobald die ganzen Schaulustigen hier schöne Bilder von dir haben, kannst du deinen Job vergessen. Entweder du redest jetzt sofort, was hier abgeht, oder …«
Der Italiener bedachte sie mit einer Schimpftirade, bis Thomas zu ihnen stieß und ihn unsanft am Kragen seiner Jacke hochzog.
»Pudel di net auf, Eierbär. Du kommst mit uns mit.«
Barbara sorgte mit ihrem Ausweis dafür, dass sich die Aufregung um sie herum legte. Sie zogen den Mann, der zwischen ihnen hing und dessen Hände inzwischen mit festsitzendem Kabelbinder auf dem Rücken gefesselt waren, in die nächste Gasse. Nur wenige Meter weiter befand sich eine kleine Polizeidienststelle, auf die sie zusteuerten.
Als sie mit ihrem Gast in der Mitte die Polizeistation betraten, blickten die beiden diensthabenden Beamten, zwei junge Frauen mit strengem Blick, mit überraschter Miene zu ihnen. Im nächsten Moment wollten sie ihnen entgegenstürmen, doch Thomas hatte bereits seinen Dienstausweis in der Hand.

»Keine Sorge, meine Damen. Bezirksinspektor Kratochwil und Gugawitsch. Wir brauchen …«, Thomas überlegte und blickte auf den Mann.

»Einen Dienstwagen«, beendete er den Satz, worauf er einen verwunderten Blick von Barbara und dem Italiener erntete.

»Jetzt ziehen wir andere Seiten auf«, erklärte er mit eiskalter Miene.

Ohne Nachfragen wurde ihnen ein Wagen zur Verfügung gestellt. Barbara bugsierte den Mann auf die Rückbank und nahm neben ihm Platz.

»Wenn er lästig wird, wenn er zu viel redet, panier ihm eine.«

»Was hast du vor?«, wollte Barbara wissen.

»Ich will Antworten und unser Pizzabote wird sie uns geben.«

Thomas entfernte sich einige Meter vom Wagen, um ungestört zu telefonieren. Nach fünf Minuten kehrte er zurück und fuhr ohne ein Wort der Erklärung los. Barbaras fragenden Blick ignorierend, steuerte er stumm den Wagen in Richtung der südlichen Außenbezirke.

Barbara fragte zweimal nach, was er vorhatte, bekam aber keine Antwort von Thomas. Als er nach zwanzig Minuten auf das Betriebsgelände einer Autowerkstatt einlenkte, meldete sich Barbara erneut.

»Thomas? Was wird das?«

»Nichts, was polizeilich vermerkt wird«, antwortete er kalt.

Er fuhr an dem geschlossenen Tor vorbei und gelangte zur Rückseite der Halle. Sie kamen zu einem Platz, auf dem sich ausgeschlachtete Fahrzeuge aneinander reihten, dazwischen stapelten sich ausrangierte Reifen.

»Mach keinen Blödsinn«, warnte ihn Barbara.

Nun reagierte der Italiener ebenfalls, indem er den Kopf zwischen beiden Bezirksinspektoren hin und her schwenkte. Er murmelte etwas Unverständliches auf Italienisch, wurde aber nicht beachtet.

Mit einer Vollbremsung stellte Thomas den Wagen neben einem frisch gestrichenen Rolltor ab und stieg aus. An der maroden Gegensprechanlage neben dem Tor drückte er den Knopf und binnen weniger Sekunden fuhr das Rolltor in die Höhe.

Barbara holte den eingeschüchterten Mann aus dem Wagen und mit ihrem Gefangenen in der Mitte betraten sie die großräumige Werkstatt. Eine Handvoll Mitarbeiter hantierten an den herumstehenden Fahrzeugen, niemand achtete auf das Trio.

»Wo sind wir hier?«, fragte der Mann auf Deutsch und hörbar nervös.

»Nach was sieht es denn aus?«, gab Thomas bissig zurück.

Barbara blieb stehen und zog den Italiener zu sich.

»Ich habe eine Befürchtung und nein, das hast du nicht vor!«, sagte sie im strengen Tonfall, »Wir sind hier nicht in einem billigen, übertriebenen Action-Agentenfilm und ich werde nicht zulassen …«

»Jemand hat meine Tochter da hineingezogen. Jemand verfolgt uns und es gab bereits Tote. Für mich ist das Grund genug, zu härteren Methoden zu greifen«, entgegnete Thomas, packte den Italiener am Hemdkragen und zog ihn bis auf wenige Zentimeter nahe an sein Gesicht.

»Du bist beim Auslandsnachrichtendienst der Italiener tätig, oder?«

Als Antwort wurde Thomas von dem Mann angespuckt. Er wich einen Schritt zurück, griff dann nach der Leinenjacke des Mannes und wischte sich damit sein Gesicht ab.

»Diese Leute arbeiten unter dem Radar, also passiert alles, was ich mit dieser Kreatur mache, ohne, dass jemand etwas darüber erfahren wird.«

Er riss den Mann aus Barbaras Händen und drängte ihn vor sich her.

»Diese Werkstatt gehört einem alten Bekannten, Klaus. Er ist ein guter Bekannter von mir. Er hat jahrelang gestohlene Autos überarbeitet und weiterverkauft.«

»Wie bitte?«, fragte Barbara erstaunt.

»Unter polizeilicher Aufsicht, wir konnten auf diesen Weg nicht nur eine große Autoschieberbande festnehmen, er half uns auch bei einem Banküberfall und bei mindestens zwei Fällen von illegaler Prostitution. Egal, er hat nebenbei gut verdient und wird mir jetzt einen Gefallen tun.«

Aus einem quadratischen Raum mit undurchsichtigen, schmutzigen Fenstern, der mitten in der Halle stand, trat ein voluminöser, gedrungener Mann im ölverschmierten Blaumann auf sie zu. Ein dichter, ungepflegter Vollbart verbarg sein Gesicht unterhalb der Nase. Auf seinen großen, grob wirkenden Händen waren die Rückstände von unzähligen Lackierarbeiten zu sehen. Ein rotes Kopftuch mit Totenköpfen verdeckte seine kurzen Haare oder eine Glatze, das war nicht zu erkennen.

»Lange nicht mehr gesehen, Kratochwil«, rief er ihnen entgegen.

»Ich habe nur wenig Zeit, aber eine große Bitte«, hielt sich Thomas nicht mit Begrüßungsfloskeln auf.

»Kannst du mit deinen Leuten Mittagspause machen, mindestens eine Stunde lang? Ich werde auf deinen Laden aufpassen. Vielleicht probiere ich ein paar Geräte aus.«

Barbara wich erschrocken zurück und auch der Italiener in seinen Händen zappelte wie wild.

Nur Klaus blieb unbeeindruckt.

»Du beseitigst nachher alles?«

»Natürlich«, antwortete Thomas eiskalt.

Klaus drehte sich um und schrie mit tiefer, Stimme, die durch die Halle dröhnte.

»Pause, jetzt sofort. Alle raus hier! In zwei Minuten will ich niemanden mehr in der Halle sehen. Wir gehen auf ein Bier zur Miezi!«

Entgeistert sah Barbara zu, wie die Mechaniker die Halle verließen, und Klaus das Rolltor hinter sich herunterfahren ließ.

»Wir sind allein. Deine letzte Chance, wenn du gehen möchtest, Barbara«, sagte Thomas, während er den Mann neben einer unbenutzten Hebebühne auf einen Stuhl platzierte. Daneben hatte er Kabelbinder entdeckt, die er nun benutzte, um die Beine und Hände am Stuhl zu fixieren. »Thomas, das kannst du nicht machen!«, rief Barbara energisch, »Egal was hier abgeht, aber das geht viel zu weit. Dafür verlierst du nicht nur deinen Job, damit gehst du …« Thomas fuhr um zu ihr.

»Jetzt hör´ mir gut zu, Frau Kollegin. Was hier passiert, wird niemand erfahren. Dieser Itaker wird nichts sagen, denn dann müsste er seinen Job verraten. Du wirst nichts sagen, weil ich sonst dasselbe mit dir mache, wie mit meiner ehemaligen Politiker-Freundin, falls du dich daran erinnerst.« Barbara sah ihn mehrere Sekunden lang stumm an.

»Du … Du verdammter … Ich verstehe, also so einer bist du. Mein Onkel hatte Recht, mit dem was er von dir hält«, sagte sie mit zusammengebissenen Zähnen und wich dabei zwei Schritte zurück.

An den Italiener gewandt meinte sie, »Es tut mir leid, das war nicht mein Plan.«

»Mio Dio, Signora, bitte beruhigen Sie diesen Wahnsinnigen«, stieß der Mann hervor, deutlich verängstigt. Kopfschüttelnd ging Barbara an ihm vorbei und verschwand hinter dem Italiener. Thomas hatte inzwischen eine Autobatterie, die auf einem Rollwagen montiert war, zu sich gezogen. Die beiden Krokodilklemmen sprühten Funken, als er sie aneinander hielt.

»Soweit ich weiß, hat eine Autobatterie zwölf Volt. Ich glaube nicht, dass das im tödlichen Bereich liegt, aber ich bin kein Mechaniker.«

Er legte die Klemmen beiseite und griff nach einem Akkubohrer. Der Aufsatz war ein ein Zentimeter dicker Spiralbohrer, an dessen Windungen noch Metallspäne zu sehen waren.

»Wenn dieses Ding durch Blech und Metall bohren kann, dann sicher auch durch eine Kniescheibe.«

»Sind Sie verrückt? Aiuto!!«, schrie der Mann und zerrte wie verrückt an seinen Fesseln. Dabei stieß er hektisch noch weitere unverständliche Sätze auf Italienisch aus. Thomas kam ihm nahe, schaltete den Bohrer für einige Sekunden ein und blickte ihm mit eiskaltem, entschlossenem Blick in die Augen.

»Ich frage dich genau ein einziges Mal. Was läuft hier, warum verfolgst du mich, was will der Geheimdienst und was hat das alles mit Radoslav Novotný zu tun?«

Es war dem Mann anzusehen, wie er mit sich rang. Thomas gab ihm fünf Sekunden Zeit, dann warf er den Bohrer auf den Tisch, riss das Hemd des Mannes auf und griff nach den Krokodilklemmen.

»Genug mit dem Vorspiel, du willst es nicht anders. Vielleicht stehst du ja auf Nippelspiele«, fauchte er und kam mit den Klemmen nahe.

»Nein, bitte nicht! Okay, okay, ich kann nicht viel sagen, aber alles was ich weiß, erzähle ich Ihnen. Nehmen Sie die Dinger weg und ich sage Ihnen alles, was ich weiß.«

»Ich höre«, sagte er, ohne die Klemmen zurückzuziehen.

Jetzt kamen die Wörter wie ein Wasserfall aus dem Mann. Thomas legte den Kopf schief und sah ihn eindringlich an.

»Es ist nicht viel, mein Auftrag lautet nur, Sie und Ihre Kollegin zu beobachten und ihren Standort bekannt zu geben. Ich sollte Sie verfolgen, bis Sie den Doktor aufsuchen und mich melden, wo er ist. Bitte, fragen Sie mich nicht warum. Solche Fragen stelle ich nicht, mein Auftrag war klar formuliert: Beschatten und melden, mehr muss ich nicht wissen. Genau aus diesem Grund, damit ich nichts verraten kann. Bitte, glauben Sie mir«, flehte der Mann ängstlich.

»Wie lange haklst du schon beim Nachrichtendienst?«, bohrte Thomas weiter.

»Erst ein Jahr, Wien ist mein erster Auslandseinsatz. Bisher habe ich nur Büroarbeiten erledigt, ein paar

Handyüberwachungen und solche Kleinigkeiten. Darum hat man mir wahrscheinlich auch nicht mehr gesagt.«

Thomas kam ihm mit den Klemmen noch eine Spur näher. Nervös versuchte der Mann zurückzuweichen, hatte aber keine Möglichkeit, Thomas zu entkommen.

»Was weißt du über den Doktor?«, fragte Thomas.

»Nichts. Nochmal, niemand hat mir …«

»Ein kleiner Stromstoß könnte deine Erinnerungen ankurbeln.«

Die Angst des Mannes wurde zunehmend größer, er schwitzte und zitterte. Sollten Agenten tatsächlich ein Training bekommen, um Verhören zu widerstehen, dann hatte dieser Mann dieses nicht absolviert, dachte Thomas.

»Er ist kein Agent, er gilt als Privatperson von besonderem Interesse. Er weiß oder besitzt etwas, dass für viele Nachrichtendienste von großer Bedeutung ist. Ich weiß wirklich nicht, was genau der Grund ist, aber dieser Doktor hat mehrere Dienste in Aufregung versetzt. Mehr weiß ich nicht … Bitte, glauben Sie mir.«

Obwohl er sich sicher war, dass der Mann ehrlich war, zeigte Thomas keine Reaktion auf die Worte des Italieners.

In seiner Angst fiel dem Italiener doch noch mehr ein.

»Das Einzige, was mich verwundert hat, bei der Auftragserteilung … Mir wurde gesagt, ich soll Sie und ihre Kollegin beschatten. Aber mir wurde gesagt, ich soll Herrn Thomas Kratochwil und seine Kollegin Barbara observieren.«

»Ja, das war mir schon klar.«

»Nein, Sie verstehen nicht. Ihre Kollegin … niemand wollte ihren Nachnamen verraten.«

Thomas blickte verwundert zu Barbara, die sich lautlos hinter dem italienischen Agenten wieder genähert hatte.

»Ich habe auch noch eine Frage«, meinte sie, plötzlich neben dem Mann stehend, dass er vor Angst zusammenzuckte.

»Habt ihr Agenten wirklich eine 007-Lizenz. Diese Lizenz zum Töten?«, fragte sie, wobei sie immer noch wütend klang.

»Was? Nein, das ist nur Fiktion. Aber … Warum sind Sie jetzt wieder …?«, er sah von Barbara zu Thomas, der plötzlich keinen boshaften Blick hatte, sondern ein breites Grinsen. Lässig lehnte er an der Werkbank, die abgeschalteten Krokodilklemmen lagen neben ihm auf dem Boden.

»Danke für die Antworten«, sagte Thomas und tätschelte dem Mann die Wange.

»Können wir fahren?«, fragte Barbara, die nun äußerst missmutig klang.

»Klaus und seine Angestellten kommen bald zurück und werden Sie losbinden. Die nächste Bim-Station ist nur ein paar Minuten entfernt. Schönen Tag noch.«

Der Mann blickte verwirrt zu den beiden Bezirksinspektoren, traute sich aber nicht zu protestieren. Ohne ein Wort zu sagen versuchte er sich leicht zu entspannen, soweit es seine Fesseln zuließen. Barbara und Thomas gingen los und verschwanden aus seinem Sichtfeld. Dieser konnte nichts machen, außer wortlos sitzen bleiben, und spüren, wie die Kabelbinder in seine Handgelenke schnitten. Er hörte Schritte, die sich entfernten. Eine Tür wurde geöffnet und gleich darauf mit Schwung zugeschlagen.

Beim Dienstwagen holte Thomas seine Zigaretten und nahm sich eine heraus.

»Du hast nicht gleich verstanden …?«, weiter kam er nicht. Die flache Hand von Barbara knallte mit Wucht gegen seine Wange. Sein Kopf wurde zur Seite geschleudert, seine Zigarette flog im hohen Bogen davon.

»Du Arschloch!«, flog sie ihn lautstark an.

Sie holte mehrmals tief Luft und schnaubte.

Im ersten Moment wollte Thomas ihr die Leviten lesen, doch dann entkam ihm ein Grinsen.

Es gibt keinen Kollegen, keine Person, der ich so etwas durchgehen lassen würde. Außer dir, Barbara Chantal Gugawitsch, dachte er.

»Du verdammtes Arschloch!«, wiederholte Barbara wütend, »Warum hast du mir nicht vorher Bescheid gegeben?«

»Es war eine spontane Idee«, verteidigte Thomas seine Entscheidung.

»Spontan?«

»Das Telefonat mit Klaus, bevor wir gefahren sind, erinnerst du dich? Die Geschichte von Klaus ist wahr, er hat sich sofort bereit erklärt, mitzuspielen. Dieser Itaker ...«

»Und hör auf mit diesen rassistischen Ausdrücken«, fiel ihm Barbara ins Wort.

»Ich bin viel, aber sicher kein Rassist«, konterte Thomas, »Egal woher er kommt, aber dieser Typ da drinnen ist kein Experte auf seinem Gebiet. Ansonsten wäre es nicht so leicht gewesen, ihn zu entdecken.«

»Aber Androhung von Folter? Auch wenn das alles nur gespielt war, das ist eine Grenze, die ...«

»Beruhig dich, Mädel. Es war alles nur eine Show. Ich habe gehofft, dass dieser Typ glaubt, dass ich zu viele Actionfilme gesehen habe. Und er hat es geglaubt.«

Barbara schüttelte den Kopf.

»Deine Anspielung mit der Ex-Politikerin, die du reingelegt hast, war sehr deutlich. Trotzdem war das da drinnen nicht mehr im Rahmen der Polizeiarbeit.«

»Wir sind doch längst nicht mehr im Rahmen der Polizeiarbeit. Wir wissen immer noch nicht, worum es geht, aber das hat sicher nichts mehr mit normalem Polizeidienst zu tun«, entgegnete Thomas, »Entweder wir finden heraus, was hier abgeht, oder wir werden demnächst nur noch Kreuzungen regeln und die Parksheriffs unterstützen.«

»Bring mich heim, ich brauche Ruhe«, sagte Barbara und setzte sich in den Wagen.

Die restliche Fahrt war sie nicht mehr in Stimmung zum Reden und blickte mit verfinsterter Miene aus dem Fenster.

Rauchend ging Thomas auf dem Parkplatz vor dem Donauturm auf und ab. Das kleine Kaffeehaus neben dem Eingang des mit 252 Meter höchsten Bauwerks Österreich war zwar geöffnet, er konnte aber keine Gäste ausmachen, weder im Freien noch im Lokal. Bislang war ihm niemand aufgefallen, der ihn beschattete, er war sich aber bewusst, dass sich nicht alle Mitarbeiter bei ausländischen Diensten so plump anstellen würden, wie der italienische Mann.

Ein schwarzer BMW mit verdunkelten Scheiben fuhr auf den Parkplatz und parkte wenige Meter vor Thomas. Der Fahrer entpuppte sich als Viktor, der ausstieg und Thomas kopfschüttelnd entgegen ging.

»Es gibt Tage, da frage ich mich wirklich, ob ich meine Bar nicht aufgeben und zur Polizei wechseln sollte.«

»Nein, Viktor, das kannst du nicht. Wo soll ich denn dann mit Dieter die Abende verbringen?«, sagte Thomas und reichte ihm die Hand.

»Ich verdiene ja auch so gut an euch«, spottete Viktor, während er seinem Beifahrer deutete, auszusteigen.

»Wenigstens seid ihr beide brave Trinker«, meinte er mit einem freundlichen Lächeln.

Doktor Novotný trat ins Freie, bedankte sich für die, wie er es nannte ›angenehme Gesellschaft‹.

»Danke Viktor. Wenn das alles vorbei ist, komme ich gerne als Privatperson in dein Lokal.«

»Eines muss man dir lassen, Inspektor, langweilig wird es mit dir nicht«, meinte Viktor.

Thomas öffnete die Beifahrertür für seinen Gast, als plötzlich aus beiden Zufahrten mehrere Polizeiwägen auftauchten und sie umzingelten. Thomas zählte vier Fahrzeuge, die ihnen den Weg verstellten.

Perfekt koordiniert, ein gut eingespieltes Team, war Thomas' erster Gedanke.

Polizisten sprangen aus den Wagen und richteten ihre Waffen auf Thomas, Viktor und Radoslav.

»Keine Bewegung. Sie sind alle verhaftet!«, rief ein Beamter und trat vor.

»Oida, was ist denn jetzt schon wieder?«, fluchte Thomas und hob die Hände.

»Bezirksinspektor Kratochwil!«, rief er dem näherkommenden Beamten zu, »Darf ich meinen Ausweis ...«

»Nein, die Hände bleiben oben!«

Drei Polizisten kamen näher. Während zwei Beamte ihre Waffe weiterhin auf ihn richteten, holte der Dritte zuerst Thomas' Waffe aus dem Holster und fand seinen Dienstausweis.

»Chef, er sagt die Wahrheit«, rief er seinem Vorgesetzten zu. Thomas ließ die Hände sinken.

»Und jetzt bitte ich um eine Erklärung. Niemand sollte wissen, dass wir hier sind«, verlangte Thomas erregt.

Auf einen Wink hin wurden alle Waffen eingesteckt und die Polizisten entspannten sich. Der Vorgesetzte trat an Thomas heran.

»Einsatzleiter Garibaldi, Einsatzeinheit der Drogen-Abteilung«, stellte sich der Mann vor. Er war in Thomas' Alter, weitaus sportlicher und musterte ihn mit dunklen, durchdringenden Augen. Mit seinem auf wenige Millimeter geschnittenen Haupthaar erinnerte er Thomas an einen General oder ähnliches vom Bundesheer.

»Drogen? Wer hat euch den Auftrag gegeben?«

»Es war eine kurzfristig angeordnete Operation. Auf Anweisung des Ministeriums wurde mir mitgeteilt, dass hier heute um 16 Uhr ein größerer Drogendeal ablaufen wird. Unser Befehl lautete, alle Beteiligten in Gewahrsam zu nehmen und bis zum Eintreffen weiterer Beamten festzuhalten.«

Thomas streckte die Hand aus und forderte seine Dienstwaffe zurück.

»Dann bin ich gespannt, wer noch auftaucht. Welches Ministerium?«

Garibaldi schüttelte den Kopf.

»Genau kann ich es Ihnen nicht sagen. Es gibt diverse Abteilungen, die uns für solche Einsätze anfordern. Es muss demnach von weit oben in der Hierarchie kommen.«

»Nur österreichische oder auch ausländische Ministerien?«

»Natürlich nur österreichische«, stellte der Mann überrascht klar.

Resignierend und gleichzeitig wütend strich Thomas sich mit beiden Händen über sein Gesicht.

»Jetzt also auch noch die heimischen Dienste«, brummte er.

Die Polizeiwagen wurden bis auf einen zurückgeschickt, Einsatzleiter Garibaldi blieb mit zwei Beamten bei Thomas. Dieser stellte ihm Viktor als Verbindungsmann und Radoslav als Zeugen in einem wichtigen Fall vor.

»Ich habe eine Vermutung, warum man den Zeugen aus dem Weg haben möchte, aber ich hätte nicht gedacht, wie weit die gehen«, meinte Thomas verärgert.

Radoslav Novotný wartete in Thomas' Wagen, Viktor konnte, nachdem Thomas für ihn bürgte, ungehindert wieder fahren.

»Verbindungsmann?«, meinte Garibaldi, als Viktor verschwunden war, »Für mich sah er mehr nach einem Kleinkriminellen aus der Wiener Unterwelt aus.«

Thomas reagierte nur mit einem kurzen Grinsen.

»Sie haben Recht und ich habe Recht«, meinte Thomas nur.

Das Funkgerät des Einsatzleiters knisterte.

»Zwei weiße Kastenwagen nähern sich, beide mit blickdichten Fenstern.«

»Das könnten ihre Fans sein«, sagte Garibaldi.

Gleich darauf fuhren beide Kastenwagen auf den Parkplatz.

Thomas tastete nach seiner Waffe und kontrollierte, ob er sie bei Bedarf schnell zur Hand nehmen konnte.

»Wenn es zu heiß wird, verschwinden Sie«, flüsterte er Radoslav zu und drückte ihm den Autoschlüssel in die Hand.
»Dann sehen wir uns erneut bei Viktor«, bestätigte ihm der Doktor.
Die Türen eines Kastenwagens gingen auf und zwei Männer in Anzügen stiegen aus.
»Nicht schon wieder«, stöhnte Thomas auf, »Um welches Land handelt es sich dieses Mal?«
Garibaldi neben ihm erkannte schneller, was gleich passieren würde.
»Runter Kratochwil, fahren Sie weg, sofort!«, befahl er und stieß Thomas zur Seite in Richtung seines Wagens.
Erst jetzt erkannte Thomas, was die Männer in den Händen hielten.
»Sturmgewehre!«, schrie Garibaldi und sprang zur Seite, als die erste Salve an Kugeln neben ihnen auf dem Boden einschlug.
Thomas flüchtete zum Wagen, wo Radoslav ebenfalls schnell reagierte und rasch auf die Fahrerseite wechselte.
»Ich bringe uns raus«, meinte er und startete den Wagen.
Die nächste Salve aus dem Sturmgewehr traf den Wagen an der Seite und ließ den Seitenspiegel zerspringen.
»Gib Gas!«, schrie Thomas entsetzt, zog seine Waffe und schoss zweimal in die Richtung der Männer. Der Doktor trat das Gaspedal durch, mit quietschenden Reifen machte der Wagen einen Satz nach vorne und fuhr auf den schießwütigen Mann zu. Kurz überlegte dieser, auf sie zu schießen, wich dann aber dem Wagen aus. Thomas und Radoslav rasten vom Parkplatz, gefolgt vom zweiten Kastenwagen.
»Der Schütze sah russisch aus«, meinte Radoslav.
»Warum auch nicht?«, brüllte Thomas voller Wut, »Deren Geheimdienst hat ja bisher noch gefehlt!«
Ohne abzubremsen lenkte Radoslav den Wagen nach links, wobei Thomas gegen die Seitenscheibe geschleudert wurde.

Der Wagen drohte auszubrechen, doch der Doktor erwies sich als erfahrener Fahrer.

»Über die Brigittenauer Brücke und dann stadteinwärts. Da kann er uns nicht bedrängen«, schlug Thomas vor.

Direkt vor ihnen war eine Hinweistafel auf ebendiese Brücke. Die Verkehrstafel mit der erlaubten Höchstgeschwindigkeit von 80km/h beachteten beide nicht. Niemand fuhr auf der dreispurigen Brücke, der weiße Kastenwagen beschleunigte und kam auf der mittleren Spur neben Radoslav. Nun konnte auch Thomas einen Blick auf die Männer werfen.

»Du könntest Recht haben, Russen!«, fluchte er.

Der Beifahrer hatte sein Fenster geöffnet und nahm sein Sturmgewehr zur Hand.

»Festhalten!«, rief Radoslav. Er verringerte kurz die Geschwindigkeit und lenkte den Wagen nach links. Dadurch touchierten sie den Kastenwagen im hinteren Bereich und brachten ihn zum Schlingern. Radoslav trat sofort wieder ins Gas und überholte den Wagen, der die Leitplanke streifte.

»Linke Spur! Vorsicht Kurve«, informierte ihn Thomas schreiend, da das Brückenende schnell näherkam.

Ihre Verfolger holten erneut auf, nun von der rechten Seite.

»Die wollen uns in der Kurve bei der Abfahrt abdrängen«, erkannte Thomas aufgeregt.

»Nie je so mnou«, sagte Radoslav mit seltsam ruhiger Stimme.

»Was?«

»Nicht mit mir!«, übersetze er und lenkte den Wagen zuerst nach rechts, auf die Abfahrt zum Handelskai.

Was hat er vor, da gelangen wir wieder auf eine mehrspurige Straße und der Wahnsinn geht weiter, schoss Thomas durch den Kopf.

Kurz bevor die Leitplanken die Abfahrt von der Brücke trennten, riss Radoslav den Wagen nach links, rammte dabei den Kastenwagen und erreichte die erwähnte Abfahrt. Der Verfolgerwagen radierte an der linken Straßenbegrenzung entlang, der Fahrer lenkte dagegen, hatte aber zu stark eingeschlagen. So stellte sich der Wagen direkt vor Radoslav und Thomas quer, war aber noch zu schnell unterwegs und fuhr direkt in die Leitplanke. Mit einem lauten Kreischen riss die Schutzplanke. Sie hatten den Wagen zwar abgebremst, aber nicht genug. Die dünne Gitterwand dahinter war kein Hindernis für das Fahrzeug. Der Wagen durchschlug das Gitter und fuhr ins Nichts.

Radoslav bremste den Wagen ab, während Thomas bereits den Türgriff in der Hand hatte. Neben ihnen tauchte der Kastenwagen nach vorne von der Brücke ab. Als Thomas aus dem Wagen stieg, hörte er noch den Aufprall, als der Wagen mit der Fahrerkabine voran auf den Fußgängerweg unter der Brücke einschlug. Mit aufgerissenen Augen sah Thomas zu, wie der Wagen langsam zur Seite kippte und auf die Fahrerseite fiel.

»Lass uns verschwinden!«, befahl er Radoslav und sprang zurück in den Wagen.

»Sollten wir nicht ...?«

»Nein, fahr los. Weg hier!«, schrie Thomas und knallte seine Autotür zu, »Aber jetzt bitte normal.«

18 Uhr

Die Sonne stand bereits tief und warf ein orangefarbenes Licht über die Stadt. Von ihrem Aussichtspunkt auf dem Cobenzl, konnten Radoslav und Thomas beinahe ganz Wien überblicken. Obwohl der Berg eigentlich Reiseberg hieß, war er den meisten Wienern nur unter dem Namen Cobenzl bekannt. Sie standen nebeneinander auf dem Parkplatz, hinter ihnen ein Restaurant und der Zutritt zu einem Streichelzoo, welcher aber für heute bereits geschlossen hatte. Während Thomas rauchte, fuhr hinter ihnen gerade der Linienbus auf den Platz.
»Ich bin kein normaler Doktor oder Wissenschaftler«, sagte Radoslav mit monotoner Stimme.
»Garantiert nicht. Du hast mehrere Ausbildungen genossen, die nichts mit Atomphysik zu tun haben«, stimmte Thomas zu.
»Was hast du mit mir vor?«
»Dir den Arsch retten, herausfinden, was hier abgeht und erfahren, warum anscheinend jeder Geheimdienst hinter uns her ist.«
»Das klingt so ... verrückt, übertrieben ... Aber vielleicht bin ich ja selbst bei einem Geheimdienst«, überlegte Radoslav.
Auf dem Weg zum Parkplatz am Rand des 19. Bezirks hatte Thomas bei einer Tankstelle einen 6er-Träger Dosenbier eingekauft. Nun reichte er eine davon dem Doktor.
Sie prosteten sich zu und tranken ohne zu reden die halbe Dose aus.
Thomas genoss das Gefühl, wie das kalte Bier seine Kehle hinabglitt, während er langsam wieder zur Ruhe kam. Er musste zugeben, dass er keine Ahnung hatte, wie es weitergehen sollte. Zum ersten Mal wünschte er sich, dass Barbaras Onkel, der Innenminister, erreichbar wäre. Diese Angelegenheit hatte längst nichts mehr mit seinem Job als Bezirksinspektor zu tun, dennoch steckte er mittendrin.
Das Klingeln seines Handys holte ihn aus seinen Gedanken.

»Kratochwil, wo sind Sie?«, brüllte sein Vorgesetzter, Oberst Frimmel, ins Telefon.

»Auf der Flucht«, antwortete Thomas.

»Ich bin gerade informiert worden, dass es beim Donauturm zu einem Schusswechsel kam, mit Ihrer Beteiligung. Der gleichzeitige Unfall eines Wagens, dessen Insassen wie vom Erdboden verschwunden sind, gehört wohl zu dieser Geschichte. Außerdem liegt mir eine Beschwerde der italienischen Botschaft vor, in der steht, dass Sie einen Mitarbeiter gefoltert haben sollen. Ich verlange eine Erklärung.«

»Eine Erklärung? Die hätte ich auch gerne. Seit gestern werde ich verfolgt, meine Tochter wurde entführt, Leichen verschwinden und Geheimdienst-Hawara aus allen möglichen Ländern tauchen auf und jagen den Doktor und mich.«

Für einen kurzen Moment schien der Oberst zu überlegen.

»Sind Sie besoffen? Was für einen Blödsinn reden Sie da?«, fragte er dann.

»Dazu reicht ein 16er-Blech nicht ...«

»Sie kommen auf der Stelle zu mir und nehmen diesen Doktor mit. Ich glaube, Sie brauchen dringend einen Doktor, Herr Bezirksinspektor.«

»Was ich brauche sind ein paar Antworten!«, keifte Thomas zurück.

Er blickte zu Radoslav.

»Was im Moment abgeht, ist nicht normal, Chef«, fuhr er fort, »Das alles ist völlig krank. Doktor Novotný wird von allen gesucht, aber niemand verrät mir, warum.«

»Das ist eine Nummer zu groß für Sie, Kratochwil. Kommen Sie umgehend ...«

»Nein!«, unterbrach Thomas, »Denn unsere Leute sind nicht viel besser. Jemand hat eine Einsatzeinheit auf mich angesetzt, um den Doktor festzunehmen. Scheinbar waren ein paar russische Freunde mit Aggressionsproblemen schneller. Ich muss diesen Mann verstecken und will endlich wissen, was hier los ist.«

»Verdammt, ich entziehe Ihnen diesen Fall«, schrie der Oberst ins Telefon, »Dieser Wahnsinn hört sofort auf, haben Sie mich verstanden?«

»Das ist kein Fall mehr, das ist persönlich!«

»Sie sind doch verrückt!«, bellte der Oberst ins Telefon, »Das kostet Sie ihren Job!«

Thomas holte Luft und sah mit finsterer Miene auf sein Display.

»Vielleicht. Trotzdem finde ich heraus, was so besonders an diesem Doktor ist, dass man sogar meine Tochter entführt hat. Und wenn es das Letzte ist, was ich als Inspektor tue, aber ich werde Antworten bekommen«, sagte er wütend und beendete das Gespräch.

»Du riskierst wegen mir deinen Job?«, war Radoslav erstaunt.

»Ich hoffe, du bist es wert, Radoslav«, antwortete Thomas und zündete sich eine weitere Zigarette an. Er hielt dem Mann die Packung hin, der dankend ablehnte.

»Gib mir fünf Minuten, ich muss überlegen«, meinte Thomas.

Der Tisch in der »Schwarzen Rose« stand im hinteren Teil des Lokals, schwach beleuchtet und schwer einzusehen. Die angestellten Damen des Lokals kannten die Gäste an dem Tisch und hielten sich zurück.

Barbara, Thomas, Werner, Dieter und Doktor Novotný hatten ein volles Bierglas vor sich, die Flasche Whisky zwischen ihnen hatten sie zusammen bereits zur Hälfte geleert.

Zunächst hatte Thomas eine Zusammenfassung des Tages geliefert, wobei Barbara ihre Meinung über seinen mutmaßlichen Folterversuch für sich behielt. Danach stellte er der Gruppe seinen ungefähren Plan vor.

»Soll das heißen, du versuchst dich an keine Vorschriften und keine Einsatzpläne zu halten?«, meinte Dieter, nachdem Thomas fertig mit seinen Ausführungen war.

»Im Prinzip verständlich«, kommentierte Werner die Idee, »Aber es klingt völlig verrückt.«

»Genau darum geht es«, bestätigte ihm Thomas, »Inzwischen müssen wir davon ausgehen, dass neben ausländischen Diensten auch die einheimischen mit drinnen stecken.«

»Ich habe meinen Onkel erreicht«, meldete sich Barbara, »Er kann im Moment nichts unternehmen, hat aber darauf hingewiesen, dass nur ein völlig Geisteskranker sich mit mehreren Geheimdiensten gleichzeitig anlegen kann. Das waren seine Worte.«

»Hat er auch etwas Gescheites von sich gegeben?«, fragte Thomas bissig.

»Doktor Novotný muss etwas wissen oder besitzen, das von höchstem internationalem Interesse ist. Wien ist längst als Tummelplatz für Geheimagenten aus aller Welt bekannt. Botschaften, UNO-Mitarbeiter und diverse Firmen, die alle in Frage kommen. Onkel Michael schätzt die Zahl der Personen, die mit ausländischen Geheimdiensten kooperieren oder direkt von denen hergeschickt wurden, auf über 7.000. Das ist natürlich eine inoffizielle Zahl, aber wenn der Innenminister von 7.000 spricht ...«

»Ist anzunehmen, dass es weitaus mehr sind«, vollendete Thomas den Satz.

Barbara nickte ihm zu.

»Es kommt selten vor, dass jemand aus diesen Reihen so öffentlich in Erscheinung tritt«, fuhr Barbara fort, »Ein Unfall oder vermeintlicher Selbstmord eines Geschäftsmanns oder einer hochrangigen Person aus einem anderen Staat soll schon vorgekommen sein. Bekanntes Beispiel dafür ist die ›Operation Vienna‹, von der auch die Medien erfahren haben.«

»Darf ich nachfragen, was Sie meinen, Barbara?«, fragte Radoslav Novotný.

»Es ist schon über zehn Jahre her. Wie ich im Nachhinein von Onkel Michael erfuhr, war die Aktion von Amerika, Russland und Österreich minutiös geplant. Es klingt wie eine Folge von ›Mission Impossible‹.«

Barbara griff nach der Whiskyflasche und füllte ihr Glas auf. Nach dem Nippen fuhr sie fort.

»Auf dem Wiener Flughafen landete eine Maschine aus Moskau und rollte zu einem abgelegenen Hangar. Gleichzeitig kam eine Maschine aus Amerika, die ebenfalls zu dem Hangar dirigiert wurde. Obwohl jeder Fleck des Airports von Kameras überwacht wird, waren die Maschinen so geparkt, dass die Türen nicht einsehbar waren. Dennoch gab es Augenzeugen, die berichteten, wie Personen aus den Flugzeugen ausstiegen und mit einem schwarzen Van zur jeweils anderen Maschine gebracht wurden. Innerhalb von nicht einmal einer Stunde kam es zu dem größten bekannten Agentenaustausch seit dem Ende des Kalten Krieges. Bestätigung gibt es natürlich von keiner Seite. Das Innenministerium kann die Operation weder bestätigen noch dementieren, kein weiterer Kommentar dazu.«

Der Doktor lauschte interessiert.

»Wahrscheinlich müsste ich jetzt sagen, dass ich solche Aktionen kenne, da ich ebenfalls in diesem Metier tätig bin.«

»Ihnen ist klar, dass sich diese andauernde Amnesie medizinisch nur schwer erklären lässt«, sagte Werner.

Der Doktor nickte.

»Ich weiß, dass es verrückt klingt und ich habe keine Erinnerung, ob ich vor meinem ... vor meinem Fallschirmsprung, ob ich davor an außerirdischen Leben geglaubt habe. Aber diese Bilder in meinem Kopf sind so präsent.«

»Wenn wir die Zeit und Möglichkeit hätten, würde ich gerne einige Tests und Versuche mit Ihnen ausprobieren«, meinte Werner.

»Zurück zu unserem Plan«, erinnerte Thomas.

»Unser Plan?«, fragte Barbara spöttisch, »Das ist ganz alleine deine Schnapsidee.«

»Du kannst jederzeit aufstehen und gehen«, gab er bissig zurück.

»Mann eh, ihr zwei habt eine tolle Stimmung. Was ist passiert?«, wollte Dieter wissen.

»Ich arbeite nicht gerne mit jemandem, der Folter als legitimes Mittel ...«

»Es war nur eine Show, wie oft noch! Dem Typen ist nichts passiert, dafür hat er die Pappn aufgemacht«, unterbrach Thomas.

»Darum geht es nicht. Beim Waterboarding passiert theoretisch auch nichts«, konterte Barbara.

»Depperter Vergleich! Verdammt, es war nicht deine Tochter, die ...«

»Nein war es nicht!«, wurde Barbara lauter, »Aber das rechtfertigt nicht, dass ein österreichischer Beamter zu Methoden greift, die ...«

Sie schnaubte.

»Pass auf Mädel. Das ist kein normaler Fall mehr, also kann dir niemand was anhaben, wenn du nicht mitmachen willst.«

»Thomas, so kenne ich dich einfach nicht. Ich muss mich doch auf dich verlassen können.«

Thomas beugte sich vor.

»Willst du mit mir über Vertrauen und aufeinander verlassen reden?«, keifte er sie an. Nach einem großen Schluck aus dem Bierglas, bei dem er das halbe Glas leerte, lehnte sich Thomas mit wutentbranntem Blick wieder zurück.

»Das ist nicht fair. Ich habe dir nicht verheimlicht ...«, versuchte sich Barbara zu verteidigen.

»Du hast die Chance gehabt, einen Todesschützen mit einem gezielten Schuss aufzuhalten, aber du hast ihn entkommen lassen. Unter anderen Umständen müsste ich vermuten, dass du vielleicht mit der Bagage unter einer Decke steckst.«

Alle Blicke richteten sich auf Barbara.

»Ich habe gedacht, darüber sind wir längst hinweg«, schnauzte sie zurück.

»Dann hat dir einfach nur das Vertrauen gefehlt, oder warum hast du nicht die Pappn aufgemacht und gesagt, dass es dir immer noch dreckig geht?«, ließ Thomas nicht locker.

»Weil es verdammt nochmal mein Problem ist!«, schrie sie ihn an.

Einige Gäste wandten sich ihnen zu, wurden aber gleich darauf von den Damen an ihrer Seite abgelenkt.

»Weil ich knapp davor bin, alles hinzuschmeißen und den Job aufzugeben«, sprach Barbara mit leiserer Stimme weiter, »Weil ich beinahe täglich meinen Psychiater anrufe oder treffe, weil er im Moment der einzige Mann ist, den ich irgendwie an mich ranlassen kann, wenn auch nicht körperlich. Ich kann nicht mal irgendeinen Typen aufreißen, nicht einmal nur zum Vögeln, weil ich die ganze Zeit an meinen Ex-Freund denken muss. Ständig muss ich daran denken, dass dieser Typ mich hintergangen hat und ich fast getötet worden wäre. Jedes Mal, wenn ich die Augen schließe, sehe ich den Moment vor mir, wie ich abdrücke und ein Leben ausgelöscht habe, auch wenn es ein Verbrecher war.«

Barbara sackte auf ihrem Stuhl zusammen, während ihres Ausbruchs waren ihr die Tränen in die Augen geschossen, die sie nun hinter ihren Händen zu verstecken versuchte. Sekundenlang waren alle am Tisch wie gelähmt. Als Erster reagierte Radoslav Novotný, der neben ihr saß. Er packte Barbara an den Schultern und drückte sie zu sich.

»Ich weiß nicht, was Ihnen passiert ist, Barbara. Aber egal was vorgefallen ist, sie sind hier unter Freunden. Ich kenne sie alle noch nicht lange, aber man merkt, dass sie eine eingeschworene Gruppe sind, weit über ihre berufliche Bindung hinaus. Ich bin mir sicher, hier in dieser Runde können Sie ganz aus sich herausgehen und niemand wird Sie verurteilen. Vertrauen Sie sich ihren Freunden an, diese Jungs werden immer zu Ihnen stehen.« Seine Stimme war ruhig und leise.

»Es tut mir leid«, sagte Thomas zerknirscht. Er musste sich eingestehen, dass er überreagiert hatte.

»Vielleicht wäre es besser, wenn wir Schluss machen, bevor uns diese ganze Sache über den Kopf wächst«, gab Werner zu bedenken, »Barbara braucht Ruhe und dieser Wahnsinn ist genau das Gegenteil.«

»Aber diese Typen haben Anastasia entführt!«, warf Dieter ein.

»Das sollte eigentlich mein Text sein«, sagte Thomas, der für einen Moment verwundert war, »Anastasia geht es gut, das ist das Wichtigste.«

Er blickte zu Barbara, die ihr Gesicht an Radoslavs' Brust drückte.

»Wir sind keine Geheimagenten und noch nicht völlig durchgedreht«, fuhr Thomas fort, dessen Wut wie weggeflogen war, »Alles weitere würde nur ein unkalkulierbares Abenteuer mit unberechenbarem Risiko werden. Barbara hat mehr als einmal bewiesen, wie loyal sie ist und sie hat oft genug ihren Kopf riskiert. Dieses Mal, in dieser Situation ...«

Barbara hob ihren Kopf und löste sich von Radoslav. Ihre Augen waren von den Tränen verschmiert, ihr Blick aber nicht mehr niedergeschlagen. Ihre Augen blitzen Thomas an.

»Keine Chance«, sagte sie mit fester, entschlossener Stimme, »Und wenn es das Letzte ist, was ich tue, aber diesen Fall werden wir lösen. Niemand, absolut niemand verarscht uns derartig und kommt damit durch.«

Sie setzte sich senkrecht auf, strich ihre dunklen Haare nach hinten und sah in die Runde.

»Auch das ist normalerweise mein Satz«, empörte sich Thomas.

»Also, nachdem ihr jetzt wisst, wie´s mir geht, machen wir was dagegen. Was ist unser Auftrag, Thomas, wenn wir ihn übernehmen?«, antwortete Barbara mit neu gefundener Entschlossenheit.

»Dir ist klar, was das bedeuten kann? Wir hätten keine polizeiliche Deckung ...«, fragte Thomas nach.

»Darf ich kurz ein paar Wörter einwerfen?«, meldete sich Dieter zu Wort, »Wiener Riesenrad, ein Minister als Scharfschütze, Unterkunft für einen Hauptverdächtigen ...«

Radoslav sah fragend in die Runde.

»Mann eh, wir haben echt schon einiges erlebt. Dann soll es eben so sein«, machte Dieter seine Entscheidung deutlich.

Barbara hob die Hand, um für Ruhe zu sorgen.

»Ihr vergesst aber eines: Mein Onkel wird mich wahrscheinlich schützen ... nachdem er mir den Kopf abgerissen hat. Aber alle anderen hier? Sollte jemanden von uns ...«

Radoslav legte ihr die Hand auf die Schulter.

»Sollte jemand aus Ihrer Spezialeinheit gefangengenommen oder getötet werden, wird der Minister jegliche Kenntnis dieser Operation abstreiten«, zitierte er aus der Krimiserie ›Kobra, übernehmen Sie‹, die auch unter dem Namen ›Mission Impossible‹ bekannt war.

Golden Eye

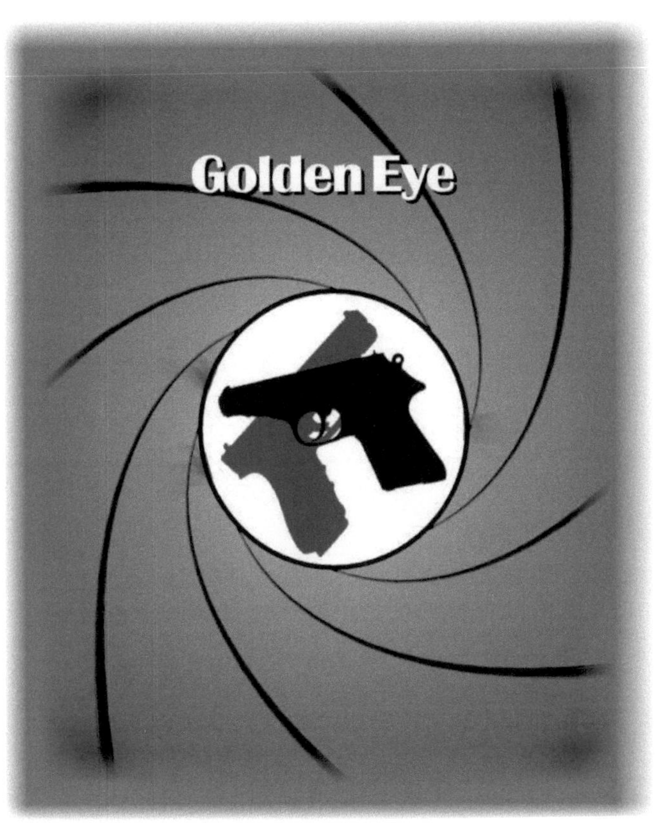

21. September

8 Uhr

Der Wecker läutete, obwohl Barbara, Radoslav und Thomas längst wach waren. Sie saßen in Barbaras Wohnung und hatten die ganze Nacht mit Reden verbracht. Thomas hatte mit seiner Idee begonnen, die mit Hilfe der anderen ordentlich ausgearbeitet wurde. Während ihrer Unterhaltung vermieden die beiden Bezirksinspektoren, Barbaras Nachnamen zu erwähnen, dessen Auswirkung ihnen Radoslav Novotný immer noch nicht erklären konnte.

»Ich werde uns Kaffee machen«, sagte Barbara und sah den Doktor dabei an.
»Schwarz mit zwei Stück Zucker ... denke ich«, meinte er.
»Genieß ihn, danach geht es für dich in Sicherheitsverwahrung«, sagte Thomas.
»Dein Plan, Thomas, er ist derart verrückt ...«
»Dass er nur klappen, oder völlig daneben gehen kann«, beendete Thomas den Satz.
Als es an der Tür läutete, sprang Thomas auf.
»Es geht los«, meinte er ernst. Innerlich war er alles andere als ruhig. Sein größtes Bedenken war, dass er seine Freunde in eine ausweglose Situation manövrieren würde, da sich alle auf seine völlig durchgedrehte Idee verließen.

Nachdem er Barbara mit ihrer Begleitung bei der Dienststelle abgeliefert hatte, ließ Thomas den Wagen stehen und spazierte in die Innenstadt. Dieter hatte ihn mit einem neuen Telefon ausgestattet, wobei er zum Glück sein Adressbuch behalten konnte. Er suchte eine Nummer, die er seit einigen Jahren nicht mehr gewählt hatte. Deshalb hatte er sie zuvor noch von einem Kollegen überprüfen lassen, der dies zwar widerwillig, aber dennoch ohne schriftliche Anweisung erledigt hatte.

»Morgen, ja bitte?«, meldete sich eine jugendlich klingende Männerstimme.

»Jeremy? Hier spricht Bezirksinspektor Kratochwil. Erinnerst du dich?«, grüßte er den jungen Mann und hoffte, dass er sich noch an ihr Abenteuer unter Wien erinnern konnte.

»Thomas Kratochwil, ja natürlich erinnere ich mich. Wie sollte ich so etwas vergessen? Wie geht es Ihnen? Ich habe damals von ihrem Stunt auf dem Riesenrad gelesen, eine coole Nummer.«

»Danke, danke. Ja, mir geht es den Umständen entsprechend. Ich hätte eine kurze Frage: Machst du noch dieses Untergrund-Ding, dieses Verborgene Wien?«

»›Vergessenes Wien‹ war damals der Name, aber kein Problem. Ja, inzwischen läuft alles unter meinem Nicknamen ›Jerryously‹. Das klingt einfach besser auf Insta und Tiktok. Inzwischen biete ich sogar Führungen an, wussten Sie das schon? Zwar nicht genau dort, wo wir beide diese Verbrecher gesehen haben, aber es gibt unter Wien ja genug zu erforschen und zu bestaunen. Wie kann ich Ihnen helfen? Haben Sie Lust, wieder einmal in den Untergrund zu gehen?«

Bua, du bist viel besser ausgeschlafen als ich, dachte Thomas, darum bemüht, alles mitzubekommen.

»Ja, ich glaube, du kannst mir helfen. Es wäre nicht ganz offiziell und müsste unter uns bleiben.«

»Aber Herr Kratochwil, das ist doch kein Problem. Ich helfe der Polizei gerne und Ihnen natürlich ganz besonders. Worum geht es?«

»Ich bräuchte einen Platz, um eine Person zu verstecken. So tief unter Wien, dass kein Signal durchkommt. Kein Handy, kein Funk, nichts. Nicht einfach zu finden und so sicher, dass die Person mehrere Tage dort verbringen kann.«

»Sie wissen, diese unterirdischen Stollen dienten früher den Menschen als Fluchtort und hatten eine Infrastruktur, aber heute ...«

»Schon klar, heute wird er im Dunkeln sitzen und sich alles mitnehmen müssen, um durchzukommen«, vollendete Thomas den Satz.

»Wobei, mir würde da eine Möglichkeit einfallen. Weit genug unter Wien, dass kein Handysignal durchkommt. So unbekannt und versteckt, dass es ein Wunder wäre, wenn dort jemand hinkommt und die Person findet. Außerdem kann man diesen Ort leicht absperren, es gibt nur einen Zugang. Das letzte Mal hatte ich dort sogar eine funktionierende Stromquelle. Ansonsten kann ich ihm einige Taschenlampen mitgeben. Nur für Verpflegung und Unterhaltung muss gesorgt werden.«

Thomas grinste.

»Das ist genau das, was ich suche. Hast du heute frei?«

»Ich bin gerade bei meiner Freundin in der Arbeit. Sie wird es mir verzeihen, wenn ich ihr erkläre, dass ich einen wichtigen polizeilichen Auftrag habe.«

»Weil ich dir das glaube«, hörte Thomas eine weibliche Stimme aus dem Hintergrund.

»Okay, ich lasse dich abholen. Bitte wundere dich nicht, die Person wird nicht den Eindruck erwecken, bei der Polizei zu arbeiten.«

Er bedankte sich und verabschiedete sich von dem jungen Mann.

»Läuft schon mal gut«, freute sich Thomas und suchte die nächste Nummer.

»Kratochwil, es ist viel zu früh!«, meldete sich Viktor verschlafen und mürrisch.

»Für deinen speziellen Freund stehst du sicherlich früher auf«, gab er dem Barbesitzer als Antwort.

»Ich hoffe, es ist wichtig.«

»Wichtig, um deinen Stammgästen den Arsch zu retten. Vielleicht ein letztes Mal, weil wir danach alle den Job verlieren.«

»Das kannst du nicht machen, Kratochwil. Ich brauche dich doch«, sagte Viktor, der langsam munter wurde.

»Heute brauche ich dich, mein Freund.«

»Ist es gefährlich?«, wollte Viktor wissen.

»Nein, nur vollkommen verrückt«, versicherte ihm Thomas.

11 Uhr

Die beiden Männer betraten die Dienststelle im ersten Wiener Gemeindebezirk. Noch bevor ein Polizist zu ihnen kam, hatten beide ihre Ausweise in der Hand.
»Bogner und Wallner, Innenministerium. Wir holen Ihren Gast aus dem Gewahrsam.«
»Morgen. Haben Sie ...?«, begann der Polizist säuerlich, wurde aber sogleich unterbrochen.
Der Mann vor ihm zog ein Blatt Papier hervor und legte es auf den Tresen.
»Die Anforderung, unterschrieben vom Innenminister persönlich. Ich denke, das genügt als Bestätigung.«
Der Polizist überflog den Text, erkannte den Stempel aus dem Ministerium und ließ sich überzeugen. Er führte die Männer ins untere Stockwerk. Vor einer unscheinbar wirkenden Tür saßen ein Beamter und eine Frau in Zivilkleidung. Beide erhoben sich, als die Männer mit stoischer Miene nähertraten.
»Ich nehme an, Sie beide sind abgestellt, um Radoslav Novotný zu bewachen«, sagte der Bärtige der beiden.
Barbara streckte die Hand aus.
»Es gibt sicherlich eine Anweisung, die Sie beide berechtigt ...«
»Gibt es, hier«, fiel der Mann ihr ins Wort und reichte ihr den Bescheid.
Barbara sah kurz auf das Blatt Papier, grinste und nickte dem Polizisten zu.
»Sperren Sie bitte auf.«
Kommentarlos öffnete er die Tür und trat zur Seite.
»Sie können gehen, wir übernehmen ab hier«, erklärte der zweite Mann und ging, ohne eine Antwort abzuwarten mit seinem Begleiter in den Raum.
Es handelte sich nicht um eine herkömmliche Zelle, der helle Raum ähnelte mehr einem gemütlich eingerichteten, fensterlosen Wohnzimmer. Ein Flachbildschirm hing an der

Wand, das Bücherregal war zur Hälfte gefüllt. In einer Ecke stand ein eineinhalb Meter hoher Kühlschrank. Neben einem Tisch mit vier Stühlen befand sich eine große Ledercouch im Raum. Auf dieser Couch saß der Insasse mit dem Rücken zu ihnen und telefonierte.

»Doktor Novotný, wir holen Sie ab.«

»Endlich bekomme ich Gesellschaft«, sagte der Mann in sein Telefon, »Ich melde mich später... Ja, es wird Zeit, dass wir ihm von uns erzählen.«

Er legte das Telefon zur Seite.

»Sie kommen mit uns und werden uns ein paar Fragen beantworten. Also, aufstehen«, befahl der Bärtige.

»Wer sind Sie denn?«, fragte der Mann und drehte sich um.

Obwohl sie kein Bild von Doktor Novotný hatten, war den beiden Männern sofort klar, dass die Person vor ihnen viel zu jung war. Auch der deutsche Dialekt verwunderte sie.

»Sie sind nicht der Doktor«, stellte der Bärtige fest.

»Mann eh, du bist ja von der ganz klugen Sorte«, entgegnete Dieter mit einem spöttischen Grinsen.

»Klug würde ich das nicht nennen«, meldete sich Barbara zu Wort, die hinter den Männern den Raum betreten hatte.

Sie und ihr Begleiter hatten eine Pistole in der Hand und auf die beiden Beamten gerichtet.

»Keine falsche Bewegung meine Herren.«

»Sind Sie verrückt?«, entfuhr es dem Bärtigen, »Sie bedrohen ...«

Die Pistole direkt vor seinen Augen ließ ihn verstummen.

»Ich halte zwei Männer in Schach, die sich unrechtmäßig Zugang verschafft haben. Zwei Männer, die uns für ziemlich dämlich halten.«

Sie machte einen Schritt nach vorne und machten den beiden Männern deutlich, weiter in den Raum zu gehen.

»Fehler Nummer eins«, sprach Barbara mit ernster Stimme, «der Innenminister ist zurzeit nicht im Land und kann das nicht unterschrieben haben.«

Dieter tastete beide flink ab und nahm ihnen die Waffen, Telefone, Ausweise und eine Schlüsselkarte für ein Fahrzeug ab.

»Fehler Nummer zwei«, sagte er dabei, »Die hübsche Frau mit der Waffe kennt die Unterschrift des Innenministers besser als sonst jemand. Stimmt doch, Barbara?«

Sie nickte ihm zu.

Die Ausweise kosteten Barbara nur ein müdes Lächeln.

»Nicht einmal beim Ausweis habt ihr euch Mühe gegeben. So eine miese Fälschung.«

Sie blickte zu dem Polizisten, der auf ihre Kopfbewegung den Raum verließ.

»Wer hat euch geschickt?«

Die beiden Männer sahen sich an, dann bedachten sie Barbara mit einem trotzigen Blick.

»Sie machen einen großen Fehler, der Sie den Job kosten wird«, meinte der Bartlose verärgert.

»Das hier hat schon lange nichts mehr mit meinem Job zu tun«, antwortete Barbara und machte Dieter Platz, der ebenfalls den Raum verließ.

»Der Raum ist schalldicht, also bemüht euch nicht, zu schreien.«

»Moment, das können Sie nicht ...«, beschwerte sich der Bärtige, doch Barbara hörte ihm nicht zu. Sie verließ den Raum, schloss die Tür und sperrte ab.

»Ich nehme den Schlüssel mit, die beiden Herren dürfen den restlichen Tag hier verbringen«, sagte sie zu dem Polizisten, »Du gehst jetzt rauf und vergisst alles.«

Zusammen mit Dieter ging Barbara ins Freie.

»Thomas hatte Recht, dass sogar unsere eigenen Leute hinter Radoslav her sind«, meinte Dieter.

Auf der Straße probierte Dieter einen Knopf der Schlüsselkarte. Nur wenige Meter entfernt blinkten die Lichter eines schwarzen Sportwagens auf und ließen ihn augenblicklich erstarren.

»Was ist das denn für ein Geschoß?«, fragte Barbara erstaunt.

»Das kann nicht sein ...«, Dieter machte einige Schritte in Richtung des Sportwagens und umrundete ihn ehrfürchtig.

»Ach du Scheiße, weißt du, was das ist?«, stieß er mit strahlenden Augen aus.

»Ein Auto«, sagte sie lapidar.

»Das ist nicht nur ein Auto. Das ist ein verdammter Jaguar!«

»Okay, dann ist es eben ein Jaguar«, meinte Barbara, die seine Begeisterung nicht teilen konnte.

»Das ist ein verdammter Jaguar C-X75. Den kriegst du zum Preis von ungefähr einer Million Euro. Eine Million!«, Dieter fing beinahe zu stottern an.

»Nicht dein Ernst?«, staunte Barbara ungläubig.

»Ich fahre!«, entschied Dieter und öffnete die Tür, die lautlos nach oben glitt.

Hinter ihnen wurde ebenfalls eine Wagentür geöffnet.

»Halt! Finger weg!«, schrie ihnen eine männliche Stimme vom Ende der Gasse zu.

»Freunde von unseren beiden Gestalten im Keller!«, mutmaßte Barbara.

»Bleiben Sie stehen, Polizei!«, rief der Mann, der inzwischen ausgestiegen war und auf sie zu rannte. In der Hand hatte er bereits eine Waffe.

»Steig ein, schnell!«, forderte Dieter Barbara auf und steckte den Schlüssel neben dem lederbezogenen Lenkrad in den Schlitz.

Ohne zu überlegen lief Barbara um den Wagen und ließ sich in den Sitz fallen. Dieser war so tief, dass sie beinahe das Gefühl hatte, in ein Bett zu fallen. Die lederbezogenen Sitze fühlten sich angenehm samtig an, die Innenausstattung wirkte futuristisch auf sie. Das Armaturenbrett und das Display zwischen ihnen leuchteten in einem dunklen Blau.

»Hast du Erfahrung mit so einem Gefährt?«, fragte Barbara verunsichert.

»In der Theorie schon.«

»Welche Theorie?«

»Need for Speed. Ich habe fast alle Teile gespielt«, antwortete Dieter.

»Gespielt?!«, entfuhr es Barbara, »Etwa ein Computerspiel?«

»Wird schon gutgehen«, sagte Dieter und drückte den Knopf ›Engine ON‹.

Nichts passierte.

Er probierte es erneut, während inzwischen zwei Männer mit Pistolen in der Hand auf sie zuliefen.

»Wir könnten auch einfach nachfragen, wer diese Typen sind«, schlug Barbara vor.

Zwischen ihnen blinkte eine Anzeige auf der Ablage.

»Eine elektronische Wegfahrsperre«, rief Barbara und deutete auf den blinkenden Text ›Enter Code to Start‹.

Dieter fluchte auf und schlug mit der Faust gegen das Lenkrad. Im nächsten Moment standen die beiden Männer neben dem Wagen, ihre Pistolen auf den Innenraum gerichtet.

»Das war ein kurzes Vergnügen«, sagte Dieter und hob die Hände.

Die Tür wurde geöffnet und ein Mann beugte sich zu ihm herein, während Barbara auf dem Beifahrersitz dem Mann mit der Waffe vor ihrem Fenster zu lächelte.

»Das wird ein lustiges Gespräch, wenn ich Onkel Michael anrufe«, meinte sie.

»Keine Bewegung!«, fuhr der Mann Dieter an und packte ihn am Kragen seines Hemdes.

»Gugawitsch!«, schrie der Mann Dieter an.

»Ja, bitte«, meldete sich Barbara, blickte zu ihm, aber dieser sah nur Dieter an.

»Einhorn!«, rief er als nächstes.

Barbara und Dieter sahen ihn verwundert an.

»Atomgeddon!« war sein nächstes Wort.

»Ähm ... Schlaganfall?«, kommentierte Barbara die sinnlosen Wörter.

»Scheiße, das ist nicht der Doktor«, entfuhr es dem Mann, wobei er Dieter aus dem Wagen zog. Er wurde gegen das Auto gedrückt.

»Vorsicht, der Schlitten ist teuer«, stöhnte Dieter auf.

»Wer seid ihr zwei durchgeknallten Idioten?«, wurde er höchst erbost angebrüllt.

Barbaras Wagentür wurde ebenfalls geöffnet, sie durfte allerdings selbst aussteigen.

»Also bitte! Ich bin Bezirksinspektorin ...«

»Kein Wort! Sag kein Wort!«, rief Dieter ihr zu, »Ich glaube, ich habe gerade eine Eingebung. Wenn ich Recht habe, setzt das der Verrücktheit die Krone auf!«

In der Abflughalle des Flughafen Wien-Schwechat herrschte reges Treiben. Zwei Reisebusse mit Touristen waren zeitgleich angekommen und nun strömten über hundert Personen zu den Check-in-Schaltern der Airlines.

Deshalb nahm niemand von den drei Männern Notiz, die auch das Gebäude betraten. Und dass, obwohl eine der Personen mehr als auffällig gekleidet war. Im langen, hellbraunen Trenchcoat und einem schwarzen Filzhut mit breiter Krempe, glich Thomas einem seiner Vorbilder, Teddy Savalas alias ›Kojak‹.

Zwischen ihm und Werner ging Radoslav Novotný, der sich mit einer Mischung aus Neugier und Nervosität umsah.

»Thomas, Sie sind sich sicher, dass wir bereits unter Beobachtung stehen?«, fragte er leise.

Sie blieben stehen und sahen sich um.

»Und wie wir beobachtet werden«, stellte Thomas fest. Er lotste die beiden Männer an den Menschenschlangen vorbei und sprach leise zu ihnen.

»Neben dem Eingang zum Café, die Frau im schwarzen Anzug. Sie tut, als würde sie telefonieren, blickt aber dabei immer zu uns. Dann haben wir den Typen mit der Aktentasche, der ohne Koffer vor den Check-in-Schaltern auf und ab läuft. Sein Ohrstecker und sein ständiger Blick zu uns verrät ihn. Außerdem kenne ich diese Aktentasche, das sind die Standardmodelle unserer Undercover-Abteilung, mit integrierter Kamera.«

Werner entdeckte einen weiteren Mann, der immer wieder zu ihnen blickte, während er auf einer Bank saß und Zeitung las.

Nach einer Minute, in der Thomas, Werner und Radoslav nur dastanden und die Leute beobachteten, wandten sich plötzlich immer mehr Personen dem Eingang zu. Dort erschienen zuerst zwei großgewachsene Männer im Anzug, gleich darauf trat eine Frau in die Halle, die augenblicklich die Blicke auf sich zog. Ihre langen, goldblonden Haare lagen perfekt gestylt über ihren Schultern, ihr goldfarbenes Kleid glitzerte im Licht. Auch im Gesicht trug sie Gold, die Augen waren goldfarben umrahmt und auf den Wangen glitzerten gelbe aufgeklebte Strasssteine. Der ausladende Rock des Kleides hatte einen Durchmesser von mehr als einem Meter. Die Glasperlen in verschiedenen Größen glänzten, während das matte Oberteil mit kurzen Ärmeln und einem weißen Muster am Ausschnitt verziert war. Selbst wer genau hinsah, erkannte nur sehr schwer, dass die Person in diesem Kleid in Wahrheit ein Mann war.

»Ich kenne meinen Liebling schon lange, aber so habe ich ihn noch nie gesehen«, staunte Werner bei Anblick seines Lebensgefährten Christian.

»Wenn ich es nicht wüsste, hätte ich ihn nicht erkannt«, gab Thomas ebenfalls erstaunt zu.

Abgeschirmt von den beiden Bodyguards schritt Christian elegant durch die Halle, hinter ihm ein junger Mann mit zwei kleinen Koffern.

»Ich möchte betonen, Christian trägt so etwas sonst nie, weder Perücke noch Kleider. Aber nach diesem Auftritt muss ich mir ernsthaft überlegen, ob er nicht ...«

»Keine Details bitte«, unterbrach ihn Thomas.

»Meine Herren, ich werde nun gehen«, sagte Radoslav und griff nach Thomas' Hand.

»Danke für alles. Ich hoffe, wir sehen uns wieder.«

Thomas nickte ihm zu. Nachdem Radoslav auch Werner zum Abschied die Hand schüttelte, drehte er sich in Richtung Sicherheitskontrolle und ging los. Dabei ging er auch an der Gruppe Fotografen vorbei, die Bilder der Diva in Gold schossen. Noch vor dem Zugang zu den Kontrollen bog Radoslav ab und verschwand im Gang zu den Toiletten. Werner stieß Thomas sanft an.

»Möchte der Herr eine rauchen gehen?«

»Gerne«, antwortete Thomas und sie verließen die Halle.

»So, genug Fotos!«, bestimmte der Bodyguard neben Christian und lenkte ihn mit den Händen auf der Schulter weg von den Menschen. Inzwischen hatten die meisten erkannt, dass es sich um einen Mann handelte, doch die pompöse Aufmachung sorgte immer noch für staunende und neugierige Gesichter.

Christian winkte den jungen Mann mit den Koffern zu sich. »Ich möchte mich frisch machen, komm mit«, befahl er mit hoher Stimme. Sie verschwanden im Gang zu den Toiletten, die beiden Bodyguards blieben davor stehen. Als der Mann, der zuvor noch Zeitung gelesen hatte, näherkam und Radoslav folgen wollte, hielten ihn die Bodyguards zurück.

»Miss Golden Eye möchte ungestört sein«, sagte der Bodyguard und stellte sich dem Mann in den Weg.

»Ich muss da sofort hinein. Die Tunte ist mir völlig egal«, wurde der Bodyguard angeschnauzt.

»Wie bitte?«, fragte der zweite Bodyguard, »Da haben wir es wohl mit einem kleingeistigen, intoleranten Typen zu tun.«

»Was?«, der Mann sah zwischen den beiden Muskelmännern hin und her, »Nein, verdammt, ich will nicht zu eurer goldenen Lady, ich muss ...«

»Er will zu jemanden auf die Toilette? Na so einer sind Sie also«, wurde er unterbrochen.

»Wir sollten umgehend die Security rufen, es kann doch nicht sein, dass hier jemand einfach so andere Personen auf den Toiletten belästigen darf.«

Der Mann mit der Zeitung in der Hand reagierte nun deutlich erboster.

»So, jetzt passt mal auf. Ich bin im Auftrag der Polizei hier und ich werde jetzt da hineingehen, ob es euch passt oder nicht. Wenn ihr also keine Probleme haben wollt, macht Platz.«

Er erntete nur ein breites Grinsen von den beiden Männern. »Dann fragen wir einfach mal nach«, meinte einer der Bodyguards und drehte sich um.

»Polizei! Polizei! Wir bräuchten hier etwas Unterstützung. Dieser Mann möchte unbedingt unserer Miss Golden Eye auf die Toilette folgen und ihre Intimsphäre stören!«

Sofort reagierten zwei Beamte der Flughafensicherheit und kamen näher. Gleichzeitig reagierten mehrere Personen, die die Unterhaltung zum Teil mitbekommen hatten. Der Zeitungsmann wurde zur Seite gedrängt, bis die Beamten bei ihm waren. Dabei wurde der mutmaßliche Polizist umringt und als intolerant, homophob und Spanner beschimpft. Es genügte ein Satz von einem der Bodyguards und der Mann wurde von der Flughafen-Security trotz dessen Protest abtransportiert. Eine Gruppe Jugendliche bot den beiden Bodyguards an, mit ihnen den Gang zu bewachen, wenn sie dafür noch ein Foto mit der Lady bekommen würden.

Dieses Angebot wurde ihnen gerne erfüllt. Als Lady Golden Eye nach knapp fünf Minuten herauskam, wurde sie von den insgesamt sieben Burschen in die Mitte genommen und lächelte für mehrere Gruppenbilder in die Kamera.

»Danke, meine lieben Freunde«, sagte die Lady, nun mit deutlich männlicherer Stimme, »Wenn ihr wollt, können wir vor dem Gebäude noch ein paar Bilder machen, bevor mich meine Limousine abholt.«

»Fliegst du gar nicht weg?«, fragte ein Jugendlicher aus der Gruppe.

»Ach nein, ich treffe hier nur meinen Fahrer«, meinte die Lady freundlich.

In einer Traube aus über zehn Personen wurde die Lady in Richtung Ausgang gebracht, während hinter ihr ein Mann beinahe unbeobachtet aus dem Gang trat. Er konnte aber nur wenige Schritte machen, als sich vor ihm drei Männer und eine Frau aufbauten.

»Doktor Novotný, Sie werden mit uns kommen, ohne Aufsehen zu veranstalten.«

Der Angesprochene grinste die Gruppe vor ihnen an.

»Natürlich, lassen Sie uns gehen.«

Vor der Flughafenhalle diente Lady Golden Eye, der, wie sie inzwischen erfahren hatte, Junggesellengruppe aus Berlin, noch mehrmals als Fotomotiv. Aber als eine schwarze Limousine vorfuhr und sich die hintere Tür öffnete, verabschiedete sie sich von allen und wünschte ihnen noch einen schönen Aufenthalt in Wien.

Aus dem Wagen blickte ihm ein junger Mann mit auffälligem, Schnauzbart entgegen.

»Okay, das überrascht mich jetzt. Der Bezirksinspektor hat mir gesagt, ich werde hier einen Mann abholen«, wunderte sich Jeremy.

»Gib mir fünf Minuten und mein hoffentlich vorbereitetes Gewand, dann bin ich wieder ganz der Alte. Radoslav Novotný«, stellte sich der Doktor vor und reichte Jeremy die Hand.

»Ich nehme an, du bist der junge Mann, der mir die Wiener Unterwelt näherbringen wird.«

»Ganz genau. Dieser Bezirksinspektor hat schon echt komische Freunde«, meinte Jeremy und reichte ihm die Sporttasche. Darin befanden sich neben frischer Kleidung auch Lebensmittel, Taschenlampen und Bücher.

»Da gebe ich dir Recht, unser Freund der Inspektor ist immer für Überraschungen gut«, meldete sich Viktor, der hinter dem Steuer der Limousine saß und im nächsten Moment losfuhr.

Wenige Meter entfernt hatten Thomas und Werner das Schauspiel mit angesehen.

»Ich hoffe, Christian geht es gut«, sorgte sich Werner um seinen Freund.

»Warte noch ein paar Minuten, dann kannst du ihn abholen. Mein Taxi wird auch jeden Moment auftauchen.«

Wie auf Kommando parkte sich in der Ladezone neben ihnen Barbara mit ihrem Privatwagen ein.

»Herr Kratochwil? Sie haben ein Taxi nach Bratislava bestellt?«, rief sie ihm entgegen.

»Wir sehen uns in ein paar Tagen«, meinte Thomas zu seinem Freund und stieg bei seiner Kollegin ein.

Werner hingegen ging zurück in das Flughafengebäude und zum Stützpunkt der Flughafenpolizei. Mit Hilfe seines Ausweises kam er schnell bis zu Christian durch.
»Der Mann gehört mir«, sagte er mit strenger Stimme.
»Uns wurde gesagt, dass Beamte des Innenministeriums kommen und Herrn Novotný abholen werden.«
»Interessant, denn dieser Herr hier ist nicht Herr Novotný, sondern mein Lebensgefährte. Er hat nichts mit irgendwelchen polizeilichen Aktivitäten zu tun«, stellte Werner klar.
Der Beamte sah ihn mit einer Mischung aus Wut und Unverständnis an.
»Was geht hier ab?«, fragte er säuerlich.
»Sagen wir einfach, die Beamten aus dem Innenministerium werden nicht erfreut sein, wenn sie uns hier treffen«, meinte Werner, bevor er um zwei Kaffee bat.

Moonraker

21. September

15:30 Uhr

»Die Ausstellung liegt auf dem Messegelände am Stadtrand von Bratislava«, informierte Barbara Thomas, der nach einer kurzen Rauch- und Trinkpause kurz vor der österreichisch-slowakischen Grenze das Steuer übernommen hatte. Ihr Abenteuer mit Dieter kommentierte Thomas nur mit einem Kopfschütteln.
»Wie lange noch?«, fragte Thomas.
»Keine zehn Minuten mehr. Ich habe mir die Internetseite angesehen, das Messegelände besteht aus einer großen Halle, einer Zufahrtsstraße und einem Parkplatz vor dem Eingang. Die Autobahn in die Stadt führt direkt daran vorbei. Hast du dich erkundigt, was uns dort erwartet?«
»Cosmo klingt für mich nach Weltraum«, mutmaßte Thomas.
Barbara nickte und klärte ihn auf.
»Die Ausstellung behandelt die Geschichte der bemannten Raumfahrt, von den Anfängen bis zur nahen Zukunft. In Zusammenarbeit mit der NASA sind Hunderte Originalstücke ausgestellt. Außerdem erwartet die Besucher Teile von Raketen, Satelliten und Ähnliches in Originalgröße.«
»Alles gut und schön. Es ist nicht gerade mein Interessensgebiet, aber etwas Bildung schadet bekanntlich nicht«, entgegnete Thomas.

Schon bei der Autobahnabfahrt waren Wegweiser aufgestellt, die sie zum Parkplatz lotsten. Dieser war nicht einmal zur Hälfte voll. Vor ihnen stand eine riesige, weiße Halle, fensterlos und ohne Beschriftung. Nur eine kleine offene Tür, neben der ein Plakat der Ausstellung hing, deutete den Weg.

»Wir werden uns wie normale Touristen verhalten«, meinte Barbara, »Für die Ausstellung sollte eine Stunde Besichtigung reichen. Wenn wir nicht alle Infotafeln lesen, sind wir schneller durch, der Souvenirshop ist beim Ausgang.«
Thomas nickte ihr zu und marschierte zum Eingang.

Eine Gruppe Jugendlicher und zwei Familien mit Kindern standen vor ihnen bei der Kassa. Auch beim Betreten des ersten Ausstellungsraumes erwarteten sie keine Menschenmassen. Die Halle war schwarz ausgekleidet, die Ausstellungsstücke mit weißem und bläulichem Licht bestrahlt, um sie besonders zur Geltung zu bringen.
Die Ausstellung begann mit den russischen Anfängen der Raumfahrt. In einer Glasvitrine konnten sie die Raumkapsel sehen, mit der das erste Lebewesen in den Weltraum geflogen wurde.
»Die Geschichte der Hündin Laika, die mit dieser vier Meter hohen Kapsel ins All flog, lernt man heute noch in der Schule«, sagte Barbara, während sie die Beschreibung neben der Vitrine las.
»Das ist eine originalgetreue Nachbildung, da die Originalkapsel damals beim Wiedereintritt verglühte.«
»Der arme Hund«, meinte Thomas.
»Der hat da schon nicht mehr gelebt. Hier steht, Laika starb nach einigen Stunden im Orbit, vermutlich an Stress und Überhitzung«, las Barbara vor.
Es folgten die ersten Schritte der amerikanischen Raumfahrt. Neben den ersten Astronauten-Anzügen der NASA gelangten sie zu einer Abteilung, die die unterschiedlichen Apollo-Missionen beschrieb.
Sie sahen die in Folie eingeschweißte Nahrung der Astronauten, amüsierten sich über die Trinkbehälter der beiden amerikanischen Getränkeriesen Coca-Cola und Pepsi, bis sie vor einer Glasvitrine standen, in der das Emblem der ›Apollo 13‹-Mission lag. Drei Pferde mit

wehenden Mähnen, die über den Mond flogen, im Hintergrund die Sonne.

»Ex Luna, Scientia – Vom Mond kommt das Wissen«, las Barbara den Spruch vor, der neben der Bezeichnung ›Apollo XIII‹ auf dem Missionsabzeichen eingestickt war.

»Das war doch die Mission, die schief gegangen ist und verfilmt wurde?«, fragte Thomas und erntete ein Kopfnicken.

»Mit dem berühmtesten Spruch der Weltraumgeschichte, Houston, wir haben ein Problem.«

»Jetzt wissen wir, wie das Logo aussieht, nun brauchen wir ein Notizbuch mit dem Ding drauf«, sagte Thomas und ging weiter.

Ihm fiel auf, dass abseits der Apollo-Mission, die überwiegenden Exponate aus der russischen Weltraumgeschichte stammten.

Als er seine Beobachtung aussprach, meinte Barbara: »Klar, die Slowaken haben gute Beziehungen in den Osten.«

»Ost, West, das ist heute nicht mehr so klar zu erkennen. Früher gab's einen Eisernen Vorhang und damit war die Grenze klar.«

»Thomas!«, zeigte sich Barbara erschüttert, »Willst du damit etwa sagen, du findest dieses menschenverachtende Regime damals ...?«

»Beruhig dich Mädel. Ich habe das nicht so gemeint. Dieser politische Schmarrn damals war sicher nicht besser. Lass uns keine politische Diskussion anfangen, du kennst meine Meinung.«

Barbara kicherte.

»Ja, nur manchmal klingst du so, als hättest du gar keine Meinung, oder eine alte, männlich dominierte und, sorry, unüberlegte Einstellung.«

»Ich hab‘s gern einfach und Politik ist mir zu komplex ... Und heutzutage zu verdorben.«

Einige Raumanzüge und technische Geräte später konnten sie den Rover, der auf dem Mars gelandet war, bestaunen, bevor es mit dem Thema ›Raumstationen‹ zum letzten Raum der Ausstellung ging.

Der Nachbau eines Moduls der ISS machte deutlich, wie eng es auf der im All befindlichen Internationalen Raumstation tatsächlich war.

»Und dann träumt der Mensch von gewaltigen Stationen im All«, sagte Thomas kopfschüttelnd.

»Es wird noch viele Generationen brauchen, bis dieser Traum der Menschheit wahr werden kann«, sinnierte Barbara, »Bis man richtige Raumstationen bauen und betreiben kann, die für Menschen tatsächlich mehr als ein Ort der Wissenschaft sind. Zuerst muss es die Menschheit hinbekommen, mit sich selbst und mit dem einen Planeten den wir zur Verfügung haben zurecht zu kommen.«

»Ich glaube, da passiert es eher, dass uns die Außerirdischen besuchen, wir mit Warpantrieb herumfliegen und mit Jedis auf ein Bier gehen.«

»Du kennst dich ja bestens aus,« meinte Barbara lachend.

Nach dem Ende der Ausstellung standen Barbara und Thomas in einem Vergnügungsraum mit einem Dutzend futuristisch anmutender Maschinen. Einige sahen aus wie utopische Motorräder, andere boten Platz für mehrere Personen und ähnelten einem Achterbahnwagon. In einem weiteren Gerät stand ein Jugendlicher, in jeder Hand einen Joystick. Die zumeist jungen Menschen hatten dicke, blickdichte Brillen aufgesetzt und waren hörbar begeistert, während sich das Gerät unter ihnen bewegte.

»Kennst du das?«, fragte Barbara.

Thomas hatte schon Ähnliches gesehen, die genaue Anwendung war ihm aber fremd.

»Mithilfe der VR-Brillen wird eine dreidimensionale Welt rund um dich aufgebaut. Dort zum Beispiel«, sie deutete auf das futuristische Motorrad, »fährst du wie in einem Computerspiel durch eine Science-Fiction Welt. Du lenkst das Motorrad und siehst durch die Brille alles rund um dich.

Es gibt mehrere Programme, mehrere Möglichkeiten durch diese virtuellen Welten zu reisen.«

Sie näherten sich einem Gerät. Neben der Plattform hing eine Information über die unterschiedlichen Programme.

»Ein Flug durch einen Canyon, mittendrin in einem Roboterkrieg oder ein Weltraumspaziergang. Du siehst, es gibt unterschiedliche Möglichkeiten. Diese VR-Brillen gibt es inzwischen schon für daheim. Es gibt eigene Computerspiele dafür.«

»Danke für die Info, aber das ist nichts für mich«, sagte Thomas und deutete auf den Stand, an dem unterschiedliche Souvenirs angeboten wurden.

»Wir müssen dorthin.«

Der Souvenirstand bot vor allem Spielzeug an. Bausätze für Raketen und Raumstationen, sowohl reale als auch erfundene. In einer Vitrine lagen kleine Meteoritenteile zum Verkauf. Vor den beiden Verkäuferinnen lagen mehrere Notizblöcke, Kugelschreiber und Schlüsselanhänger in einer Glasvitrine.

»Du solltest reden«, entschied Thomas, »Es wird erwartet, dass eine Frau dieses Notizbuch besorgt.«

Barbara trat an den Schalter und grüßte die Frau.

»Ich würde gerne ein Notizbuch kaufen.«

»Gerne, welches denn? Grau oder Blau, und mit welchem Abzeichen, NASA oder Mond?«, wurde sie mit einem freundlichen Lächeln gefragt.

»Ich hätte gerne ein graues Buch mit dem Abzeichen der Apollo 13 Mission«, sagte Barbara, wobei sie sich bemühte, gelassen zu klingen.

Ihr Gegenüber ließ sich nichts anmerken, nickte ihr freundlich zu.

»Wir haben nur noch ein Exemplar, welches aber reserviert ist«, sagte sie.

Thomas trat neben seine Kollegin.

»Genau, wir holen dieses reservierte Buch. Es wurde auf den Namen Coco reserviert«, mischte er sich ein. Nach einer kurzen Überlegung fügte er »Coco 25« hinzu.

Die junge Verkäuferin blieb weiterhin unbekümmert, sanft lächelnd griff sie nach einer braunen Tüte unter dem Verkaufstisch und zog ein eingeschweißtes Notizbuch heraus. Auf dem Cover prangte das zuvor gesehene Logo der ›Apollo 13‹-Mission.

»Es wurde bereits bezahlt«, informierte die Verkäuferin Barbara und reichte ihr die Tasche.

Barbara griff dankend zu und beeilte sich, mit Thomas die Halle zu verlassen.

Kaum, dass sie die Messehalle verlassen hatten, zog Barbara das eingeschweißte Notizbuch aus der Papiertasche.

»Es sieht aus, wie die anderen im Shop, nur ist auf diesem ein anderes Logo.«

»Pack aus«, forderte Thomas, »Aber beeil dich.«

Er deutete in den wolkenverhangenen Himmel. Eine dunkelgraue Wolkendecke hing tief über der Stadt, es drohte jeden Moment zu regnen.

»Schon dabei, Chef.«

Thomas rauchte sich eine Zigarette an und sah zu, wie Barbara die Plastikfolie aufriss und das Notizbuch durchblätterte.

»Und? Was steht in diesem Notizbuch?«

Barbara blätterte weiter, dann blickte sie mit todernster Miene auf.

»Die Wahrheit über das JFK-Attentat, die Landung von Außerirdischen und Details über Area 51.«

»Ernsthaft?«

»Dazu die Baupläne für das Raumschiff Enterprise, den Todesstern, der Raumstation Babylon 5 und ...«

»Barbara Chantal Gugawitsch!«, ermahnte Thomas seine Kollegin oberlehrerhaft, die sich nur noch schwer ein Grinsen verkneifen konnte.

»Nichts.« Sie drehte das aufgeschlagene Buch zu ihm.

Leere Seiten, unliniert im dicken Textileinband.

Sie schloss das Buch und zog an dem aufgestickten Logo.

»Nicht einmal das ist abnehmbar.«

Thomas nahm ihr das graue Buch aus der Hand.

»Was soll der Schas?«, fluchte er und blätterte die Seiten durch. Dabei flog ein orangefarbenes Heftchen aus der letzten Seite.

Überrascht blickten beide für einige Sekunden auf das Stück Papier auf dem Boden.

»Es wird nicht explodieren, wenn wir es aufheben«, sagte Thomas schließlich und bückte sich.

Das orangefarbene Teil stellte sich als Kartenetui eines Hotels heraus. Mit zwei Plastikkarten im Inneren.

»park inn by Radisson«, las Thomas vor. Auf den Plastikkarten stand nur der Hotelname, dafür hatte jemand in das Kartenetui die Nummer 325, eine Adresse und etwas in einer Fremdsprache geschrieben. Auch wenn er die Sprache nicht verstand, glaubte er sie zu erkennen.

»Kannst du französisch?«, fragte Thomas.

»Sicher besser als du«, kam ihre prompte Antwort, erschrak aber im nächsten Moment über ihre eigene unüberlegte Antwort.

»Wie bitte?«, fragte Thomas stutzig.

»Das ist eine Frage, die mir bislang noch kein Mann gestellt hat«, erklärte Barbara schmunzelnd.

»Wie bitte?«, fragte Thomas erneut.

»Vergiss es«, meinte Barbara kichernd und nahm ihr Handy. Sie tippte auf ihrem Display, kurz darauf sprach eine weibliche Computerstimme den eingegebenen Text.

»Une nuit, chambre double/petit-déjeuner«, und nach einer kurzen Pause die Übersetzung, »Eine Nacht, Doppelzimmer/Frühstück.«

»Okay, das heißt dann wohl, wir verbringen die Nacht in Bratislava«, meinte Thomas und nahm eine der Karten an sich.

Das Hotel war leicht zu finden. Kaum, dass sie über die Brücke in Richtung Altstadt fuhren, konnten sie das auffällige Gebäude sehen. Das 4-Sterne-Hotel am Rand der Altstadt lag direkt an der Donau, neben der Anlegestelle der Schiffsverbindung aus Wien. Fensterumrahmungen in unterschiedlichen Grautönen und eine große Glasfront in der obersten Etage, gleich neben dem leuchtenden Schriftzug ›park inn‹, ließen das Haus aus der Umgebung hervorstechen.

Inzwischen hatte es zu tröpfeln begonnen, der graue Himmel sorgte für einen tristen ersten Eindruck der Stadt. Barbara hatte sich schlau gemacht und leitete sie zum hoteleigenen Parkplatz.

»Hast du dir schon Gedanken gemacht, wie es weitergehen soll?«, fragte sie, als sie beide ausstiegen.

»Wir werden uns das Zimmer ansehen, die Minibar überprüfen und danach machen wir einen Spaziergang durch die Altstadt. Außer, es taucht ein weiterer Agent auf und macht uns das Leben schwer.«

Gerade rechtzeitig, bevor heftiger Regen einsetzte, konnten Barbara und Thomas ins Hotel flüchten. Die Empfangshalle wirkte schlicht und dennoch sehr elegant. Die glatten Wände glänzten, der dunkle Teppich zeigte keine Spuren einer Abnutzung. Ohne sich um die Rezeption zu kümmern, steuerten Barbara und Thomas direkt die Aufzüge an und fuhren in den dritten Stock. Auch der Gang zu ihrem Zimmer war überaus sauber. Der schwarze, weiche Teppich mit undefinierbaren Strichmustern dämpfte ihre Schritte zur Lautlosigkeit, die weißen Wände sorgten für eine helle, einladende Atmosphäre. Neben dem Aufzug informierte sie ein Aushang über die Wellnessausstattung im obersten Stockwerk. Das Hotel verfügte über ein Hallenbad, Sauna und Massageangebote.

In eine Diskussion vertieft, wie der restliche Tag ablaufen sollte, betraten die beiden Bezirksinspektoren das Zimmer.

»Na super, ein Doppelbett«, stellte Barbara als Erstes fest.
»Und keine Couch, nur ein breiter Lederstuhl und ...«, Thomas schob den weißen Vorhang zur Seite, »eine Aussicht auf die Burg.«
»Thomas, wir kennen uns zwar schon sehr gut und sind auch privat gut miteinander ... aber eine gemeinsame Decke zum Schlafen?«, sagte Barbara, die das Doppelbett genauer inspizierte.
»Vielleicht war der Plan, dass Coco 25 mit ihrem Freund anreist.«
Zu seinem Bedauern musste Thomas feststellen, dass zwar ein kleiner Kühlschrank im Zimmer vorhanden, aber leer war. Gleich darauf ärgerte er sich über die Fenster, die sich nur kippen ließen, um sicher zu stellten, dass er nicht auf die Idee kam, im Zimmer zu rauchen. Sein nächster Kritikpunkt betraf das Badezimmer.
»Privatsphäre wird in diesem Zimmer nicht großgeschrieben. Die Duschwand ist aus durchsichtigem Glas, das Klo gleich daneben und die Tür zum Badezimmer ist auch nur eine Milchglastür, die sich nicht gscheit schließen lässt«, raunzte Thomas.
»Du solltest am Abend einen Aufriss machen und bei dem die Nacht verbringen«, schlug er Barbara vor. Sein Gesichtsausdruck verriet dabei nicht, ob er sie auf den Arm nahm oder den Vorschlag ernst meinte.
Barbara stand beim Fenster ihres Zimmers und blickte durch den Regen auf das Wahrzeichen der Stadt, die Bratislavaer Burg. Sie thronte auf einem Hügel neben der Donau, die weißen Mauern und das rote Dach der rechteckigen Burg sorgten in dem trüben Wetter für zusätzlich düstere Stimmung.
»Es regnet immer noch«, stellte Barbara säuerlich fest.
»Es schifft wie aus Kübeln«, meinte Thomas, der auf dem Doppelbett Platz genommen hatte und das Notizbuch zum wiederholten Male studierte.
»Was machen wir jetzt?«, fragte Barbara.

»Keine Ahnung. Wir haben dieses Notizbuch, aber es ist leer.«

Er blätterte mehrmals durch die Seiten, aber auf keiner davon fand er einen Hinweis. Genau genommen fand er gar nichts, nur weiße Seiten.

»Vielleicht eine unsichtbare Tinte?«, überlegte Barbara laut.

»Geh bitte. Komm mir jetzt nicht mit diesem Kinderkram. Das erinnert mich an die Detektivgeschichten meiner Kindheit. Die gab es damals noch auf Hörspielkassetten.«

»Ja, als Kinder haben wir noch Polizei gespielt, waren Detektive oder Geheimagenten und hatten das dazugehörige Spielzeug.«

Thomas lachte auf.

»Genau! Ich gehe mal kurz in die Küche runter und hole eine Zitrone. So haben wir früher die Geheimtinte sichtbar gemacht.«

Barbara wollte etwas erwidern, erstarrte aber, als sie sich zu ihm wandte. Hinter Thomas wurde ein weißes Kuvert unter der Tür hindurch geschoben. Sie hob die Hand und deutete auf das Kuvert und Thomas folgte ihrem Blick. Es dauerte nur eine Sekunde, bis er sich aus seiner Starre löste und mit einem Schritt bei der Zimmertür war. Thomas riss die Tür auf, doch niemand stand davor. Der Gang war in beide Richtungen leer, es waren keine Schritte zu hören.

»Barbara, du rechts, ich links!«, befahl er und lief den Gang nach links entlang.

Barbara schnappte sich ihre gerade abgelegte Dienstwaffe und lief los.

Mit seiner Waffe in der Hand sprintete Thomas durch den Gang. Die Zimmertüren waren alle geschlossen, niemand kam ihm entgegen. Nach zwei Ecken landete er bei den Aufzügen. Die Anzeigen verrieten ihm, dass zwei Kabinen im Erdgeschoss und eine im vierten Stock standen. Von der anderen Seite kam ihm Barbara entgegen.

»Nichts, niemand zu sehen«, fluchte sie.

Leise fluchend gingen sie zurück zu ihrem Zimmer, wo das Kuvert immer noch auf dem Boden liegend auf sie wartete. Thomas hob es auf und betrachtete es von allen Seiten.

»Kein Absender, keine Adresse«, stellte er fest und öffnete es.

Ein zusammengefaltetes Blatt Papier war der einzige Inhalt. Als er es auseinander faltete stand Barbara dicht neben ihm. Im Blatt lag ein flacher, unscheinbarer Schlüssel, welcher Thomas beinahe aus der Hand fiel. Auf dem Papier war in Handschrift »Medená 105/13, Nr. 5« geschrieben.

»Machen wir hier eine Schnitzeljagd, oder was soll dieser Schas?«, fluchte Thomas.

Er entschied, trotz des Regens eine Zigarette rauchen zu gehen. Barbara steckte Zettel und Schlüssel ein und folgte ihm.

Thomas hatte gerade erst einen Zug gemacht, als Barbara ihm mitteilen konnte, was der Text bedeutete.

»Eine Adresse, nicht einmal zehn Minuten entfernt.«

Thomas nickte stumm, rauchte und blickte auf die Allee vor ihnen. Auf der anderen Seite sahen sie ein Lokal, das mit Waffeln, Eis und Kaffee warb.

»Soviel zur Sightseeing-Tour«, sprach Barbara weiter, »Willst du nachsehen, was es an dieser Adresse Interessantes gibt?«

Thomas nickte.

Die Adresse lag nur wenige Straßen vom Hotel entfernt. Scherzhaft empörte sich Barbara darüber, dass sie wieder nicht die Altstadt von Bratislava besichtigen konnten.

»Bei diesem Wetter? Aber ich hab's verstanden. Wenn wir hier fertig sind, lade ich dich zum Abendessen ein und danach kannst du die ganze Nacht durchmachen«, schlug Thomas vor.

Die Straßen waren aufgrund des Regens wie leergefegt. Auf den Straßen flossen kleine Bäche am Straßenrand, jede Unebenheit auf dem Gehsteig war zu einem kleinen See geworden. Zusätzlich blies der Wind die Regentropfen direkt ins Gesicht der beiden Bezirksinspektoren. Trotzdem setzten Barbara und Thomas ihren Weg fort und erreichten innerhalb von wenigen Minuten die Adresse, ein unscheinbares Mehrparteienhaus. Das zweistöckige Gebäude stand zwischen zwei höheren Häusern, die direkt anschlossen. Die Fassade und die Fenster versuchten, dem Wetter zu trotzen und strahlten in sauberem Weiß. Vor ihnen befanden sich zwei Glastüren. Während auf der linken, undurchsichtigen Tür das Logo einer Makleragentur auf dem Glas klebte, bot die Glastür daneben freie Sicht auf einen kurzen Gang und einen Stiegenaufgang. Neben dieser Tür befand sich die Gegensprechanlage mit insgesamt 18 Knöpfen, die alle beschriftet waren.

»Hier, Nummer 5. Das darf doch nicht wahr sein«, sagte Barbara und deutete auf den Namen neben der Nummer.

»Dr. R. Novotný. Das wird interessant«, meinte Thomas und probierte den Schlüssel an der Tür. Er öffnete die Tür und ließ Barbara den Vortritt.

Die gesuchte Wohnung lag im ersten Stock. Über dem Türspion der weißen Wohnungstür war eine schwarze ›5‹ moniert. Der Schlüssel ließ auch diese Tür öffnen.

Mit einer Hand schob Thomas langsam die Tür auf, die andere Hand lag auf seiner Dienstwaffe unter der Lederjacke im Schulterholster.

Plötzlich piepste sein Handy und ließ ihn und Barbara zusammenzucken.

»Bestes Timing«, meinte Barbara schmunzelnd, wurde aber umgehend ernst, als Thomas ihr die Nachricht zeigte.

»Die Wahrheit liegt hinter dem UFO«, hatte ihm eine unbekannte Nummer geschrieben.

»Wir haben neue, nicht angemeldete Handys bekommen«, überlegte Thomas überrascht.

»Scheinbar ist das für unseren unbekannten Freund kein Hindernis.«

»Wenn ich herausfinde, wer uns hier verarscht, reiß ich ihm seinen...«

»Ganz ruhig, Thomas. Egal, wer das ist, er scheint uns helfen zu wollen.«

»Dann soll er den Scheiß doch selber machen!«, fluchte Thomas, steckte sein Telefon ein und marschierte in die Wohnung.

Ein kurzer Rundgang bestätigte ihnen, dass sie alleine waren. Die Wohnung wirkte bewohnt und erst vor kurzem verlassen. Im Vorraum hingen Jacken, mehrere Schuhpaare lagen vor einer Wand mit einem meterhohen, ovalen Spiegel. Die Küche war säuberlich aufgeräumt, kein herumstehendes Geschirr, nur lang haltbare Lebensmittel im Kühlschrank.

Im Wohnzimmer fanden Barbara und Thomas interessantere Dinge.

Im Buchregal sammelten sich wissenschaftliche Bücher zu den Themen Atomphysik, Nuklearmedizin, alternative Energiegewinnung und ein dicker Wälzer mit dem Titel ›Ansätze einer Vorbereitung zum Erstkontakt mit einer nicht terrestrischen intelligenten Lebensform‹. Eine ganze Reihe von Büchern beschäftigte sich mit dem Weltraum, Abhandlungen über unterschiedliche Raumfahrtmissionen, Beschreibungen der Milchstraße und gesammelte Berichte über bislang unerklärliche Sichtungen und Signale aus dem All.

Der Couchtisch in der Mitte des Zimmers war sorgfältig aufgeräumt. Die Fernbedienungen für den an der Wand hängenden Fernseher lagen präzise nebeneinander, daneben eine Papierbox mit Taschentüchern und eine slowakische Tageszeitung. Sie trug das Datum ›2. September‹.

Über der Couch hing ein quadratisches Bild, welches die Erde aus dem All zeigte. Die mindestens zwei Meter große Abbildung wirkte überaus realistisch. Gegenüber der Fensterreihe, die den Blick in den Innenhof freigab, stand eine Kommode mit vielen Schubladen, die abwechselnd Kleidung und unterschiedlichen Krimskrams beinhalteten.

Bei der ersten Durchsicht fand Thomas eine Mitgliedskarte, die offenbar zu einem Fitnessstudio gehörte, viele Notizblöcke, auf denen unterschiedlich lange Texte standen und ein Fach mit Sonnenbrillen und Taschenmessern. In diesem Fach lag auch ein volles Magazin für eine Pistole, die aber nicht aufzufinden war.

Über der Kommode hing ein weiteres Bild an der Wand, welches einen Meter lang und ungefähr halb so hoch war. Es zeigte ein aus der Ferne aufgenommenes Panorama der Skyline von Bratislava, wie Barbara an der Burg und der markanten Brücke erkannte. Im wolkenverhangenen Himmel über der Stadt schwebte eine fliegende Untertasse, die genauso aussah, wie man sich ein UFO vorstellte. Die silberne Scheibe war oben und unten aufgewölbt, die dichten Wolken gaben ansonsten keine Details preis.

»Das Foto wurde wohl an einem Tag wie heute aufgenommen«, mutmaßte Barbara.

»Da haben sich die Aliens aber einen miesen Tag für ihren Besuch ausgesucht«, sagte Thomas.

»Auf der Spitze der Brücke befindet sich ein Restaurant mit Aussichtsterrasse. Lustigerweise wird das Ding aufgrund seiner UFO-Form beziehungsweise die Brücke ...«, erklärte Barbara, bis Thomas ihr ins Wort fiel.

»Passt schon, ich warte auf die Erklärung von Mister Spock«, unterbrach er sie und trat nahe an das Bild heran.

»Es sieht aus wie eine Fotografie«, stellte er fest. Etwas störte ihn an dem Bild, aber er konnte es nicht erfassen. Abgesehen von der grausilbernen Scheibe, die über der Stadt schwebte.

»Ziemlich sicher eine Fälschung. So eine Aufnahme wäre sofort in allen Medien erwähnt worden«, meinte Barbara und stellte sich neben Thomas.

Diesem fiel auf, dass dieses Bild und auch die Aufnahme der Erde überaus realistisch und plastisch wirkten. Als er es Barbara gegenüber erwähnte, näherte sie sich dem Bild bis auf wenige Zentimeter.

»Eine sehr hohe Auflösung und einige Elemente sind hervorgehoben. Noch dazu wurde das Bild auf eine Glasscheibe gedruckt. Das verstärkt den Eindruck, eine Art 3D-Effekt.«

Während Barbara mit ihrem neuen Handy Fotos von der Wohnung machte, durchsuchte Thomas das Badezimmer und Schlafzimmer nach weiteren Hinweisen.

»Vielleicht helfen die Bilder seiner Wohnung unserem Doktor auf die Sprünge«, hoffte Barbara, »Inzwischen ist jedenfalls klar, wieso er davon überzeugt ist, von Außerirdischen entführt worden zu sein. Er beschäftigt sich so intensiv mit dem Thema, das ist trotz seiner Amnesie hängen geblieben.«

Thomas, der sich an die Nachricht auf dem Handy erinnerte, sah erneut auf sein Telefon. Inzwischen war er nicht mehr überrascht, dass die Nachricht nicht mehr auf dem Telefon zu finden war.

»Was hat man uns geschrieben, die Wahrheit liegt im UFO?«, überlegte er laut.

»Hinter dem UFO«, korrigierte ihn Barbara, »Die Wahrheit liegt hinter dem UFO.«

Thomas öffnete eine Kommode neben dem unbenutzten Bett und schüttelte den Kopf.

»Ach geh, wirklich?«, seufzte er. Die Kommode beherbergte eine DVD-Sammlung diverser Serien, die alle dasselbe Thema hatten.

»Die komplette Serie ›Akte X‹, gleich mehrere Serien von ›Star Trek‹ und ›Raumschiff Enterprise‹ …«

»Das ist dasselbe, du Banause«, unterbrach ihn Barbara.

»Wie bitte?«

»Raumschiff Enterprise ist Star Trek«, erklärte ihm Barbara.

»Danke für die Aufklärung. Wenn wir mit diesem Schwachsinn fertig sind, können wir gerne einmal mit Elisabeth einen Fernsehabend machen und uns sowas ansehen.«

»Pass auf, was du dir wünscht, lieber Kollege. Meine Tante kennt nicht nur Star Trek, sie kennt unzählige Science-Fiction-Filme. Mit deinem Vorschlag würdest du deiner Freundin sogar einen Gefallen machen.«
Thomas entgegnete nichts und kam zurück ins Wohnzimmer.
»Zurück zur Arbeit. Was genau suchen wir hier eigentlich?«, sagte er und machte eine ausholende Geste über das Wohnzimmer.
»Die Wahrheit liegt hinter dem UFO«, antwortete Barbara und deutete auf das Bild mit der Untertasse über der Stadt.
»Was willst du damit sagen? Etwa, dass dieses Bild echt ist und vielleicht der ultimative Beweis, dass die Außerirdischen längst unter uns sind?«
So dumm die Aussage für ihn auch klang, musste Thomas zugeben, dass es nicht das erste Mal war, dass er überlegte, ob Doktor Novotný tatsächlich etwas so Außergewöhnlichem auf der Spur war. Immerhin musste es einen Grund geben, dass mehrere Geheimdienste hinter diesem Mann her waren.
Barbara hatte zwischenzeitlich das Bild abgenommen. Dabei bemerkte sie, dass das Bild unverhältnismäßig schwer war. Die Wand dahinter diente keinem Safe als Versteck. Da das Bild kaum Spuren hinterlassen hatte, ging Thomas davon aus, dass Radoslav Novotný nicht in der Wohnung geraucht hatte.
Auch die Rückseite des Bildes wirkte unscheinbar. Ein stabiler grauer Karton diente als Rückwand.
»Das wäre auch zu einfach gewesen«, stellte er mürrisch fest.
Als Barbara das Bild vor ihm auf dem Couchtisch ablegte, stutzte er. Für einen Moment glaubte er, dass sich das Raumschiff auf dem Bild bewegt hatte. Mit zur Seite geneigtem Kopf sah er auf das Bild hinab. Einer Eingebung folgend, gab der dem Bild einen Stoß mit der Hand.
»Es lebt nicht«, kommentierte Barbara seine seltsame Aktion.

Nach einem weiteren Stoß gegen den Bilderrahmen blickte er grinsend zu ihr.

»Es lebt nicht, aber das UFO bewegt sich.«

Verständnislos sah Barbara auf die Aufnahme und registrierte beim nächsten Schubser ebenfalls, dass das UFO leicht vibrierte.

»Das Ding … Na klar, die Aufnahme ist zusammengestellt. Da hat sich jemand große Mühe gegeben, damit es realistisch aussieht, aber das UFO ist hineinkopiert«, sagte sie.

»Dieser jemand hat das Raumschiff einfach auf das Bild montiert«, fügte Thomas hinzu. Er griff nach dem Bilderrahmen und drückte die Längsseiten auseinander. Problemlos ließ sich das Bild herausnehmen, womit sich ihre Vermutung bestätigte.

Vor ihnen lag eine Glasplatte, auf der die Skyline von Bratislava gedruckt war. Einige Gebäude und Teile der Skyline waren zusätzlich auf einer hauchdünnen Platte gedruckt, die den plastischen Eindruck verstärkten. Eine weitere Scheibe, hatte die Form der fliegenden Untertasse und war in den Wolken über der Stadt angeklebt worden. Aber nur ganz leicht, denn Thomas konnte sie ohne weiteres mit zwei Fingern abnehmen.

Nun konnte er sich das mutmaßliche UFO genauer ansehen, doch Barbara, die ihm gegenüberstand, stieß gleich darauf einen leisen Freudenschrei aus.

»Bingo!«

Verwundert sah er seine Kollegin an.

»Wir haben wohl gefunden, wonach wir gesucht haben. Die Wahrheit hinter dem UFO, ganz genau, wie es in der Nachricht gestanden ist.«

Thomas blickte sie immer noch verwundert an, als Barbara ihm die kleine Glasscheibe aus der Hand nahm und umdrehte. Auf der Rückseite sah er ein kleines schwarzes Rechteck, nicht viel größer als einen Zentimeter.

»Das ist eine Micro-SD-Karte«, sagte Barbara euphorisch.

»Endlich mal etwas, das ich auch kenne. So ein kleines Ding habe ich in meinem Handy, also in meinem ehemaligen. Wieviel passt auf so eine Mini-Karte?«

»Inzwischen gibt es schon welche, die 32 oder mehr Gigabyte speichern können. Da kann alles oben sein, Texte, Bilder, Videos, ganze Filme.«

»Ich verstehe«, meinte Thomas und löste die Speicherkarte von der Scheibe, »das wird auf alle Fälle ein Fall für Dieter. Ich glaube, wir haben, was wir wollten.«

Trotz einer weiteren Durchsuchung konnten sie in der Wohnung nichts finden, was ihnen relevant vorkam.

Zurück auf der Straße bemerkten sie erfreut, dass der Regen eine Pause eingelegt hatte. Zwei Zigarettenlängen lang beobachtete Thomas das Haus von einer nahen Straßenecke aus, bis er sich sicher war, dass ihnen niemand gefolgt war oder nach ihnen in das Haus ging. Dabei achtete er nicht auf Barbara, die sich mit ihrem neuen Handy beschäftigte.

»Im Untergeschoss unseres Hotels gibt es einen Nachtclub. Heute soll ein angeblich sehr populärer DJ aus der Gegend auflegen«, meinte sie, als Thomas seine Zigarette ausdämpfte und in den Mülleimer neben sich warf.

»Ich glaube, für diese Art von Musik bin ich zu alt.«

Barbara grinste ihn an.

»Da muss ich dir Recht geben. Dann bekommst du das Bett, versprochen. Vielleicht finde ich tatsächlich jemanden …«

»Barbara Chantal Gugawitsch«, unterbrach er sie ernst, »Du musst dich nicht dem Nächstbesten anbieten, nur um eine Schlafmöglichkeit zu bekommen. Mädel, wir kennen uns schon lange und gut genug, die eine Nacht wird kein Problem werden. Außerdem …«

Barbara sah ihn fragend an, als Thomas nicht weitersprach.

»Sprich dich aus«, forderte sie ihn auf, als er weiterhin schwieg.

Beinahe hätte er gesagt, dass sie für ihn quasi zur Familie zählte. Aber dazu musste Thomas zugeben, wie ernst er es mit Elisabeth meinte. Auch wenn er sich seiner Gefühle sicher war, konnte er nicht darüber reden.

»Nichts, vergiss es«, sagte er ausweichend, »Wir bleiben über Nacht. Ich lade dich zum Abendessen ein, danach gehst du tanzen und machst, was ich nicht wissen möchte. Bratislava hat mehrere Bierlokale, da werde ich mit Sicherheit fündig.«

Liebesgrüße aus
Bratislava

Zurück in ihrem Zimmer, verstauten Barbara und Thomas ihre Dienstwaffen und die gefundene Karte im Zimmersafe. Obwohl die Neugier groß war, hatten beide entschieden, dass sich Dieter darum kümmern sollte. Sie wollten nicht riskieren, durch eine Unachtsamkeit den gespeicherten Inhalt zu zerstören.

Als Barbara ins Badezimmer verschwand, um sich für den Abend frisch zu machen, ging Thomas erneut ins Freie. Einerseits um zu rauchen, andererseits um Elisabeth anzurufen. Zu seiner Freude hatte der Starkregen inzwischen völlig aufgehört.

»Hallo, mein Schatz«, begrüßte sie ihn gut gelaunt, »Wie gefällt es euch beiden in Bratislava?«

»Viel haben wir noch nicht gesehen. Nur eine Weltraumausstellung und eine Wohnung. Aber wir haben ein Hotelzimmer und bleiben eine Nacht. Nachher gehe ich mit deiner Nichte essen und dann entlasse ich sie in die Disko.«

»Alleine?«

»Ich bin ihr Kollege, nicht ihr Aufpasser«, meinte Thomas.

»Aber du bist auch derjenige, der mir erzählt hat, dass sie immer noch Probleme hat.«

»Ja. Probleme, auf eine Person zu schießen. Das soll sie heute auch nicht machen. Von mir aus soll sie sich austoben und sich durchvögeln …«

»Thomas!«

»Entschuldigung«, sagte er ironisch, »Ich meine natürlich, sie soll einen schönen Abend haben und in der Disko keine Männer kennen lernen und schon gar nicht mit einem Fremden mitgehen. Soll ich dem kleinen Mädchen vielleicht noch sagen, wann sie daheim sein muss?«

»Du bist dumm«, tadelte ihn seine Freundin, »Ich mache mir nun einmal Sorgen um Barbara. Sie wirkte in letzter Zeit einfach nicht so ausgelassen und locker wie sonst.«

Thomas war das ebenfalls aufgefallen. Er versprach Elisabeth, auf Barbara Acht zu geben und gestand, dass er seine Freundin vermisste.

»Das ist für jemanden wie dich ja wie eine romantische Liebeserklärung.«

»Dass ich dich liebe, solltest du wissen. Immerhin sind wir dabei zusammenzuziehen.«

Nachdem auch Thomas sich frisch gemacht und umgezogen hatte, machten sie sich auf den Weg, endlich die Altstadt von Bratislava zu erkunden. Inzwischen war es nach 18 Uhr, die letzten Sonnenstrahlen ließen die Gassen der Stadt in einem milden Rotton erstrahlen. Von ihrem Hotel mussten sie nur einige Minuten die autofreie Allee entlanggehen, bis sie zu einer Fußgängerzone kamen, die den Anfang der touristischen Altstadt markierte. Die Ähnlichkeit zur Wiener Innenstadt war unverkennbar, wobei es noch touristischer wirkte. Souvenirläden boten Magnete, Biergläser und Schmuck an, die Restaurants warben mit traditioneller Küche.

Keine fünf Minuten Gehzeit später landeten sie auf einem Platz mit kreisförmigem Brunnen. Eine Seite des Platzes gehörte beinahe vollständig einer Kirche mit seinen Nebengebäuden.

Das rostbraune Satteldach des Hauptschiffs der Kirche wurde durch mehrere Scheinwerfer hell beleuchtet. Auch die weiße Fassade war hell bestrahlt. In davor aufgebauten Holzhütten verkaufte man neben Schnäpsen und Likören auch handgemachtes Holzspielzeug. Eine deutlich größere Hütte diente der Verpflegung der Besucher, der Geruch war bis zu ihnen zu riechen.

»Es riecht nach ... Kartoffelpuffer«, stellte Barbara fest.

»Vielleicht bereiten sie sich schon auf Weihnachten vor«, scherzte Thomas.

Die angebotenen Kartoffelpuffer sahen tatsächlich wie hausgemacht aus. Groß und mehr unförmig als rund lagen die vorbereiteten Fladen auf einem Stoß, angeboten wurden sie mit unterschiedlichen Saucen, Speck, oder nur Knoblauch und Salz.

Mit je einem Kartoffelpuffer und einem Bier suchten sich Barbara und Thomas einen Stehtisch, wo sie gemütlich einen Blick über den Platz werfen konnten.

»Glaubst du, Radoslav hat tatsächlich einen Beweis gefunden ...?«, fragte Barbara.

»Für Außerirdische? Nein, das kann ich mir einfach nicht vorstellen«, unterbrach Thomas sie, »Was auch immer der Grund ist, dass ihn alle jagen, es muss etwas ... irdisches sein.«

»Aber stell es dir doch nur einmal kurz vor. Es ist eine der größten Fragen der Menschheit.«

»Und ein Bezirksinspektor mit leichtem Alkoholproblem und seine Kollegin finden die Antwort auf diese größte Frage der Menschheit, ernsthaft?«, meinte Thomas kopfschüttelnd. Da er keine Lust hatte, weiter über das Thema nachzudenken, fragte er Barbara nach ihrem privaten Befinden. Zuerst ausweichend, verriet sie ihm dann aber doch, dass sie immer noch Probleme damit hatte, sich auf jemanden einzulassen.

»Es muss ja nicht die große Liebe sein. Du bist doch sonst auch ...«

»Ja, ich weiß, Thomas. Aber es macht nicht wirklich Spaß, wenn ich im Bett die ganze Zeit Bilder vor Augen habe, wie mein Ex-Freund mich ...«, sie sprach nicht weiter.

»Iss auf und dann ab mit dir in die Disko«, beendete Thomas das für seine Kollegin unangenehme Thema.

»Genieß die Nacht, ich werde mir ein Lokal mit gutem Bier suchen. Und solltest du, entgegen deiner Erwartungen, doch wen aufreißen, gib mir Bescheid, ob du das Zimmer benötigst.«

Barbara nickte ihm zur Bestätigung zu.

Bevor sich ihre Wege trennten, lud Thomas seine Kollegin noch auf einen Borovička ein.

»Nicht fragen, einfach runter damit«, sagte er und hielt ihr das Schnapsglas hin, das mit einer klaren Flüssigkeit gefüllt war.

Ohne Zögern leerte Barbara das Glas, ließ den Alkohol kurz wirken und verzog leicht den Mund.

»Schmeckt nach Gin, mit fruchtiger Note.«

»Die fruchtige Note stammt vom Wacholder. Borovička ist sowas wie das Nationalgetränk in der Slowakei«, erklärte Thomas, nahm ihr das Glas ab und deutete dem Mann hinter dem Tresen, sie nochmals aufzufüllen.

Nach der dritten Runde hatte Barbara genug und verweigerte einen weiteren Schnaps. Thomas erinnerte sie erneut, ihn zu informieren, falls sie nicht alleine ins Zimmer kommen würde, und entließ sie mit den Worten: »Mach dir einen schönen Abend. Es darf ruhig ein Abend werden, von dem ich nichts erfahren möchte.«

»Ja, Papa!«, antwortete sie mit einem angedeuteten Salut.

Eine halbe Stunde später saß Thomas in einem Irish Pub, mitten in der Altstadt und nahe dem Michaelertor, dem verbliebenen Tor der Stadtmauer aus dem Mittelalter.

Nach der Trennung von seiner Kollegin war Thomas alleine durch die kleinen Gassen spaziert. Nach dem Regenschauer war das Leben auf die Straßen zurückgekehrt und auch die Lokale füllten sich. Da ihm der Snack zuvor zu wenig war, wollte er auch noch etwas essen. Ein Blick auf die Speisekarte an der Eingangstür hatte ihn überzeugt, nun saß er im hinteren Teil des Lokals an einem kleinen rustikalen Holztisch, vor sich ein großes heimisches Bier und wartete auf seinen bestellten Burger. Dabei ließ er sich von den irischen Klängen aus dem Lautsprecher beschallen. Die Musik half ihm, nicht über den mehr als verrückten Fall nachzudenken.

Was ihm nicht gelang.

Mord, Erpressung, Totschlag oder Drogen, alles hatte ich bislang schon, dachte Thomas, Aber gleich ein paar Geheimdienste, die in James Bond-Manier… Nein, James Bond passt nicht, der agiert klüger. Also dann in Rambo-Manier uns jagen. Uns und einen Doktor, der bei einem Sturz aus dem Himmel sein Gedächtnis verliert und glaubt, von Aliens entführt worden zu sein. Aliens! Als hätten die ein Interesse an uns. Aber was ist es dann, was alle von Novotný wollen? Hoffentlich verrät uns diese Mini-Karte mehr. Ich muss auf Dieter vertrauen, dass er das hinbekommt. Auch wenn er in letzter Zeit etwas komisch geworden ist … gerade jetzt, wo es Barbara gut tun würde …

Thomas richtete sich auf, da sein Essen serviert wurde. Ein dicker Burger, mit Käse und dazu Pommes Tomaten und zwei Saucen. Er verdrängte alle Überlegungen und bestellte ein weiteres großes Bier.

Die Diskothek beim Hotel hatte Barbara nach einer Viertelstunde wieder verlassen. Die Tanzfläche war überfüllt von Jugendlichen. Barbara hatte das Gefühl, abgesehen von den Barkeepern, die älteste Person zu sein und flüchtete ins Freie.

»Suchst du etwas in deiner Altersklasse?«, fragte der Türsteher auf Englisch, »Dann geh dort in die Gasse. Nicht einmal fünf Minuten vor hier findest du den ›Blue Night Dance Club‹. Vertrau mir, da wirst du mehr Spaß haben, hübsche Frau.«

Barbara bedankte sich und marschierte motiviert los. Dabei bemerkte sie nicht, wie hinter der Ecke des Hotels eine Gestalt hervortrat. Die Person sah ihr nach, wie sie die Allee entlangspazierte und in der schwach beleuchteten Gasse verschwand.

Es war kurz vor Mitternacht, als Thomas durch die nun weit ruhigeren Gassen in Richtung Hotel ging. Aus einigen Lokalen hörte er Stimmengewirr und Musik, auf der Straße hingegen herrschte beinahe gähnende Leere. Ein leichter Wind blies ihm entgegen, die Luft war kühl, aber nicht so schlimm, um in der dünnen Lederjacke zu frösteln. Rauchend bog er in eine kleine, schwach beleuchtete Gasse ein, die zur Allee vor seinem Hotel führte. Dass aus dem Schatten am Ende der Gasse eine Person trat, nahm er wahr, interessierte ihn aber nicht. Auch nicht, als diese sich auf ihn zu bewegte. Erst als der Mann zwei Meter vor ihm mitten in der Gasse stehen blieb und ihn mit boshaftem Blick ansah, reagierte Thomas. Er stoppte und sah ihn fragend an.

»Gibt´s was?«, fragte er grimmig.

»Bezirksinspektor Thomas Jaroslav Kratochwil«, sagte der Unbekannte und ließ Thomas sofort angespannt hellhörig werden.

Er musterte den Mann und stellte im fahlen Licht fest, dass er einen Asiaten vor sich hatte, der einen Kopf kleiner als er, durchtrainiert und dunkel gekleidet war. Eine Hand hatte er hinter seinem Rücken versteckt, ein ungutes Zeichen.

»Kennen wir uns?«, fragte Thomas, bemüht, ruhig zu bleiben.

Sie waren alleine, die Gasse bot keine Ausweichmöglichkeiten. Neben dem Mann standen Müllcontainer neben einer geschlossenen Metalltür, Thomas vermutete einen Hinterausgang eines Lokals.

»Nein und das kann auch so bleiben. Wenn Sie mir hier und jetzt das aushändigen, was Sie in der Wohnung des Doktors gefunden haben.«

Nicht schon wieder, stöhnte Thomas in Gedanken auf.

»Wenn nicht, werden Sie mich kennenlernen. Auf die schmerzhafte Art …«

»Und gusch!«, fuhr er den Mann an, »Ich habe nichts gefunden, ich werde dir nichts geben und für den wahrscheinlichen Fall, dass du mir nicht glaubst: Ich wäre wohl kaum so deppert, die Karte mitzunehmen, wenn ich einen abendlichen Spaziergang mache.«

Scheiße, du Idiot!, fuhr es ihm in den Kopf, kaum dass er den Satz ausgesprochen hatte.

»Eine Karte also. Sehr schön, dann werde ich nun diese Karte bekommen.«

Thomas schüttelte den Kopf.

»Woher bist du, Burli? Chinesischer Geheimdienst, Japaner, oder was?«

»Japanisches Spezialkommando. Bestens ausgebildet, um Informationen zu beschaffen, auf sanftem Weg oder die harte Art. Es liegt an Ihnen …«

Thomas' Handy piepste. Der hohe Ton wirkte in der engen, ansonsten ruhigen Gasse noch lauter.

»Einen Moment, das könnte wichtig sein«, unterbrach Thomas und holte sein Handy heraus.

»Wie bitte?«, staunte der Japaner. Verdutzt sah er zu, wie der Bezirksinspektor sein Telefon entsperrt und eine Nachricht las.

»Sag ich doch, es war eine wichtige Nachricht.« Thomas ließ sein Handy wieder in der Hosentasche verschwinden, blickte zum Japaner und setzte ein Lächeln auf.

»So, wo waren wir?«

Der Japaner zog die Hand hinter seinem Rücken hervor und richtete ein Messer auf Thomas.

»Das ist kein Spaß. Her mit der Karte, oder ich schlitze dich auf!«

»Zuerst hörst du mit diesen Drohungen auf. Dann steckst du das Spielzeugmesser weg, ich mag diese Dinger nicht«, entgegnete ihm Thomas, den Blick auf das Messer mit gebogener Klinge gerichtet.

»Das ist kein normales Messer«, meinte der Japaner entschlossen und kam näher. Dabei schwang er das Messer in wilden Bewegungen vor seinem Körper.

»Dieses Karambit ist ein traditionelles Kampfmesser. Speziell gehärteter Stahl, eigens geschliffen und absolut tödlich. Ich bin bestens ausgebildet und in der Lage, dich innerhalb ...«

Blitzschnell schoss Thomas Hand vor. Mit viel Schwung traf er mit der Faust den Unterkiefer des Japaners und ließ ihn verstummen. Der Mann flog zur Seite gegen die Hauswand, sein Kopf stieß gegen die Ziegelsteinmauer. Das gebogene Messer fiel zu Boden, doch noch ehe er reagieren konnte, war Thomas bei ihm. Er packte den Mann von hinten an den Schultern und warf ihn gegen die gegenüberliegende Wand. Erneut knallte er mit dem Kopf gegen die Mauer, dann ging er völlig benommen auf die Knie und blieb an der Wand gelehnt knien.

»Und das ist eine gute, alte, österreichische Faust. Eine traditionelle Methode, um goscherte Gfraster zum Schweigen zu bringen«, brummte Thomas beim Näherkommen.

»Das ... Das wirst du bereuen. Ich werde dich ... dir ...«, der Japaner holte Luft und stützte sich mit einer Hand an der Wand ab.

»Ich werde dafür sorgen, dass du uns nie wieder in die Quere kommst.«

»Pudel di net auf, Eierbär«, schnauzte Thomas und verpasste ihm einen weiteren wuchtigen Schlag, der ihn zur Seite kippen ließ.

Danach zog er den bewusstlosen Mann hoch und hievte ihn in den neben ihm stehende Müllcontainer.

Harte Bässe dröhnten über die Tanzfläche, verschiedenfarbige Stroboskoplichter blitzten auf. Barbara bewegte sich gedankenverloren zum Beat der ohrenbetäubenden Musik. Das Publikum der Diskothek war überwiegend in ihrem Alter, ein paar ältere Semester standen an den insgesamt drei Bars.

Eine Gruppe von drei Männern näherte sich ihr, doch sie schenkte ihnen keine Beachtung und tanzte weiter. Als eine Hand über ihre Hüfte strich, packte sie fest zu und riss den Mann zu sich.

»Keine gute Idee«, schrie sie ihn an, damit er sie trotz der Musik verstand.

Sofort nickte dieser ihr zu, hob die andere Hand abwehrend und verzog sich umgehend, als sie ihn wieder losließ.

Aus ihrer Trance gerissen, sah sich Barbara im Raum um. Ihr Blick blieb auf einem Mann an der Bar hängen, der ebenfalls zu ihr sah. Sie schätze ihn auf Thomas' Alter, aber in ihren Augen weitaus attraktiver. Sein weißes Hemd passte wie maßgeschneidert und ließ selbst auf diese Entfernung einen schön proportionierten Körper erkennen.

Er prostete ihr mit einem verschmitzten Lächeln zu, stellte sein Cocktailglas ab und drehte sich wieder an die Bar.

Kurz überlegte Barbara, dann entschied sie, die Initiative zu ergreifen.

»Schaust du gern anderen Frauen beim Tanzen zu?«, fragte sie, als sie hinter dem Mann an der Bar auftauchte.

»Nur wenn sie eine Ausstrahlung haben, der man sich nicht widersetzen kann«, antwortete er ebenfalls auf Deutsch und drehte sich zu ihr um. In seinen Händen hatte er zwei Cocktails, einen davon hielt er ihr entgegen.

»Du kommst mir bekannt vor«, sagte Barbara und nahm ihm den für sie bestimmten Drink ab.

»Das würde ich wissen, so eine heiße Frau würde ich nicht vergessen.«

»Du bist Engländer«, erkannte Barbara den britischen Akzent und nippte an dem Glas, »und das ist ein verdammt guter Cocktail.«

Der Mann streckte ihr die freie Hand entgegen.

»Mein Name ist Hurt, James Hurt.«

Barbara ließ den Blick über seinen Körper schweifen und trank dabei den halben Cocktail aus.

»Der erste Eindruck hat nicht zu viel versprochen. Ich nehme an, das weißt du aber selber«, sagte sie und strich mit einem Finger über den flachen Bauch von James Hurt.

»Du bist auf jeden Fall kein schüchternes Mädchen.«

Barbara kicherte verlegen.

»Mädchen wurde ich auch schon lange nicht mehr genannt. Schüchtern bin ich sicher nicht, aber heute kann es auch am Alkohol liegen«, gestand sie.

»Macht nichts. Jetzt sind wir hier und die Nacht kann uns beiden gehören.«

Barbara stimmte zu, wandte sich an die Bar und bestellte einen weiteren Cocktail, bevor sie sich wieder an James Hurt wandte.

»Mal sehen, was die Nacht noch so bringt.«

Zwei Stunden später, nach weiteren Cocktails, Gesprächen und mehreren eng umschlungenen Tänzen standen Barbara und James vor der Diskothek. Es war eine angenehme Nacht, nicht zu kalt, dennoch drückte sie sich an ihren Begleiter.

»Mein Hotel ist nur eine Gasse entfernt«, sagte sie, wobei ihr mehr als deutlich anzuhören war, dass der Alkohol seine Wirkung zeigte.

»Ich bringe dich sehr gerne hin. Eine Frau wie dich sollte man nicht alleine ...«

»Du sollst mich nicht nur hinbringen, James«, fiel sie ihm ins Wort und presste ihm dabei einen Finger auf seinen Mund, »Du sollst mich ins Zimmer bringen und dafür sorgen, dass ...«, sie suchte die richtigen Wörter, die ihr aber nicht einzufallen schienen, »Ach, scheiß auf höfliche Floskeln. Du sollst mitkommen und es mir ordentlich besorgen.«

James Hurt hob die Augenbrauen.

»Sehr klar und deutlich. Wie kann ich bei diesem Angebot widerstehen?«, meinte er und legte den Arm um ihre Taille.

Auf ihrem kurzen Weg von der Diskothek zum Hotel wurde er mehrmals von Barbara gegen die Hauswand gedrückt und intensiv geküsst.

»Das Vorspiel wäre somit erledigt«, erklärte sie ihm voller Erregung.

Vor dem Hoteleingang bat sie um eine Zigarette, die sie an der Mauer angelehnt rauchte.

»Ich muss meinem Kollegen schreiben. Ich bin nämlich dienstlich hier, aber das habe ich schon gesagt, oder?«

»Hast du, ja.«

»Egal. Jedenfalls war der Plan, dass er mich morgen um 8 Uhr zum Frühstück abholt. Das soll er schön lassen, ich will dich zum Frühstück, in meinem Zimmer, in meinem Bett.«

»Bist du immer so direkt, Barbara?«, fragte James Hurt nach.

»Nur wenn ich etwas unbedingt haben will«, antwortete sie ihm keck.

Sie schaffte es, ihr Handy in die Hand zu nehmen und eine Nachricht zu tippen, während James vor ihr stand und darauf achtete, dass sie nicht zur Seite kippte.

Kaum hatte sie ihr Handy wieder eingesteckt, schlang sie die Arme um James Hurt.

»Erledigt, lass uns raufgehen«, sagte Barbara und küsste ihn erneut lange.

Nachdem sie sich von ihm löste, nahm sie James an der Hand und zog ihn durch die Empfangshalle bis zum Aufzug. Sie traf den Rufknopf beim zweiten Versuch und lehnte sich an die Rückwand der Aufzugkabine.

»Ich hoffe, du stehst auf Handschellen.«

»Bei dir oder bei mir?«, fragte James grinsend.

»Zuerst bei dir. Wenn du ein braver Junge bist, darfst du sie danach aber gerne mir anlegen«, versprach sie ihm, wobei sie ihm die Antwort ins Ohr hauchte.

Im 3. Stock angekommen, musste sie kurz überlegen, bis ihr die Zimmernummer wieder einfiel. Als ihr vor der Tür die Karte zu Boden fiel, bückte sich James danach, öffnete für sie die Tür und ließ ihr den Vortritt.

»Oh, ein Gentleman«, gab sich Barbara erstaunt, »Ich hoffe, das legst du gleich ab.«

Sie betätigte nicht einmal den Lichtschalter, zog ihn zum Bett und riss ihm regelrecht sein Hemd vom Leib. Das Licht der Straßenlaternen vor ihrem Fenster genügte als Lichtquelle. James wurde auf das Bett geworfen, nur Sekunden später hatte sich Barbara ihrer Kleidung bis auf die Unterwäsche entledigt und war ihm gefolgt. Sie hockte auf seinen Oberkörper, langte zum Nachttisch und holte aus der Schublade Handschellen hervor.

»Hände hoch, jetzt gehörst du mir«, sagte sie, drohte dabei beinahe von ihm herunterzufallen.

»Ich werde mich nicht wehren, versprochen«, entgegnete ihr James und streckte seine Hände hoch. Barbara drückte seine Handgelenke zum Kopfteil des Bettes, wo sie seine Hände an dem Bett festmachte.

»Und jetzt, mein lieber James...«, hauchte sie und setzte sich auf.

»Jetzt gehöre ich wohl ganz dir«, meinte er sichtlich erregt.

»Oh ja, jetzt gehörst du ganz mir ...«, sagte sie, wobei sie plötzlich ohne Zungenschlag sprach und ihr Gesichtsausdruck von lasziv zu ernst und entschlossen wechselte.

»Ganz mir und ihm!«, fauchte sie ihn an, verpasste ihm eine Ohrfeige und sprang von ihm herab. Im selben Moment wurde das Licht im Zimmer eingeschaltet. Thomas saß entspannt in der Ecke im Stuhl, hatte ein Bein überkreuzt, seine Waffe auf dem Oberschenkel und blickte zu den beiden.

»Ich habe schon befürchtet, du bist so gamsig auf den Hawara, dass ich mir jetzt noch eure Bumserei mit ansehen muss.«

Barbara hob ihr Gewand vom Boden auf und schlüpfte wieder in ihre Hose.

»Was ist denn jetzt los? Was soll das? Barbara, was ...?« James Hurt war völlig überrumpelt.

»Ach, ich heiße Barbara?«, sagte sie giftig, »Interessant, wenn man bedenkt, dass ich mich nie vorgestellt habe.«

»Doch, natürlich. Ich ...«

»Du weißt genau, wer ich bin. Es ist zwar schon eine Zeit her, aber ich habe ein gutes Gedächtnis und ich vergesse keinen Mann, mit dem ich im Bett war. Auch wenn es locker zehn oder mehr Jahre her ist. James Hurt, britische Delegation, damals auf dem Sommerfest von meinem Onkel.«

Kurz stutzte der ans Bett gefesselte Mann.

»Ja natürlich!«, meinte er dann, »Wahrscheinlich habe ich deshalb deinen Namen gewusst. Du warst doch damals blond.«

Thomas setzte sich neben den Mann auf das Bett. Mit seiner Pistole klopfte er ihm auf die Schulter, um seine Aufmerksamkeit zu bekommen.

»Pass auf, versuch erst gar nicht, uns zu verarschen. Dafür bin ich viel zu stinkig und vertrau mir, mein Finger sitzt inzwischen sehr locker.«

Die Ernsthaftigkeit in Thomas' Stimme schien den Mann nervös zu machen.

»Es ist kein Zufall, dass du ihr aufgelauert hast. Ich nehme an, auch du arbeitest bei irgendeinem Geheimdienst.«

»Wie bitte?«, James Hurt lachte kurz auf, »Ich und ein Geheimdienst? Ich glaube, ihr beide seid verrückt, wie kommt ihr denn ...? Macht mich sofort los, dann verschwinde ich und wir vergessen ...«

Barbaras Waffe, die nun ebenfalls vor seinem Gesicht erschien und ihr entschlossener Blick ließen ihn augenblicklich verstummen.

»Erste und letzte Chance«, sagte sie mit eiskalter Stimme, »Wer bist du und was willst du?«

James Hurt wollte etwas erwidern, schluckte die Meldung aber hinunter. Einige Sekunden lang starrte er nur von den Pistolenmündungen zu Barbaras Gesicht und wieder zurück. Dann löste sich seine Anspannung im Körper.

»James Hurt, MI6«, sagte er mit erschöpfter Stimme.

»MI6, ernsthaft?«, spottete Thomas, »Kommt jetzt gleich James Bond ins Zimmer und schimpft mit uns?«

»Nein, ich arbeite alleine. Schon seit eurem Eintreffen in Bratislava bin ich euch auf den Fersen. Mein Auftrag lautet, herauszufinden, ob ihr an das Paket des Doktors gelangt.«

»Welches Paket?«, fragte Thomas.

»Das Paket, nach dem alle suchen. Die Wahrheit, die Doktor Novotný gefunden hat.«

»Der Japaner hat es nicht bekommen und du auch nicht«, fauchte Thomas.

»Welcher Japaner?«, fragten Barbara und James Hurt gleichzeitig.

»Der, der mir seine tolle Kampftechnik mit einem Messer zeigen wollte. Ich musste ihm kurz klarmachen, dass ich keine Messer mag. Inzwischen könnte er wieder munter geworden sein und wird sich wohl gerade sauber machen, nachdem ich ihn in einem Müllcontainer entsorgt habe«, erklärte er ihnen.

Der britische Geheimdienstmitarbeiter blieb ans Bett gefesselt. Thomas ließ Barbara mit James Hurt alleine, um im Freien eine Zigarette zu rauchen.

»Jetzt wo wir alleine sind, könnten wir doch dort weitermachen, wo du überraschend aufgehört hast«, schlug Hurt vor, als Thomas die Tür hinter sich geschlossen hatte.

Barbara sah ihn einige Sekunden lang stumm an, dann grinste sie zynisch.

»Du hast wohl zu viele James Bond-Filme gesehen. Ich bin leider nicht das kleine Dummchen, das dir verfallen ist.«

Sie setzte sich neben dem Mann auf das Bett.

»Wie wäre es, wenn du mir stattdessen erzählst, um was es hier tatsächlich geht? Was ist dein Auftrag?«

»Müssen wir darüber sprechen? Wäre es nicht viel schöner, um diese Uhrzeit die Situation anders zu nutzen?«

Barbara grinste ihn an.

»Eindeutig zu viele Bond-Filme. Ich bin einmal auf dich reingefallen ...«

»Du hast dich damit bei mir unvergesslich gemacht. Diese Nacht mit dir ... Es war mit Abstand eine der Schönsten ...«

»Ja natürlich, sonst noch etwas?«

»Es ist wirklich so, Barbara. Es war die letzte Nacht vor einem großen Auftrag und die Stunden mit dir sind mir sehr lange in Erinnerung geblieben. Du hattest sogar Auswirkungen ...«, sagte James, verstummte aber rasch, als er bemerkte, dass er zu viel verriet.

Barbara fragte mehrmals nach, doch sie bekam nur ausweichende Antworten und weitere Komplimente zu hören. Gerade als James davon sprach, wie ihre neue Haarfarbe ihr Gesicht noch besser zur Geltung brachte, kam Thomas zurück ins Zimmer.

»Fertig mit dem Geschnulze?«

»Er hat versucht, seinem großen Vorbild nachzueifern«, kommentierte Barbara spitz die vorangegangenen Sprüche des britischen Agenten.

»Verrat uns lieber, was du hier zu suchen hast. Ansonsten reden wir zwei ein bisschen deutlicher miteinander«, drohte er ihm.

James Hurt überlegte einige Sekunden lang, bevor er tief Luft holte.

»Nun gut, ich habe sowieso gerade nichts anderes vor. Ich bin geschickt worden, um in der Wohnung des Doktors nach Unterlagen zu suchen. Keiner weiß, was der Mann versteckt, aber es muss sehr wichtig sein.«

»Und du hast keine Ahnung, worum es sich handelt?«, fragte Thomas nach.

»Nein. Das wurde mir nicht verraten.«

»So ein Schwachsinn!«, fauchte Thomas, »Der Engländer lügt doch wie eine Gürtelnutte.«

Er warf Barbara ihre Jacke zu und steckte seine Waffe ein.

»Was macht ihr?«

»Wir fahren heim. Das Bett ist nicht groß genug für uns alle«, entschied Thomas.

»Es wäre sehr nett von euch, wenn ihr mich vorher noch losbindet.«

»Wir sind nicht nett«, entgegnete ihm Barbara.

Der Hauch des Todes

22. September

Ohne der Rezeption Bescheid zu geben, verließen Barbara und Thomas das Hotel und fuhren zurück nach Wien. Die ersten Minuten erzählten sie sich gegenseitig von ihren Erlebnissen, doch Barbara wurde immer träger, schon kurz nach der Staatsgrenze war sie eingeschlafen. Die restliche Stunde Fahrzeit bis zu Thomas' Wohnung war er alleine mit seinen Gedanken. Neben dem Fall beschäftigte Thomas auch seine Zukunft. Ihm war bewusst, dass sein Vorgehen große Schwierigkeiten mit sich bringen würde, dessen Auswirkungen er nicht absehen konnte.

Das hier ist kein Actionfilm, in dem nach zwei Stunden alles vorbei und am nächsten Tag wieder wie früher ist. Das alles wird Nachwehen haben und mit Sicherheit nicht gut für mich ausgehen. Ich sollte mich nach einer Alternative umsehen, wenn ich nicht mehr im Polizeidienst tätig bin, dachte er.

Kurz wurde Barbara munter, als Thomas den Wagen vor seiner Wohnung einparkte. Schlaftrunken folgte sie Thomas die Stiegen hinauf, setzte sich auf die Couch im Wohnzimmer, kippte gleich darauf zur Seite und schlief seelenruhig weiter.

Um 9 Uhr wurde sie von Thomas geweckt und ihr ein Kaffee zur Stärkung gereicht.
»Wir brauchen Dieters Hilfe«, sagte Thomas und wählte bereits die Nummer von Dieters Büro. Dort erfuhr er, dass sein Freund und Kollege erst zu Mittag erwartet wurde.
»Er hat erst ab mittags Dienst, er wird daheim sein und sich ausschlafen«, erklärte er Barbara.
Nach einem schnellen Frühstück und einer Katzenwäsche machten sie sich zwanzig Minuten später auf den Weg und fuhren zum Wohnhaus, in dem Dieter im zweiten Stock wohnte. Thomas kannte die Wohnung, sie war mit

modernen Möbeln eingerichtet und besaß ein eigenes Computerzimmer. Seiner Ansicht nach war so eine Wohnung für einen Single viel zu groß.

Den Hauseingang konnte er mit seinem Generalschlüssel aufsperren, im zweiten Stock angekommen läutete er an der Wohnungstür.

»Bist du dir sicher, dass er zu Hause ist?«, fragte Barbara.

»Moment, ich komme gleich!«, hörten sie eine weibliche Stimme aus der Wohnung rufen.

Barbara erschrak.

»Offensichtlich ist er daheim«, meinte Thomas. Kurz war er irritiert von Barbaras erschrockenem Gesichtsausdruck. Außerdem kam ihm die Frauenstimme seltsam bekannt vor.

»Thomas, ich ...«, begann Barbara, die nach passenden Worten suchte.

»Stell dich nicht so an«, meinte Thomas, der zu wissen glaubte, was seine Kollegin ansprechen wollte, »Freu dich doch, dass Dieter endlich über seine Schwärmerei für dich hinweg ist.«

»Ja, das ist er, ich weiß. Es ist nur ...«

Die Tür wurde aufgesperrt. Als sie von der Frau dahinter aufgemacht wurde, erstarrte Thomas mit aufgerissenen Augen und offenstehendem Mund.

»Guten Morgen, was ...?«, die Frau verstummte, und blickte ebenso erschrocken zu Thomas. »Ach, du Scheiße«, entfuhr es ihr und Barbara gleichzeitig.

Vor Thomas stand seine 18-jährige Tochter Anastasia, eingehüllt in einen schwarzen Bademantel mit dem Logo von Dieters Lieblingsfußballklub Ajax Amsterdam.

»Papa?«, brachte sie entsetzt heraus.

»Anastasia?«, stammelte Thomas perplex.

»Okay, nachdem ihr beide euch vorgestellt habt«, sagte Barbara, »Können wir ja reingehen, oder?«

Sie schob Thomas durch die Tür, begrüßte Anastasia und wartete auf den nächsten Schockmoment.

Der kam nur Sekunden später, als Dieter aus dem Zimmer zu ihnen trat. Er hatte nur eine Jogginghose an, seine Haare waren zerzaust und sein Blick verriet, dass er noch nicht allzu lange munter war.

»Wer hat denn angeläutet, Liebling?«, fragte er und erstarrte im nächsten Moment.

»Ach du Scheiße«, mehr fiel Dieter nicht ein.

Fünf Sekunden starrten sich Anastasia, Dieter und Thomas nur stumm an, dann übernahm Barbara das Kommando. Sie klatschte zweimal laut in die Hände.

»So, ihr habt jetzt lang genug dämlich aus der Wäsche geguckt. Alle rein ins Wohnzimmer. Ich werde Kaffee machen. Und nein, Thomas, es gibt keinen Schnaps für dich«, stellte sie klar.

Wortlos nahmen sie am massiven Eichentisch in der Mitte des Raumes Platz.

»Seit wann?«, war Thomas' erste Wortmeldung.

»Papa, lass es mich erklären. Es ist ...«

»Sag mir einfach, seit wann«, verlangte Thomas. Sein ruhiger, ernster Tonfall war nicht zu deuten.

»Drei Wochen«, meldete sich Dieter kleinlaut.

Thomas schloss die Augen und fuhr sich mit einer Hand nachdenklich über sein Gesicht. Anastasia ergriff die Initiative und baute sich vor ihrem Vater auf.

»Papa, ich bin alt genug, ich entscheide selbst, mit wem ich ...«

Thomas hob die Hand und augenblicklich verstummte seine Tochter.

»Wir waren letzte Woche in der ›Schwarzen Rose‹ und du bist länger geblieben«, fiel Thomas ein.

Erschrocken rutschte Dieter zurück, doch bevor er sich rechtfertigen konnte, sprach Anastasia, die nach seiner Hand gegriffen hatte.

»Ja, und zwar so lange, bis du außer Sichtweite warst. Es war ihm lieber, du glaubst, er holt sich dort etwas Spaß. In Wahrheit ist er gleich darauf zu mir gefahren.«

Dieter nickte.

»Du kannst Viktor fragen, es war wirklich so«, stimmte Dieter ihr zu.

Thomas entkam ein kurzes Grinsen.

»Der Besitzer eines Puffs soll bestätigen, dass du eine treue Seele bist? Das klingt wie ein schlechter Scherz«, meinte Thomas.

»Papa, nochmal«, wurde Anastasia lauter, »Egal, was du sagst, es ist mein Leben und meine Entscheidung. Ich habe Dieter damals zufällig getroffen und wir haben gemerkt, dass wir uns verdammt gut verstehen. Er war wegen dir sowieso so unsicher, aber ich habe ihn überzeugt ...«

»Ich will nicht wissen, wie du das gemacht hast«, warf Thomas ein und brachte seine Tochter damit aus dem Konzept.

»Bevor ihr beide jetzt weiterredet, darf ich vielleicht auch was sagen?«, nutzte Thomas die Pause und nahm Barbara eine der gereichten Kaffeetassen ab.

»Komm mir bitte nicht damit, dass es eine dumme Idee ist, mit jemandem aus dem Polizeidienst etwas anzufangen, weil du ja weißt, wie ...«, startete Anastasia einen neuen Versuch.

»Hallo, Ana?! Darf ich?«, unterbrach Thomas seine Tochter. Nachdem sie sich zurückgelehnt hatte und demonstrativ einen Arm um ihren Freund gelegt hatte, wartete Thomas noch einige Sekunden, bevor er redete.

»Ana, du bist alt genug und bei aller Vaterliebe, es ist mir egal, mit wem du ins ... mit wem du zusammen bist. Bei Dieter erspare ich es mir wenigstens, ihn überprüfen zu lassen.«

»Was übrigens meine Aufgabe wäre«, warf Dieter ein, zog aber im nächsten Moment den Kopf ein.

»Ich will nur eines dazu sagen«, fuhr Thomas fort, »Dein Freund soll dich gut behandeln und nicht in Schwierigkeiten bringen. Ich werde sicherlich nicht mit Dieter auf ein Bier gehen und ihm Beziehungstipps geben. Aber ...«, er sah Dieter ernst an, »Wenn ich dich in der ›Schwarzen Rose‹ mit einem Mädchen erwische, hau ich dir die Haxn ab.«

Dieter nickte.

»Keine Sorge, TJ, dort gibt es nur noch Getränke und Informationen für uns«, versicherte er ihm eingeschüchtert.

Thomas wandte sich Barbara zu.

»Und seit wann weißt du davon Bescheid?«, fragte er sie direkt.

»Dieter hat sich verplappert.«

»Okay. Das nächste Mal keine Geheimniskrämerei, verstanden?«

Alle nickten.

»Und nun, zieht euch was an, wir haben Arbeit und brauchen Dieters Hilfe«, wechselte Thomas so abrupt das Thema, dass seine Tochter und Dieter völlig überrumpelt zu Barbara blickten.

»Schau nicht wie ein Autobus«, meinte Thomas zu seiner Tochter, »Ich bin der Letzte, der dir was vorschreiben wird und für Beziehungstipps bin ich eindeutig der Falsche.«

Die Damen verschwanden im Schlafzimmer. Unterdessen versorgte Dieter Thomas mit einem weiteren Kaffee und erkundigte sich nach ihren Erlebnissen in Bratislava.

»Ihr habt die Karte noch nicht angesehen?«

»Nein. Wer weiß, was noch für Überraschungen auf uns warten«, meinte Thomas.

Obwohl Anastasia mehrmals darum bat, verbot ihr Thomas, mitzukommen. Er wollte seine Tochter nicht noch einmal in Gefahr bringen. Aber erst, als er mit lauter, strenger Stimme klarstellte, dass sie nicht mitgehen durfte und auch Dieter seinen Befehl unterstützte, willigte Anastasia ein, wenn auch widerwillig.

»Ich werde hier auf dich warten«, meinte sie zu Dieter und drückte ihm einen langen Kuss auf die Lippen.

Auch Barbara verabschiedete sich von Anastasia, wobei sie ihr etwas ins Ohr flüsterte, was die Männer nicht verstanden.

»Wir fahren in mein Büro. Ich habe dort einen Computer stehen, der völlig offline ist. Außerdem sind darauf einige Diagnosetools, somit gehen wir kein Risiko ein«, sagte Dieter, während sie das Haus verließen.

Die Fahrt verlief wortlos, bis Thomas kurz vor ihrem Ziel plötzlich in Richtung Dieter fragte: »Hast du wirklich Schiss vor mir gehabt?«

»Du bist mein Freund und ich wollte… Also ich will das auf keinen Fall aufs Spiel setzen. Wer weiß, wie lange… Aber nicht, dass du mich falsch verstehst, ich meine es ernst, also meine Gefühle… Ich habe echte und ehrliche Gefühle für…« Dieter wurde immer nervöser und begann zu stottern.

»Er meint es ernst mit Anastasia«, fasste Barbara Dieters Gerede in einem Satz zusammen.

»Davon gehe ich aus«, war Thomas' Antwort.

Vor dem Schranken zum Innenhof des Bundeskriminalamtes wollte Dieter gerade seinen Ausweis aus dem Fenster halten, als der Portier aus seiner Kammer kam und ihm deutete, auszusteigen. Gleichzeitig erschienen neben ihnen mehrere Polizisten und Männer in dunklen Anzügen.

»Geh bitte, nicht schon wieder«, stöhnte Thomas auf.

»Thomas, hör mir zu«, flüsterte Barbara ihm zu, »Egal was jetzt passiert, gib ihnen die micro-SD-Karte. Vertrau mir, sie können die Karte nehmen.«

Voller Unverständnis sah er sie an und wollte etwas sagen, doch da wurden bereits die Türen von außen aufgerissen.

»Aussteigen, alle! Keine falsche Bewegung, Herr Bezirksinspektor!«, keifte einer der Anzugträger, wobei er Thomas' Dienstrang sehr herablassend aussprach.

Wortlos stiegen Barbara, Thomas und Dieter aus.

»Was soll der Scheiß? Bekomme ich mal eine Erklärung ...?«

»Thomas Kratochwil, Sie werden demnächst keine Erklärung mehr benötigen, wenn Sie hochkant aus dem Polizeidienst fliegen. Zusammen mit ihrer Kollegin und dem durchgeknallten Burschen da«, wurde er von dem Mann angefaucht.

»Was glauben Sie eigentlich, wer Sie sind? Sie pfuschen hier in eine internationale Affäre hinein und spielen sich auf, als wäre das ein billiger Agentenfilm. Dabei geht es um viel mehr, aber das können Sie gar nicht begreifen.«

»Dann wäre es an der Zeit, uns endlich aufzuklären!«, fauchte Barbara zurück.

»Nein!«, bellte der Mann sie nun an, »Es ist an der Zeit, dem ein Ende zu bereiten. Sie händigen uns die Karte aus, die sie beide aus der Wohnung von Doktor Novotný entwendet haben. Danach verraten Sie uns den Aufenthaltsort des Mannes. Und erst dann entscheiden wir, ob Sie für lange Zeit hinter Gitter kommen, oder ...«

Thomas holte die in Papier eingewickelte Karte aus seiner Jackentasche und hielt sie dem Mann vors Gesicht.

»Pudel di net auf, Eierbär, sonst gibt's a Tschinöln, dass du die nächsten drei Tage die Pummerin im Schädl läuten hearst«, schnauzte Thomas ihn aggressiv an.

»Keine Ahnung, wohin dieser Doktor untergetaucht ist. Ich habe ihm gesagt, er soll verschwinden und unauffindbar bleiben, damit ich eben solchen Gfrastern wie euch nichts verraten kann«, keifte er, während ihm die Karte abgenommen wurde.

Ein Kollege trat neben den Anzugträger und flüsterte ihm etwas ins Ohr. Dieser grinste darauf Thomas an.

»Danke für diese Karte. Nun geben sie mir noch ihre Handys. Wir sind nicht so blöd, wie sie vielleicht vermuten.« Barbaras leiser Fluch ließ Thomas verstehen, was seine Kollegin zwischendurch gemacht hatte.

So ein Mist, Barbara hat die Karten ausgetauscht, aber umsonst, fluchte er in Gedanken.

Widerstandslos überreichten sie ihre Handys. Aus allen drei wurde die Speicherkarte entfernt und ihnen das Telefon wieder übergeben.

»Sind wir jetzt fertig?«, brummte Thomas, immer noch sauer.

»Solange Sie uns nicht mehr in die Quere kommen, Kratochwil.«

Sie sahen zu, wie die Polizisten weggeschickt wurden, die vier Anzugträger in einen schwarzen BMW stiegen und davonrasten.

»Lasst mich raten«, sprach Dieter als Erster, »eine der Karten war die von Radoslav Novotný. Wir haben also wieder nichts in der Hand.«

Thomas antwortete nicht, stieg in den Wagen und fuhr in den Innenhof, um ihn abzustellen. Mit einer Zigarette im Mund stieg er aus, sein Gesicht war hochrot, sein Gesichtsausdruck verriet, wie sauer er war.

»Wenigstens ist der Doktor in Sicherheit. Es ist nur verdammt beschissen, dass wir nicht herausfinden können, worum es eigentlich die ganze Zeit geht. Ohne diese Speicherkarte werden wir es nie erfahren.«

Barbara sah ihn mit einem verschwörerischen Grinsen an.

»Lasst uns reingehen, in Dieters Büro gibt es guten Kaffee«, sagte sie und hielt ihnen die Eingangstür auf.

Zehn Minuten später saßen sie in Dieters Büro, jeder mit einem Kaffeebecher in der Hand.

Nachdem Barbara und Thomas von ihrem Treffen mit dem MI6-Agenten berichtet hatten, wollte Barbara von Dieter wissen, was ihm bei ihrer missglückten Flucht im Sportwagen eingefallen war.

»Wieso hat man euch eigentlich gleich wieder gehen gelassen?«, warf Thomas ein.

»Mein Onkel war telefonisch erreichbar«, meinte Barbara, »Ein Anruf vom Innenminister kann manchmal kleine Wunder bewirken.«

Thomas schüttelte den Kopf.

»Was sonst? Ich bin diese Politspielchen inzwischen so leid.«

»Darf ich euch nun meine Theorie erzählen, auch wenn ihr mich danach für verrückt erklären werdet?«, meldete sich Dieter. Er bekam von den beiden Bezirksinspektoren ein aufforderndes Nicken.

»Als Barbara und ich aufgehalten wurden ...«

»In einem Sportwagen, gestohlen von ein paar Typen vom Nachrichtendienst«, warf Thomas ein.

»Ja, TJ. Jedenfalls haben die Männer zuerst gedacht, dass ich der Doktor bin.«

»Und sie wussten meinen Namen«, meldete sich Barbara.

»Das, glaube ich, ist so nicht richtig«, meinte Dieter, »Vielmehr denke ich, dass diese Wörter etwas auslösen sollten.«

»Auslösen?«, fragten beide Bezirksinspektoren.

»Es gibt diese Methode bei sogenannten Schläfern. Personen, die ein ganz normales Leben führen, aber auf Kommando aktiviert werden. Man kennt das von Terroristen, wobei da ein großer Unterschied zwischen filmreifen Fantasien und der Realität vorliegt. Ich habe mich erkundigt, theoretisch kannst du jemanden etwas ins Unterbewusstsein pflanzen, das erst zum Vorschein kommt, wenn man ein bestimmtes Wort sagt oder bei einer bestimmten Tätigkeit.«

»Moment!«, unterbrach Barbara.

»Warum sollte mein Nachname so ein Auslöser sein?«

Es folgte kurzes Schweigen.

»Du hast gesagt, es waren mehrere Wörter«, fiel Thomas ein.

»Gugawitsch, Einhorn und Atomgeddon«, erklärte Dieter.

»Auch wenn deine Theorie irgendwie Sinn ergibt, woher sollte jemand Barbara mit Radoslav in Verbindung bringen?«

»Darauf habe ich keine Antwort«, musste Dieter zugeben und nahm hinter seinem Computer Platz. Thomas leerte seinen Kaffee hinunter, stand auf und stampfte wütend im Zimmer auf und ab.

»Es kotzt mich an«, fluchte er, »Wir waren so knapp davor.«

Barbara kümmerte sich um einen weiteren Kaffee für sie. Dieter schaltete seinen Computer ein, ohne zu wissen, was er machen sollte.

»Mann eh«, fluchte er, »da hast du richtig gemerkt, dass die uns nicht ernst nehmen. Wie kleine Störenfriede, obwohl wir selbst mehr herausgefunden haben, als diese Wichtigtuer.«

»Das sind besondere Gfraster, die dabei noch die Rückendeckung von ganz oben haben. Diese Nachrichtendienst-Typen glauben in ihrem Größenwahn, dass sie sich aufführen müssen, wie in einem Actionfilm«, murrte Thomas.

»Sie halten sich für etwas Besseres«, meinte Barbara.

Thomas wandte sich ihr zu.

»Wieso hast du mir vorhin zugeflüstert, dass ich denen die Karte einfach übergeben soll?«

Barbara lächelte ihn verschmitzt an und blickte dann zur Uhr, die über der Tür hing.

»Du wirst mit mir schimpfen, aber ich hatte ein ungutes Gefühl«, erklärte Barbara, »Bislang hat uns immer irgendwer aufgespürt, egal wo. Sogar im Ausland, also warum nicht auch jetzt?«

»Soweit logisch, und weiter?« Thomas sah sie mit einer Mischung aus Neugier und Skepsis an.

»Niemand hätte uns geglaubt, dass wir mit leeren Händen zurückgekommen sind. Notfalls hätte man uns gefilzt, mit oder ohne unserer Zustimmung.«

Dieter nickte zustimmend.

»Komm zum Punkt, Mädel«, forderte Thomas sie auf.

Barbara sah erneut zur Uhr hinauf.

»Sprichst du weiter?«, fragte Thomas nach, als sie nach mehreren Sekunden immer noch schwieg.

»Sorry, ich habe gehofft, einen dramatischen Auftritt von …«

In diesem Moment ging die Tür auf und Anastasia trat ein.

»Zeitlich fast perfekt«, meinte Barbara erfreut.

»Was machst du hier?«, fragten Thomas und Dieter gleichzeitig.

»Bin ich zu früh? Hat euch Barbara noch nichts erzählt?«, fragte Anastasia. Ihre gute Laune und ihr schelmisches Grinsen ließ Thomas stutzig werden.

»Was geht hier ab?«, wollte Dieter wissen.

Barbara gesellte sich neben Thomas' Tochter und sprach weiter.

»Ich bin davon ausgegangen, dass wir erneut aufgegriffen werden, wobei ich nicht gedacht hätte, dass es nun der eigene Nachrichtendienst ist. Aber egal, sie werden viel Spaß mit den Karten haben.«

»Mit den Karten? Du hast die Karten ausgetauscht?«, vermutete Thomas.

»Moment, haben die meine Speicherkarte?«, entfuhr es Anastasia.

»Die Typen haben natürlich Recht gehabt. So eine Speicherkarte versteckt man am besten im Handy. Deshalb habe ich die Karte schon in Bratislava ausgetauscht. Thomas hatte meine leere Karte. Bei Dieter habe ich dann die Karte mit Anastasia getauscht, damit …«

»Habe ich nicht deutlich gemacht, dass mein Kind aus dem Ganzen rausgehalten wird!«, fuhr Thomas seine Kollegin wütend an.

»Meine Karte war nicht leer«, sagte Anastasia geschockt, »Ich will nicht, dass irgendwer die Bilder sieht, die da drauf waren.«

»Ach du …«, entfuhr es nun Dieter, »Da sind auch die von uns beiden …«

»Keine Details«, unterbrach Thomas, ohne den Blick von Barbara zu nehmen.

»Es hat einen guten Grund, warum ich nicht möchte, dass Ana da nochmal mit hineingezogen wird.«

»Wird sie nicht«, versicherte ihm Barbara ruhig, »Wir nehmen die Karte und sie geht wieder.«

»Das glaube ich nicht«, reagierte Anastasia patzig und stemmte die Arme in die Hüfte.

Dieter erhob sich und umrundete seinen Tisch.

»Okay, genug herumgeredet. Süße …«, er streckte die Hand nach Anastasia aus, »gib mir dein Handy. Ihr könnt gerne weiter diskutieren, ich sehe mir zwischenzeitlich an, worum sich hier alles dreht.«

Keiner widersprach, Anastasia reichte ihrem Freund ihr Telefon. Dieter nahm vor seinem Computer Platz, während die restlichen Anwesenden hinter ihm Stellung bezogen und neugierig auf den Bildschirm starrten.

Zunächst ließ Dieter mehrere Diagnoseprogramme laufen, die ihm aber alle bestätigten, dass es keine versteckten Überraschungen auf dem Datenträger gab.

»Jede Menge Dokumente, PDFs, Word und Excel-Dateien und Bilddateien. Es scheint kein Risiko zu geben, wenn wir uns den Inhalt ansehen. Ich habe sicherheitshalber jegliche Onlineaktivität des Computers abgedreht, es kann demnach niemand …«

»Verstanden, jetzt mach's endlich auf«, forderte Thomas ungeduldig.

»Jawohl, TJ«

Zuerst erschienen drei Ordner auf dem Schirm. Sie waren mit ›Theorie‹, ›unbewiesen‹ und ›Versuchsreihe‹ betitelt.

Nach einer kurzen Abstimmung öffnete Dieter den Ordner »Theorie«. Insgesamt 258 Textdateien unterschiedlichen Formates lagen darin. Willkürlich öffnete Dieter eine. Vor ihnen erschien eine Formel, die sich über die ganze Seite ausbreitete.

»Meine Mathekenntnisse sind nicht die besten, also wer von euch kann das übersetzen?«, fragte Anastasia.

»Die Datei heißt ›Reaktor-Phasen-Formel«, erklärte Dieter, »Was ich hier lese ist eine … ich glaube sowas wie eine lineare Funktion mit unterschiedlichen Variablen. In fast jeder Zeile gibt es die Bezeichnung ‚Wurzel aus x hoch 4. Es gibt die Variablen x, a, b, c, e und m. Was genau damit berechnet wird, kann ich nicht erkennen.«

Er versuchte sein Glück mit einer anderen Datei.

»Der detaillierte Aufbau eines Atomreaktors … aber die Größenangaben sind komisch. Wenn ich das richtig lese, dann wäre dieser Reaktor nicht größer als zwei mal zwei Meter.«

Als nächstes öffnete er eine Bilddatei.

»Okay, das habe ich schon einmal gesehen«, sagte Dieter und suchte im Internet nach dem richtigen Begriff.

Auf dem Bildschirm war eine fliegende Untertasse mit einer glockenförmigen Kanzel auf der Oberseite zu sehen. Abzeichen aus dem Dritten Reich zierten die dunkelbraune Tasse.

»Ich kann dir helfen«, meinte Barbara, »Das ist die Darstellung einer sogenannten Reichsflugscheibe. Diese fliegenden Untertassen sollen im Zweiten Weltkrieg von Nazideutschland geplant, manche behaupten sogar gebaut, worden sein. Es gibt keinerlei Beweise, dass etwas Wahres dran ist, dieses Bild stellt eine der bekanntesten Verschwörungstheorien des Zweiten Weltkriegs dar.«

»Haunebu hieß die bekannteste Flugscheibe«, fand Dieter heraus und zeigte den anderen ein weiteres Bild. Auf diesem stand die Flugapparatur vor einem Hangar, an den Seiten waren Hakenkreuze aufgemalt.

»Ein Atomreaktor, unbegreifbare Formeln und Verschwörungsfantasien von Nazis? Was für ein verrückter Doktor ist dieser Novotný?«, fragte Thomas.

Nachdem Dieter noch weitere Dateien in Augenschein nahm, entschied er, sich in aller Ruhe mit den Dateien zu beschäftigen. Barbara und Thomas hingegen wollten Radoslav Novotný besuchen.

»Papa, wenn du den Doktor holst …«, begann Anastasia.

»Nein, Ana. Du kommst nicht mit!«, stellte Thomas klar

»Aber so könnte ich Jeremy einmal persönlich treffen«, protestierte sie.

»Ich kann nachfragen, ob der Bursch dich auf eine seiner Touren mitnimmt, aber nicht heute«, bestimmte Thomas entschlossen.

»Dir ist schon klar,«, warf Barbara ein, »dass anscheinend jeder Geheimdienst hinter dir und dem Doktor her ist. Es gibt nur eine Person hier im Raum, die bislang unauffällig …«

»Nein!«, schnauzte Thomas laut und ließ alle verstummen.

Scheiße, die haben Recht, dachte er.

»Hey, Jeremy hier«, meldete sich die junge Männerstimme gleich nach dem ersten Läuten seines Telefons.

»Hallo, ich heiße Anastasia. Ich bin die Tochter von Thomas Kratochwil, dem Bezirksinspektor, den du kennst.«

»Ah, natürlich. Was kann ich für dich tun, ich nehme an, es geht um unseren speziellen Gast.«

»Ja, ich soll den Doktor abholen. Da mein Vater … nicht in die Nähe des Doktors soll, werde ich das übernehmen.«

»Ich hoffe, ihr erzählt mir nachher einmal, was hier abgeht. Das klingt jedenfalls ziemlich abenteuerlich. Aber zu deinem Anliegen, da gibt es ein kleines Problem.«

Jeremy berichtete Anastasia, dass er in einer halben Stunde eine seiner Führungen vor sich hatte und diese nicht absagen wollte.

»Das Lustige daran ist, ich gehe dabei in einen Keller, der auch zu eurem Doktor führen würde. Aber soweit gehe und krieche ich nicht mit den Teilnehmern. Wenn du mitkommen magst, können wir nach der Tour den Mann abholen. Die Tour selbst dauert aber zwei Stunden.«

Ohne zu zögern, stimmte Anastasia zu. Sie folgte Jeremy in den sozialen Medien und kannte die Bilder aus der Wiener Unterwelt und klaustrophobischen Höhlenvideos. Die Möglichkeit auf diese Führung wollte sie sich nicht entgehen lassen und so erkundigte sie sich, wo der Treffpunkt sein würde.

Barbara und Thomas fühlten sich auf dem ganzen Weg bis zu ihrer Dienststelle verfolgt, auch wenn ihnen niemand auffiel.

Auch als sie beide vor der Polizeistation standen, konnten sie niemanden ausmachen, der Interesse an ihnen hatte.

»Der Oberst wird durchdrehen«, meinte Barbara und bat ebenfalls um eine Zigarette.

Sie machte einen langen Zug und blies den Rauch langsam in den Himmel.

»Er wird toben, schreien und wahrscheinlich längst die Order bekommen haben, mich zu entlassen«, sprach Thomas nach einiger Zeit weiter.

»Mein Onkel ist bald wieder da. Es wäre ja nicht das erste Mal, dass er sich für uns einsetzt«, sagte Barbara.

»Ich weiß. Aber vielleicht sollte ich einmal anfangen zu überlegen, ob ich überhaupt weitermachen will.«

Barbara riss überrascht die Augen auf.

»Bezirksinspektor Kratochwil, was sind denn das für Töne?«

»Töne eines Mannes, der schon zu viel gesehen und erlebt hat. Und der nicht bei jedem größeren Fall die Rückendeckung eines Politikers in Anspruch nehmen will.«

Zehn Minuten vor Beginn der Führung erreichte Anastasia den Würstelstand auf dem Hohen Markt, mitten in der Innenstadt Wiens, den Treffpunkt für die Führung. Auf ihrem Weg dorthin hatte sie sich nochmals einige Beiträge von Jeremy angesehen, die er unter seiner Marke »jerryously« auf verschiedenen Social-Media-Kanälen gepostet hatte. Vor allem seine Videos, in denen der junge Mann durch enge Löcher kroch und unerforschte Räume unter Wien in Augenschein nahm, hatten großen Zuspruch und faszinieren inzwischen neben Anastasia über hunderttausend Fans.

Jeremy und seine Freundin waren für Anastasia leicht zu erkennen, als sie vor ihr die Straße überquerten. Zum einen hatte sie beide in den Videos und Bildern gesehen, zum anderen fiel Jeremy sofort durch seinen perfekt gestylten Schnauzbart auf.

Sie ging dem Paar entgegen und stellte sich vor, woraufhin ihr beide ein breites Grinsen schenkten. Jeremy und seine Verlobte Nadine verrieten ihr, dass sie auf diese Tour insgesamt zehn Personen waren.

»Schön dich kennenzulernen«, begrüßte Nadine sie, »Ich hoffe echt, dein Vater wird sein Versprechen einlösen und uns erzählen, was es mit diesem Mann auf sich hat. Er weiß nur, wie er heißt und mehr nicht, wirklich?«

Anastasia nickte.

»Soweit ich es bisher mitbekommen habe, ist das eine Geschichte mit Geheimdiensten, versteckte Unterlagen in Bratislava und Außerirdischen.«

»Außerirdische?«, fragte Nadine ungläubig.

»Radoslav Novotný dürfte sich sehr mit diesem Thema beschäftigen. Aber er ist nicht so ein Typ, der behauptet, dass gleich ein UFO bei uns landet.«

»Auf mich hat er einen sehr intelligenten Eindruck gemacht«, meinte Jeremy, »Er hat sich sehr für das Luftschutzraumnetz interessiert und nachgefragt, was ich da unten schon alles gefunden habe. Herr Novotný hat selbst einiges über den Zweiten Weltkrieg und die Besatzungszeit erzählt.«

Nachdem das letzte fehlende Paar eintraf, versammelte Jeremy alle um sich, stellte sich vor und erklärte der Gruppe, was auf sie zukommen würde.

»Wir werden auf unserer heutigen Tour zuerst einen Keller besuchen, in dem ihr einen ziemlich guten Eindruck bekommt, wie die Luftschutzkeller aufgebaut und genutzt wurden. Danach geht es zu einem alten Gewölbe, welches über die Jahre schon mehrere Funktionen hatte. Ihr habt ja die Spezialtour gebucht, deshalb werden wir dort auch die Möglichkeit haben, herumzukriechen. Ich hoffe, keiner von euch hat ein Problem damit, dass es dabei dreckig werden wird.«

Anastasia sah kurz an sich herab. Die lange, schwarze Jeans war schon alt und konnte ruhig verdreckt werden, ihre weiße Bluse hingegen erschien als nicht besonders klug gewählt. Das schien auch Nadine aufgefallen zu sein.

»Du hast nicht gewusst, worauf du dich da eingelassen hast, oder?«

»Nein, aber was soll's? Wozu gibt es Waschmaschinen?«

Den Vorschlag, ein T-Shirt von Nadine ausgeborgt zu bekommen, lehnte sie lachend ab.

»Du bist fast die Hälfte von mir«, meinte sie und deutete auf ihren Oberkörper. Anastasia war großgewachsen und stämmig, mit großer Oberweite und einem breiten Becken. Nadine hingegen war sehr schlank und von zierlicher Statur.

Unterwegs zur ersten Location erzählte Anastasia von ihrer letzten abenteuerlichen Zusammenarbeit mit ihrem Vater. Diese hatte sie im letzten Winter zu einem alten Stollen im Wienerwald geführt.

»Das klingt so gar nicht nach normaler Polizeiarbeit.«

»Die hat er schon auch, aber das ist viel langweiliger, als man glaubt. Bei einem normalen Raub, Mord oder Ähnlichem, da gibt es jede Menge Büroarbeit und weit weniger Action, als man in Krimis so sieht. Aber mein Papa zieht scheinbar besondere Fälle magisch an.«

Auf dem Weg zum ersten Keller begann Jeremy mit einer grundlegenden Einleitung, was sie gleich zu sehen bekommen würden.

»Ihr wisst sicherlich, dass wir Keller besuchen, die im Zweiten Weltkrieg als Luftschutzkeller genutzt wurden. Der Wiener Untergrund existiert aber schon viel viel länger. Ihr werdet Wände sehen, bei denen heute niemand mehr das genaue Datum der Herstellung sagen kann. Da wurden Steine aus der Römerzeit einfach wiederverwendet, um die Keller auszubauen. In derselben Wand können sich Ziegelsteine aus der Zwischenkriegszeit befinden, auf denen sogar noch das Logo der Herstellerfabrik zu erkennen ist.«

Er blickte über die kleine Gruppe, die aus völlig unterschiedlichen Personen bestand. Anastasia schätzte das jüngste Paar auf maximal 15 Jahre, während zwei Männer mindestens im Alter ihres Vaters waren. Auch der Kleidungsstil war unterschiedlich, wobei sie sich besonders über die beiden jungen Damen wunderte, die in viel zu eleganter Hose und Bluse gekommen waren.

»Und da ihr die Spezial-Tour gebucht habt, werde ich mit euch in einem der teils verschütteten Keller herumkriechen. Eben eng, feucht und dreckig, wie versprochen«, meinte Jeremy mit einem Grinsen.

»Wie bist du eigentlich zu deinem Hobby gekommen?«, wurde er von einem der älteren Männer gefragt.

»Ich bin vor einigen Jahren durch den ersten Bezirk durchspaziert und dabei in den einen oder anderen Keller hineingestolpert. Da bin ich ganz schnell draufgekommen, dass es unter der Stadt ein extrem großes Labyrinth gibt. Und ab diesem Tag war dann meine Leidenschaft für die Unterwelt geboren.«

Nachdem Dieter alleine in seinem Büro saß, hatte er dafür gesorgt, dass niemand zu ihm durchkam. Gleich mehrere Sicherheitsbeamte hatten in seiner Abteilung und besonders vor seinem Büro Stellung bezogen. Zum ersten Mal in seiner Karriere hatte er seine Dienstwaffe geladen und neben der Computertastatur liegen.

Nun konzentrierte er sich voll und ganz auf die unzähligen Dateien auf der Karte.

Zunächst noch verwirrt von den Themen, stellte sich bald heraus, womit sich der Doktor beschäftigte.

Bei einer Datei mit dem Titel »Wie die Wahrheit über Einhörner«, fiel ihm ein, dass er seine Freundin über die Schläfer-Theorie informieren wollte.

Er schrieb Anastasia eine SMS: Wenn du den Doktor triffst und die Wahrheit erfahren willst, sag folgendes: Gugawitsch, Einhorn, Atomgeddon. Aber mach das nicht alleine!!! Nur mit TJ und Barbara, bitte! Kuss, meine Süße

Nachdem der erste Keller noch geräumig und überraschend sauber wirkte, versprach das nächste Gebäude schon von außen mehr Erlebnisse. Eine Steintafel neben dem Eingang informiert darüber, dass das Wohnhaus noch vor dem Zweiten Weltkrieg erbaut wurde und wie durch ein Wunder keinerlei Schäden davongetragen hatte.

Über eine hölzerne Wendeltreppe gelangte die Gruppe von Jeremy in den Keller. Zu beiden Seiten waren mehrere Holztüren. Obwohl alle mit einem Vorhängeschloss gesichert waren, wirkten die staubigen und teilweise morschen Holzstreben nicht besonders widerstandsfähig.

»Das sind normale Kellerabteile zu den Wohnungen. Für uns interessant ist die Holzplatte hier vorne«, meinte Jeremy und deutete auf eine auf dem Boden liegende Holzplatte. Diese sah weitaus stabiler und aktueller aus, als die Türen.

Während die Platte von einigen Männern zur Seite befördert wurde, zog Anastasia Nadine zur Seite.

»Wie nah werden wir bei dieser Tour zum Versteck von Radoslav kommen?«, fragte sie.

»Keine Sorge, so leicht ist er nicht aufzufinden. Wir kommen zum letzten Keller der Tour. Nachdem wir die Gruppe verabschiedet haben, kehren wir nochmal zurück. Es gibt einen weiteren Tunnel in diesem Keller, durch welchen wir zu deinem Doktor kommen.«

»Und wo liegt dieser letzte Keller?«

Nadine deutete auf das Loch, welches unter der quadratischen Holzplatte zum Vorschein kam.

»Ernsthaft?«, staunte sie.

»Jetzt wird's dreckig«, verkündete Jeremy und teilte mehrere Taschenlampen aus.

Um in den Gang unter ihnen zu gelangen, mussten die Teilnehmer durch das Loch hinabsteigen. Auch wenn es nur knapp zwei Meter waren, konnte Anastasia bei einigen die steigende Nervosität im Gesicht ablesen. Das Pärchen neben ihr, beide sehr mollig gebaut, wirkten besonders skeptisch.

»Runter ist nicht so ein Problem, aber wie soll ich mit meinem breiten Hintern da wieder rauf kommen?«, überlegte die Frau, die nicht viel älter als Anastasia aussah.

»Das schaffen wir schon. Es wäre ja nicht das erste Mal, dass ich dich hinaufhebe. Außerdem haben wir hier ein paar starke Männer dabei«, versicherte ihr Freund und bekam umgehend die Bestätigung der Männer aus der Gruppe.

Anastasia sprang hinter Jeremy in das knapp zwei Meter tiefe Loch und landete in einem staubigen Gang, der zu beiden Seiten mit Ziegelsteinen zugemauert war. Nur wenige Meter vor ihr lag ein Raum, der noch völlige im Dunklen lag. Jeremy verteilte Taschenlampen an alle Teilnehmer und ging dann vor, um selbst einige Lampen aufzustellen.

Beim Betreten des Raumes staunte Anastasia über die Ausmaße. Über ihr konnte sie ein Kuppeldach erkennen, außerdem handelte es sich um mindestens drei Räume, die sich ihr offenbarten.

Sie erfuhr, dass sie sich in einem ehemaligen Kühlraum befanden.

»Lange bevor es Kühlschränke gab, wurden hier Fleisch und auch Eisblöcke aufbewahrt. Dieser Keller existiert viel länger und wurde schon benutzt, als von den Weltkriegen noch keine Rede war«, erklärte Jeremy.

In einer Ecke war ein Teil des oberen Stocks herabgebrochen. Ein großer Schutthaufen lag vor ihnen, in dem neben Holzstreben auch alte Zeitschriften und Dosen zu sehen waren.

»Das ist eine Zeitung vom 15. April 1943!«, staunte ein Mann, der mit der Taschenlampe nähertrat.

»Auch die Dosen sind aus dieser Zeit.«

»Und niemand klaut hier was? Du findest auf deinen Touren doch sicherlich auch wertvolle Dinge«, meinte ein anderer.

»Es gibt eine goldene Regel: Hinterlasse nichts außer Fußspuren und nimm nichts mit außer Fotos und Videos. Daran halten wir uns«, sagte Jeremy.

Es folgte eine Unterhaltung über ›Lost Places‹-Junkies und den Grundsätzen, an die sich die meisten Abenteurer hielten. Er berichtete auch von einer der wenigen Ausnahmen dieser Regel. Bei einer Erkundung eines vergessenen Kellers war er auf Kriegsrelikte in Form von Ausweisen und Munition gestoßen. Aufgrund der geschichtlichen Bedeutung und der möglichen Gefahr wurde die Stadt informiert, damit diese Fundstücke in ein Museum gelangten.

Um ein Gefühl dafür zu bekommen, wie eng es bei seinen Erkundungstouren werden konnte, bot Jeremy den Teilnehmern an, mit ihm durch einen halb verschütteten Gang zu kriechen. Von dem ehemaligen Durchgangsbogen, auf den er dabei deutete, war nur noch der letzte obere Meter erkennbar. Skeptisch bückte sich Anastasia und blickte in den dahinterliegenden Raum.
»Das wird dahinter nicht wirklich höher, oder?«, fragte sie.
»Es ist Platz zum Sitzen aber ein bisschen werden wir den Kopf einziehen müssen. Möchtest du gleich als Erste hindurch?«, wurde sie von Jeremy aufgefordert.
Ihr Argument, nicht hindurchzupassen, wurde von dem Mann neben ihr mit den Worten »Ich bin sicher dicker als du, Mädchen« widerlegt. Er übernahm es dann auch als Erster, auf die Knie zu gehen und loszurobben.
Anastasia wandte sich Nadine zu.
»Wo findet man eigentlich so einen verrückten Typen?«, fragte sie grinsend.
»Eines Tages ist er bei mir im Fotogeschäft aufgetaucht und hat gefragt, ob er sich in unserem Keller umsehen darf. Mich hat das bis dahin nicht interessiert, ich war vorher noch nie da unten. Dann war einige Zeit lang nichts und irgendwann ist er wieder aufgetaucht und wollte in dem Keller eine Veranstaltung machen. Da habe ich ihm gesagt, nur wenn ich auch dabei bin. Und so hat es sich ergeben. Inzwischen hat er mich nicht nur zu diesen Kellertouren mitgenommen,

sondern auch bei einigen anderen Sachen, bei denen es echt eng zugeht.«

»Aber ist das nicht auch bisschen gefährlich?«

»Das Risiko wird so klein wie möglich gehalten. Man ist niemals alleine unterwegs, es gibt immer Personen, die genau wissen, wo wir sind und bei denen wir uns zu bestimmten Zeiten melden.«

»Außerdem«, meldete sich Jeremy, der inzwischen mehr als der Hälfte der Gruppe durch den niedrigen Gang geholfen hatte, »Sieht es auf den Videos meistens schlimmer aus. Komm her, dann wirst du selbst erfahren, was ich meine.«

Kurz darauf verstand Anastasia, was er meinte. Auch wenn sie auf dem Bauch liegen musste, um durchzupassen, hatte sie nicht das Gefühl, stecken zu bleiben. Der Raum dahinter war nur geringfügig höher und bot die Möglichkeit, sich mit eingezogenem Kopf hinzusetzen. Vermutlich war der Raum früher einmal mehrere Meter hoch, nun war er bis knapp unter die gebogene Decke mit Schutt und Geröll gefüllt.

Während Jeremy mit den erfahrenen Teilnehmern über verschiedene Orte und Abenteuer sprach, blickte Anastasia in die Runde. Schon nach wenigen Minuten war zu erkennen, wer die Enge gewohnt war und wer anfing, sich unwohl zu fühlen. Anastasia selbst überlegte kurz, wie stabil die Decke über ihnen war, entschied sich dann aber dafür, dass die Steine schon Jahrhunderte lang gehalten hatten und die kommenden zehn Minuten auch noch an ihrem Ort ausharren würden.

Dennoch war sie überaus erleichtert, als sie wieder zurückkrochen und sie sich im Ausgangsraum durchstrecken konnte.

»Wie eng wird es denn nachher, wenn wir ...?«, flüsterte sie Nadine zu.

»Nicht so schlimm, du musst nur den Kopf einziehen«, wurde ihr versichert.

Gemeinsam betraten Barbara und Thomas das Büro ihres Vorgesetzten, Oberst Frimmel.

»Nehmen Sie Platz und genießen Sie es. Wer weiß, wie lange ich Sie noch hier habe«, meinte er überraschend ruhig.

»Frau Gugawitsch, ich möchte Ihnen nahelegen, Ihren Onkel um Hilfe zu bitten. Eventuell kann er sich auch um diesen ... Hitzkopf kümmern.« Er deutete auf Thomas.

Da die beiden Bezirksinspektoren schwiegen, fuhr der Oberst fort.

»Ich habe ein Ansuchen auf meinen Tisch. Es betrifft die sofortige Suspendierung von ihnen beiden. Wir sprechen hier nicht von einer Strafversetzung oder ein paar Wochen Streifendienst, sondern einer sofortigen Kündigung.«

»Darf ich fragen, von welcher Stelle die kommt«, fragte Thomas.

»Das, mein lieber Kratochwil, ist unter uns gesagt, wahrscheinlich das einzig Positive und wohl auch die einzige Chance, euren Arsch zu retten.«

Er zog einen Zettel hervor, auf dessen Briefkopf ›Bundesministerium für Inneres‹ zu lesen war.

»Das Ansuchen stammt vom Büro des Innenministers, ausgestellt vom Stellvertreter ihres Onkels, Frau Gugawitsch. Ich gehe davon aus, er wird nach seiner Rückkehr dafür sorgen, dass zumindest sie halbwegs schadlos davonkommen.«

»Wir sind wohl zu vielen Personen auf die Zehen gestiegen«, mutmaßte Barbara.

Oberst Frimmel sah sie eindringlich an und schmunzelte für einen Augenblick.

»Kann man so sagen. Es haben sich Leute bei mir gemeldet, aus Abteilungen, die ich offiziell nicht einmal kennen dürfte. Leute, die gemeint haben, Sie und Kratochwil sollten umgehend verschwinden, egal wie. Was auch immer Sie da losgetreten haben, es zieht einen gewaltigen Rattenschwanz nach sich.«

Er lehnte sich über seinen Tisch vor und sprach eine Spur leiser weiter.

»Es soll etwas heißen, wenn mich sogar ein Freund auf euch beide anspricht, der normalerweise für die sicherheitspolitischen Angelegenheiten zwischen Österreich und Slowenien zuständig ist.«

Thomas hob stumm die Schultern und deutete eine entschuldigende Geste an.

»Ich will gar nicht wissen, was ...«

Das Läuten seines Telefons unterbrach den Oberst. Er blickte auf das Display und verdrehte die Augen.

»Das Innenministerium, schon wieder.«

Kaum, dass er abgehoben hatte, brüllte jemand auf der anderen Seite so laut hinein, dass Barbara und Thomas problemlos mithören konnten.

»Ihre beiden verrückten Polizisten, wo sind die!?«

»Zunächst einmal Guten Tag. Mit wem spreche ich?«

»Mit dem stellvertretenden Leiter des Innenministeriums. Ich habe soeben erfahren, dass Ihre zwei Möchtegern-Agenten ihre Befugnisse weit überschritten haben, indem sie in Bratislava – im Ausland, wo sie nichts zu melden haben – geheime Dokumente gestohlen haben. Anstatt sie uns zu übergeben, haben sie uns nur ... Verzeihen Sie den Ausdruck, aber die haben uns richtig verarscht und gefährden im Moment die internationalen Beziehungen zu mehreren Ländern! Wo sind die beiden?«

Der Oberst überlegte kurz, bevor er antwortete.

»Sie sind auf dem Weg zu mir. Worum genau geht es, was gedenken Sie ...?«

»Sie werden Herrn Kratochwil und Frau Gugawitsch umgehend festnehmen und bis zum Eintreffen meiner Kollegen festhalten. Die beiden stehen im Verdacht des Hochverrats und Diebstahls von streng vertraulichen Geheimdienst-Unterlagen.«

»Wenn Sie mir erklären könnten, was das mit dem Doktor zu tun hat ...«

»Nein, kann und werde ich nicht. Wir werden die beiden
Personen abholen und uns darum kümmern. Dieses Theater
endet heute, Sie können sich bereits von Kratochwil und
seiner Kollegin verabschieden.«
»Ich verstehe. Wann werden ihre Leute eintreffen? Muss ich
die beiden Bezirksinspektoren noch in die Zelle sperren?«
»Ein Team des Innenministeriums ist bereits unterwegs und
wird in wenigen Minuten bei Ihnen sein.«
»Danke. Ich werde sie erwarten«, meinte der Oberst und
legte auf.
»Schöne Scheiße«, kommentierte Thomas das Gespräch.
Der Oberst erhob sich.
»Gehen Sie, sofort. Holen Sie diesen Doktor, finden Sie
einen Weg, dass er ihre Haut retten kann. Ansonsten geben
Sie ihm diese verdammten Unterlagen und tauchen bei
irgendwelchen dubiosen Freunden unter, die Sie zweifellos
haben, Kratochwil. Ich kann Ihnen im Moment nicht helfen,
das muss der Innenminister übernehmen. Viel Glück und
jetzt raus mit Ihnen.«

Fünf Minuten später sahen Barbara und Thomas aus einem
Hauseingang zu, wie ein schwarzer Wagen vor der
Dienststelle parkte und vier Männer ausstiegen.
»Unser Abholkommando«, sagte Barbara.
»Die Eierbären werden Pech haben. Wir werden
untertauchen und auf Ana und Novotný warten.«
Dieter wurde bereits von Thomas informiert. Er hatte ihm
nur kurz gesagt, dass er die Hintergründe zu einem Großteil
erkannt hatte und ihnen persönlich einiges erklären konnte.
Sie mussten nicht erwähnen, wo sie sich treffen würden.

Im Geheimdienst
Ihrer Majestät

Nachdem Jeremy und Nadine die Gruppe im Freien verabschiedet hatten, waren sie mit Anastasia in den ehemaligen Kühlraum zurückgekehrt. Eine Mauer mit einem scheinbar zubetonierten, quadratischen Loch entpuppte sich als Durchgang zu einem weiteren Raum.

»Diese Notdurchgänge dienten früher als Fluchtweg, falls bei einem Bombenangriff ein Kellerabteil betroffen war und einzustürzen drohte«, erklärte Jeremy.

»Das heißt, im Grunde sind alle Keller im ersten Bezirk miteinander verbunden gewesen?«

»So ziemlich, ja. Nach dem Krieg hat man sich nicht mehr darum gekümmert. Einige wurden zubetoniert, manche wurden ganz einfach vergessen. Die Stadt hat scheinbar wenig Interesse daran, diesen Teil der Geschichte aufzuarbeiten und so krieche ich hier herum, suche in den Archiven nach ehemaligen Plänen und finde immer wieder neue Räume, die seit vielen Jahren verlassen und vergessen wurden.«

Während er sprach, durchquerten sie einen Raum, von dem sie nichts erkennen konnten, außer dem kleinen Teil, den ihre Taschenlampen ausleuchteten. Der unebene Boden war erdig, morsche Holzplanken lagen vor ihnen. Zwei abgesperrte Holztüren später änderte sich die Umgebung schlagartig. Anastasia trat in einen Raum, der von zwei Glühbirnen ausgeleuchtet war. Das Interieur wirkte sauber und neuwertiger. Sie sah ein Bett, einen Tisch und einen Stuhl vor sich. Auf diesem saß Doktor Novotný mit einem Buch in der Hand und lächelte ihr entgegen.

»Schön, Sie wiederzusehen, junge Dame. Anastasia, stimmt´s?«

Zurück an der Oberfläche wurden Anastasia und Radoslav Novotný von mehreren Passanten argwöhnisch begutachtet, als sie aus einem unscheinbaren Innenhof eines alten Gebäudes auf die Straße gingen. Obwohl sie versucht hatten, die gröbsten Schmutzflecken auf ihrer Kleidung abzuputzen, sahen beide aus, als hätten sie stundenlang im Dreck gelegen. Was zum Teil auch der Realität entsprach.

»Wohin gehen wir, junge Dame?«, fragte Radoslav Novotný, nachdem sie sich von Jeremy und Nadine verabschiedet hatten und möglichst unauffällig durch die Innenstadt spazierten.

»Mein Papa wartet im Lokal von Viktor auf uns.«

»Diesen Herren habe ich auch schon kennengelernt. Ein netter Mann, wenn man von seinem beruflichen Umfeld absieht.«

Sie erreichten die Straßenbahnstation vor der Wiener Staatsoper, von wo sie am schnellsten zu Thomas und den anderen kommen sollten.

Der Mann, der wie zufällig neben ihnen stand, fiel ihnen zunächst nicht auf. Erst als er dicht neben Anastasia stand und zu ihr blickte, reagierte sie und sah zu ihm.

»Machen Sie bitte kein Aufsehen und kommen Sie mit«, sagte er leise mit englischem Akzent. Dabei spürte Anastasia etwas Hartes in ihrem Rücken.

»Das, was du spürst, ist der Schalldämpfer einer Pistole. Ich möchte sie nicht benutzen müssen.«

Radoslav sah die Waffe und legte eine Hand auf Anastasias Schulter.

»Keine Angst, junge Dame.«

»Ich habe keine Angst«, meinte Anastasia, wobei sie sich bemühte, möglichst selbstsicher zu klingen, »Sie sollten Angst vor meinem Vater haben.«

Er wandte sich dem Mann zu, der im dunklen Anzug bei ihnen stand und erkannte, dass dieser tatsächliche eine Pistole mit Schalldämpfer in der Hand hielt.

»Wir kommen mit, aber bedrohen Sie nicht das Mädchen. Sie hat nichts damit zu tun.«

»Ich weiß, Radoslav.«

»Kennen wir uns?«

Der Mann schmunzelte.

»Ja, mein Freund. Viel zu gut. Kommt jetzt bitte mit.«

Anastasia hatte einiges von Thomas gelernt. Sie wusste, wie sie sich wehren konnte, aber auch, dass sie sich nicht mit jemand mit einer Schusswaffe anlegen sollte. Dafür hatte er ihr andere Dinge beigebracht.

Von dem unbekannten Mann dirigiert, gingen Anastasia und Radoslav Novotný die Straße hinab, die Staatsoper im Rücken.

»Was soll das werden?«, fragte Anastasia, während eine Hand in ihrer Hosentasche verschwand.

»Wir suchen uns einen ruhigen Platz, dann werde ich deinen Vater anrufen. Er wird sich mit uns treffen und dieses Abenteuer endlich zu einem Ende bringen.«

»Wenn wir uns kennen,« sagte Radoslav gelassen, »dann könnten Sie mir vielleicht dabei helfen, wer ich bin und warum alle Welt mich verfolgt.«

»Das ist keine Geschichte für jetzt. Ich werde dir alles erklären, wenn du wieder aktiv bist.«

»Aktiv?«

Sie überquerten eine Kreuzung und landeten vor einem geschlossenen Kanalabstieg. An anderen Tagen war hier der Beginn der ›Dritte Mann Tour‹, einer Führung in das labyrinthartige Kanalsystem unter Wien. Filmszenen aus dem Kanal erlangten in dem 1949 erschienenen Film »Der Dritte Mann« weltweite Berühmtheit.

»Wir kommen gerade aus dem Untergrund«, meinte Anastasia spitz, »Eine weitere Tour muss nicht unbedingt sein.«

»Keine Sorge, Fräulein Kratochwil, dieses Mal werden Sie nicht schmutzig.«

Eine Frau in grauer Arbeitskleidung und mit dem Abzeichen von Wien-Kanal sah das Trio näherkommen und nickte ihnen zu. Sie entfernte die Absperrung zu der schmalen Wendeltreppe, die im Boden neben ihr hinab führte.

»First left, second door right. Then you go through the door with the white number 4.« Ihr war anzuhören, dass Englisch nicht ihre Muttersprache war.

»Wenn ihr beide bitte vorgehen würdet. Die Treppen hinab und dann links.«

»Danke, soweit reicht mein Englisch«, meinte Anastasia ungehalten und stieg die Stufen als Erste hinab.

Die Wendeltreppe war so schmal, dass keine zwei Personen nebeneinander Platz fanden. Zu ihrem Glück folgte Radoslav direkt hinter ihr und erst dann der Mann im Anzug. Schnell zog sie ihr Handy heraus, entsperrte es und drückte auf ein Symbol, welches eine rote Glocke darstellte. Der Bildschirm blinkte kurz zur Bestätigung auf. Sie sah, dass Dieter ihr eine Nachricht geschrieben hatte und riskiert es, einen Blick darauf zu werfen.

»Wenn du den Doktor triffst und die Wahrheit erfahren willst, sag folgendes: Gugawitsch, Einhorn, Atomgeddon. Aber mach das nicht alleine!!! Nur mit TJ und Barbara, bitte! Kuss, meine Süße«

Ohne den Sinn verstanden zu haben, ließ sie das Handy schnell wieder in ihrer Hosentasche verschwinden.

Dieter blickte in zwei perplexe Gesichter, die ihm in der Bar ›Schwarze Rose‹ gegenübersaßen.

»Gibt es eigentlich noch irgendeine Verrücktheit, die wir bisher nicht in Erwägung gezogen haben?«, murrte Thomas bevor er einen großen Schluck von seinem Bier machte.

Dieter hatte Thomas nochmals seine Vermutung bezüglich der drei Wörter ausgesprochen.

»Du meinst also vollen Ernstes, Radoslav hatte eine Art Gehirnwäsche und die wird durch diese Wörter deaktiviert?«, fragte Barbara.

Dieter nickte, dann hob er die Schulter.

»Es ist die momentan logischste Möglichkeit. Ich habe mich erkundigt, in der Theorie funktioniert das tatsächlich.«

»Wo bleiben die Außerirdischen in dieser Theorie?«, spottete Thomas schnippisch, »Und warum ist das erste Wort der Nachname meiner Kollegin?«

»Ich habe gesagt, es ist die logischste Möglichkeit, das heißt nicht, dass es einen Sinn ergeben muss«, verteidigte Dieter seine Theorie.

»Wir werden es ausprobieren, sobald Ana mit ihm bei uns ist. Hat sie sich inzwischen gemeldet?«, fragte Thomas.

»Nein, aber das verwundert mich nicht. Sie wird noch im Untergrund sein und dort gibt es kein Handynetz.«

»Habt ihr überlegt, was passiert, wenn Radoslav … aufwacht?«, gab Barbara zu bedenken.

Zunächst folgte kurzes Schweigen, dann meinte Thomas: »Wir können nur hoffen, dass er auf unserer Seite ist. Ansonsten leg ich ihm eine auf, dass er sich wünscht, gleich wieder alles zu vergessen.«

»Also, Thomas«, tadelte ihn Barbara.

»Das meine ich ernst«, machte er ihr klar, »Wenn wir richtig liegen und sich dieser Doktor wieder an sein Leben erinnert, dann gibt es immer noch genug zu erklären. Wenn er damit ein Problem hat, muss ich ihm sehr deutlich machen, dass ich diesen ganzen Schmarrn nicht gemacht habe, um jetzt wie ein Dorftrottel dazustehen.«

Thomas' Handy piepste, drei kurze schrille Töne.

»Scheiße!«, fluchte er und riss sein Handy aus der Hosentasche.

»Anastasia?«, fragte Dieter, der ebenfalls mit einem Schlag nervös klang.

»Sie und meine Ex-Frau sind die Einzigen, die dieses Programm verwenden.«

»Wovon redet ihr?«, mischte sich Barbara ein.

»Ich habe vor längerem eine Notfall-App auf Anastasias Handy installiert. Sieht unscheinbar aus, aber bei Benutzung bekommt Thomas eine Warnung mit genauen GPS-Daten und einen kurzen Audiomitschnitt.«

Genau diesen Mitschnitt ließ Thomas nun ablaufen.

Dumpfe Schritte waren zu hören, von zumindest zwei Personen.

Dann wurde es kurz still, bevor Anastasia auf dem Mitschnitt zu hören war.

»Und jetzt? Wie heißen Sie eigentlich?«, fragte sie.

»Jetzt gehen wir hier durch. Du kannst mich James nennen. Ob ihr es glaubt oder nicht, ich bin auf eurer Seite«, sprach eine Stimme zu ihr, deren englischer Akzent unüberhörbar war.

Barbara und Thomas sahen sich mit einer Mischung aus Überraschung und Entsetzen an.

»James?«, stieß Barbara erstaunt aus.

»James? James Bond?«, fragte Dieter verwirrt nach.

»Nein«, brummte Thomas und erhob sich. Auf seinem Handy war eine Karte aufgegangen, das Signal von Anastasias Handy blinkte rot auf der Karte der Wiener Innenstadt.

»Wir fahren«, entschied er, ernst und entschlossen, »Dieser billige Bond-Verschnitt wird mir einiges erklären … Ich drah ihm die Gurgel um, wenn er Ana zu nahekommt.«

Einige Meter unter Wiens Straßen standen Anastasia und Radoslav vor einer Metalltür, auf welcher eine weiße 4 aufgemalt war.

»Und jetzt? Wie heißen Sie eigentlich?«, fragte sie.

»Jetzt gehen wir hier durch. Du kannst mich James nennen. Ob ihr es glaubt oder nicht, ich bin auf eurer Seite.«

»Ohne einer Waffe in der Hand wäre es glaubwürdiger«, entgegnete Radoslav.

»Wenn der übermütige Polizist mit der hübschen Kollegin deine Unterlagen vorbeigebracht hat, wirst du alles verstehen, mein Freund.«

James öffnete die Tür und verschloss sie hinter ihnen wieder von innen. Zunächst konnte Anastasia nichts sehen, die einzige Lichtquelle befand sich über ihr, ein beleuchtetes Hinweisschild für den Notausgang. Gleich darauf drückte der unbekannte Mann einen Lichtschalter. Eine Lampe über ihr und jeweils eine in einiger Entfernung gingen an und sorgten für ein bisschen Licht zum Orientieren.

Trotz der gegenwärtigen Situation war Anastasia überaus erstaunt, wo sie gelandet waren. Sie standen in einem gewaltigen Tunnel, der schier endlos in beide Richtungen führte.

Vereinzelte kleine quadratische Löcher an der geschätzt 10 Meter hohen Decke spendeten zwar etwas Licht, doch beide Tunnelgänge verliefen sich im tiefen Schwarz. Zu beiden Seiten war kein Ausgang zu erkennen.

»Welcome at the Wienfluss«, sagte James und stellte sich neben sie, »So hast du ihn wahrscheinlich noch nie gesehen.«

»Nein, das ist echt gewaltig. Auch wenn gerade wenig Wasser fließt.«

Der Fluss war im Moment nicht breiter als vier Meter und so seicht, dass der Boden erkennbar war. Der große ovale Bogen über ihnen ließ den Fluss wie ein kleines Rinnsal wirken.

»Das liegt daran, dass es die letzten Tage nicht viel geregnet hat. Bei Starkregen kann das Wasser hier binnen einer halben

Stunde auf einige Meter steigen«, erklärte James und trat bis zur Wasserkante vor.

»Das hier hat weniger mit der Kanalisation zu tun. Die Überdachung des Flusses reicht zurück zur Kaiserzeit. Ich glaube Franz Josef war es, der den Bau veranlasst hat, um an der Oberfläche mehr Platz zu schaffen. Er war so begeistert von den Boulevards in Paris, dass er dasselbe in Wien wollte. Aber aus seinen hochtrabenden Plänen ist nichts geworden.«

»Danke für den Geschichtsunterricht«, meinte Anastasia spitz.

»Wir sind hier nur wenige Meter unter der Straße, deshalb möchte ich euch bitten, nicht zu laut zu sein. Ich werde nun deinen Vater informieren. Sobald er und ...«, James stutzte für einen Moment, »seine Kollegin mir die Unterlagen übergeben, könnt ihr gehen. Wenn ihr Lust habt, der Ausgang im Stadtpark ist nicht einmal einen Kilometer entfernt.« Dabei deutete er in Richtung der Dunkelheit im linken Tunnel.

»Die andere Richtung ist nur geringfügig länger, dort kommt ihr bei der Linken Wienzeile, kurz nach dem Parkplatz, wieder ins Licht.«

»Sie klingen so überzeugt, dass mein Papa Ihnen einfach so alles übergeben wird«, sagte Anastasia. Dabei entfernte sie sich einen Schritt von Radoslav.

»Er ist ein liebender Vater, das habe ich mitbekommen, als Ryu dich entführt hat.«

Sie blickte zu Radoslav, der immer noch völlig gelassen wirkte. Die ganze Situation schien weit weniger aufregend für ihn. Anastasia rief sich Dieters Nachricht ins Gedächtnis und beschloss, nicht auf den Rat ihres Freundes zu hören.

»Papa wird mich holen und dir in den Arsch treten!«, keifte sie James an, »Er und seine Kollegin, Frau Gugawitsch!«

Kaum hatte sie Barbaras Namen ausgesprochen, erstarrten beide Männer. Während Radoslav wie eingefroren wirkte, konnte sie in James' Gesicht das Erschrecken erkennen.

»Fräulein Kratochwil, ich möchte ...«

»Einhorn!«, rief sie Radoslav entgegen, der immer noch wie versteinert neben ihr stand. Das Wort änderte nichts, er zeigte keine Reaktion. James hingegen schon, er riss die Augen vor Überraschung auf.
»Stop it, shut up!«, stieß er hektisch hervor.
»Atomgeddon«, sagte Anastasia und machte einen weiteren Schritt zur Seite.
»Oh Shit! Fuck you, girl!«, fluchte James, dessen Kopf nun hektisch zwischen Anastasia und Radoslav hin und her ging. Radoslav löste sich von seiner Erstarrung. Er hatte die Augen geschlossen, sein Kopf schien sich schnell ganz leicht von links nach rechts zu schwanken.
»Das war so nicht geplant. Du weißt nicht, was du gerade ausgelöst hast«, schimpfte James. Er entsicherte seine Waffe und richtete sie auf Radoslav.
»Mein Freund, mach jetzt bitte keine Dummheiten.«
»Ich heiße Radoslav...«, begann Radoslav mit verschlafen klingender Stimme zu reden, »Doktor Radoslav Novotný. Doktortitel in Physik, Fachgebiet Atomphysik. Außerdem...« Er öffnete seine Augen und sah James mit ernster Miene an.
»Arbeite ich für den Slowakischen Informationsdienst, SIS«, sagte er.
Anastasia konnte noch ein kurzes Zusammenzucken von James erkennen, dann sprang Radoslav nach vorne. So schnell, dass Anastasia es kaum erkennen konnte, wurde dem Engländer die Waffe aus der Hand geschlagen. Im Halbdunkeln konnte sie nicht genau erkennen was passierte, aber die Pistole landete vor ihren Füßen. Mehrere Schläge waren zu hören und sie erkannte, dass jeder davon von Radoslav ausgeteilt wurde. Ohne eine Chance auf Gegenwehr wurde James von Radoslav mit den Fäusten bearbeitet, bis er mit einem letzten, festen Schlag nach hinten geschleudert wurde und rücklings im seichten Wasser landete.

»Freund? Du hast mich hintergangen und wolltest die Forschungsdaten und Ergebnisse für dein Land haben«, meinte er mit tiefer, bedrohlicher Stimme.

»Warte Rado, ich kann es dir erklären«, versuchte sich James zu verteidigen. Er wollte sich erheben, doch Radoslav war schneller. Mit zwei Schritten war er bei ihm und trat ihm so fest gegen den Oberschenkel, dass James zur Seite kippte.

»Du hast eine ganze Armada an Agenten aufgescheucht, nur um selbst an meine Daten zu gelangen«, warf er ihm vor, »Wo ist deine Waffe? Ich sollte dich auf der Stelle liquidieren.«

Als sich Radoslav zu Anastasia umdrehte, hatte sie die Pistole bereits aufgehoben und in der Hand.

»Ganz ruhig. Wir bleiben jetzt alle ganz ruhig«, sagte sie, ohne nervös zu klingen.

»Ihr beide bleibt, wo ihr seid. Mein Papa ist bereits unterwegs und ich kann euch eines versichern: Er hat mir gelernt, wie man mit einer Pistole umgeht, also macht keinen Blödsinn.«

Anastasia ließ die bizarre Situation kurz auf sich wirken, nur um festzustellen, wie absurd das alles gerade war. Sie, die keinerlei Erfahrung mit Geheim- und Nachrichtendiensten hatte und nur aufgrund eines Nachmittags mit ihrem Vater eine Ahnung davon hatte, wie man eine Pistole entsicherte und richtig hielt, stand vor zwei ausgebildeten Agenten. Noch dazu wollten die beiden Männer sich gerade gegenseitig an die Gurgel gehen, wegen irgendwelcher Daten, die scheinbar gerade jeder haben wollte.

»Ich will jetzt wissen, um welche Daten es sich handelt!«, sagte Anastasia aufgebracht.

»Junge Frau, das ist nicht mit einem Satz zu beantworten«, sprach Radoslav ruhig auf sie ein.

»Dann eben mehrere Sätze«, konterte sie schroff, »Aber keiner von euch kommt hier heraus, bevor ich nicht eine ordentliche Antwort bekommen habe.«

»Well«, meldete sich James zu Wort, während er langsam mit erhobenen Händen aufstand, »Wenn ich zuerst meinen Freund kurz die damalige Situation erklären darf, damit seine Wut auf mich verfliegt. Danach verspreche ich, bekommst du deine Erklärung.«

Er wandte sich Radoslav zu.

»Was ist das Letzte, was du in Erinnerung hast?«

»Du hast mich aus dem Flugzeug gestoßen!«

»Das ist korrekt«, meinte James, »Aber ich war es auch, der dir den Fallschirm umgeschnallt hat und meine letzten Worte waren, ich werde dich in Wien finden.«

»Diese Erinnerungen sind noch sehr verschwommen und durcheinander«, entgegnete Radoslav.

»Das ist nicht verwunderlich. Du hast einen Faustschlag mitten ins Gesicht bekommen, warst nahe an der Bewusstlosigkeit und bei deinem Sturz aus dem Flugzeug, dürftest du ohnmächtig geworden sein. Dadurch hat sich in deinem Unterbewusstsein die Blockade ausgelöst. Deshalb die Amnesie. Die Jagd nach dir begann, als deine Einlieferung ins Krankenhaus einen der Dienste aufhorchen ließ. Dann hat ihr Vater«, er deutete auf Anastasia, »das Ruder übernommen und für ein gewaltiges Chaos gesorgt. Noch dazu hat mir das Schicksal einen bösen Streich gespielt.«

»Trotzdem, mein Freund«, sagte Radoslav spöttisch, »Du bist hinter meinen Ergebnissen her.«

»Ja und nein. Ich habe Kratochwil und Barbara arbeiten lassen und sie etwas unterstützt mit kleinen hilfreichen Nachrichten. Es stimmt, mein Auftrag war es, die Daten zu besorgen. Ich habe dir aber versprochen, dass die Welt noch nicht bereit dafür ist.«

»Und stopp!«, mischte sich Anastasia ein.

»Das ist jetzt der richtige Zeitpunkt, um endlich zu erfahren, was los ist.«

»Könntest du zuerst die Waffe ablegen? Hier wird heute niemand mehr bedroht, versprochen«, sagte James und streckte die Hand aus.

Anastasia überlegte kurz, dann ließ sie die Waffe sinken.

»Ich behalte sie noch«, entschied sie.

James nickte und fuhr fort.

»In einem Satz erklärt: Radoslav hat eine Energiegewinnung erfunden, welche die Machtverhältnisse der Welt dramatisch verändern könnte.«

»Okay, du hast Recht«, meinte Anastasia, »Das braucht mehr, als nur einen Satz.«

Mit Blaulicht und Sirene rasten Barbara, Thomas und Dieter dem blinkenden Punkt auf der Handykarte entgegen.

»Keine Bewegung mehr«, gab Barbara Thomas, der am Steuer saß, Bescheid.

»Was bedeutet das?«, fragte Dieter ängstlich nach.

»Dass sie eine Pause macht, nichts anderes«, antwortete Thomas energisch. Er wollte keinen anderen Gedanken zulassen.

»Der Standort ist auf drei Meter genau?«, fragte Barbara.

»Ja«, antwortete Dieter, »Er kombiniert die Handyortung mit WLAN-Hotspots und anderen Ortungsmöglichkeiten. Sie ist im ersten Bezirk, dort ist die Dichte an Sendern so hoch, dass wir von einer Genauigkeit bis auf einen Meter ausgehen können.«

»Dann steht Anastasia scheinbar gerade mitten im Resselpark nahe der Karlskirche. Moment, nein sie ist zwölf Meter unter dem Park!«, meinte Barbara.

Thomas stieg auf die Bremse und brachte den Wagen zur Hälfte auf den Gehsteig zum Stehen.

»Gib her!«, forderte er Barbara auf, nahm ihr aber bereits das Handy aus der Hand.

Er studierte die Angaben, strich sich dabei mehrmals übers Gesicht, während sein rechter Fuß nervös wippte.

Hinter ihnen bremsten Fahrzeuge und blieben hinter dem Einsatzwagen stehen. Aufgrund des Blaulichts traute sich niemand, den Wagen zu überholen.

»Da ist was … Ich komm schon drauf …«, murmelte Thomas.

»Schon wieder in den Untergrund? Brauchen wir nochmal deinen Freund, diesen Jerry?«, fragte Barbara nach.

»Zuerst sollten wir drei zu Anastasias Position fahren«, meldete sich Dieter, »Ich mache mir ernsthaft Sorgen um …«

»Das ist es!«, stieß Thomas erfreut aus, »Danke, Dieter, das hat mir gefehlt!«

Im nächsten Moment trat er wieder auf das Gaspedal und ließ den Wagen mit quietschenden Reifen losfahren.

»Klärst du uns auf, TJ?«

»Drei, das ist die Lösung. Drei, wie der Dritte Mann?«

»Der Dritte Mann?«, wunderte sich Barbara, »Diesen uralten Film?«

»Genau. In diesem Film geht es in die Kanalisation von Wien. Die Szenen sind weltberühmt geworden. Anastasia ist dort unten, da bin ich mir sicher.«

»Ganz sicher?«, fragte Dieter nach.

»Keine Sorge, Dieter. Wir kriegen mein Kind und diese Agententypen, und wenn es das Letzte ist, was ich tue.«

Radoslav Novotný und James Hurt standen nebeneinander, zwei Meter vom Wasser entfernt. Anastasia hatte die Pistole inzwischen eingesteckt.

»Wie konnte ich das alles nur vergessen«?, fragte sich Radoslav.

»Das hat ein guter britischer Arzt hinbekommen. Aber es war nicht eingeplant, dass du bei einem Sprung aus über 4.000 Metern das Bewusstsein verlierst«, sagte James und wandte sich Anastasia zu.

»Ich werde es dir erklären, in möglichst einfachen Worten. Du kennst sicherlich Star Trek?«

»Ja, warum?«, fragte sie zögerlich.

»Deren Raumschiffe sind der einfachste Vergleich für Rados Forschung.«

»Antimaterie, Warp-Antrieb? Reden wir von so etwas?« Anastasia schüttelte ungläubig den Kopf.

»Nein, junge Dame«, übernahm Radoslav, »Diese Entwicklungen dauern noch viele Jahre, Jahrzehnte oder mehr. Was wir auf der Erde aber haben, ist Atomenergie.«

»Soll ich mir jetzt ein Raumschiff mit einem Atomreaktor vorstellen?«

»Ganz genau. Eigentlich ist es so einfach erklärbar«, stellte Radoslav fest.

»Mir fehlt da irgendwie der große Wow-Effekt«, meinte Anastasia.

»Wenn ich das übernehmen dürfte«, meldete sich wieder James Hurt zu Wort, »Das liegt daran, dass du wahrscheinlich bei diesem Thema kein vertiefendes Wissen besitzt.«

Sie nickte.

»Verständlich, wozu auch. Stell dir ein Kernkraftwerk vor. Gewaltige Generatoren, riesige Kühltürme, dafür aber eine enorme Energieleistung. Nun stell dir vor, die Kernreaktion bei gleicher Leistung auf eine Miniaturgröße zu komprimieren.«

»So, wie wenn jeder dann einen eigenen Reaktor daheim hat?«

»Genau. Oder so klein, dass der Reaktor in ein Flugzeug passt, in einen Zug … oder in eine Rakete.«

James stutzte, als er ein Geräusch aus dem Dunkeln zu seiner Rechten wahrnahm.

»Die Ratten sind neugierig, wer ihre Ruhe stört«, vermutete Anastasia, »Sprich weiter.«

»Nun, ich kann nur für meine Vorgesetzten sprechen«, fuhr James fort, »Doch mein Auftrag war es, meinen Freund einerseits in Sicherheit zu bringen und dabei die Forschungsunterlagen in die Hände zu bekommen. Natürlich, um sie meiner Abteilung auszuhändigen. Meine persönliche Freundschaft mit Radoslav war bekannt. Nachdem er beschlossen hatte, seine Entdeckung zu vernichten, kam der Vorschlag mit der Del-Cerebrum von seiner Seite.«

»Del-Cerebrum?«, unterbrach ihn Anastasia, »Cerebrum, lateinisch für Gehirn, leuchtet mir ein.«

»Del für delete, löschen. Wir haben in Großbritannien ein nicht offizielles Labor, welches diese Methode bereits mehrmals angewendet hat.«

»Ich habe dieser Behandlung damals zugestimmt, es war sogar mit meiner Abteilung abgesprochen«, fügte Radoslav hinzu.

»Was war nun aber das Ausschlaggebende für diese ganze Jagd auf Sie, Doktor?«, fragte Anastasia.

»Radoslav war verschwunden, damit auch seine Unterlagen. Mein Plan war es, ihn in Sicherheit zu bringen und ihn mit neuer Identität zu versehen. Doch wir wurden verraten und dann ...«

Das Geräusch von Schritten ließ James verstummen. Er sah sich erneut um, als im nächsten Moment jemand aus dem Dunkeln auf ihn zu sprintete.

»Moment, es ist nicht so ...«, brachte er noch heraus, bevor er von Thomas im Lauf gepackt und brutal nach hinten geworfen wurde. Anastasia schreckte auf und sah, wie der britische Agent vom Boden abhob und zusammen mit ihrem Vater ins seichte Wasser fiel.

Gleichzeitig stürmte Dieter auf sie zu und stellte sich zwischen seine Freundin und Radoslav.

Thomas sprang auf die Beine, zerrte James hoch und holte mit der Faust aus.

»Holy Shit, stop it!«, stieß James hervor und riss seine Arme hoch.

»Papa! Alles gut!«, schrie Anastasia ihm zu.

Nun erschien auch Barbara in dem spärlichen Licht. Die Dienstwaffe in ihrer Hand hatte sie bereits gesenkt.

»Ich hoffe, wir stören diese kleine Versammlung nicht«, meinte sie gelassen.

Nachdem Anastasia ihm mehrmals versicherte, dass ihr nichts zugestoßen war und alles in Ordnung sei, ließ Thomas James los.

»Ich habe dir doch geschrieben, du sollst nichts unternehmen, bis wir da sind«, tadelte Dieter seine Freundin.

»Und du glaubst, es gibt echt Frauen, die auf so etwas hören?«, meinte Thomas, während er seine nasse Jacke abstreifte und versuchte, das Wasser durch Schütteln loszuwerden.

»Jedenfalls glauben wir jetzt endlich zu wissen, was hier abgeht«, fuhr Dieter fort.

»Ihr glaubt es, ich weiß es inzwischen«, konterte Anastasia und stellte sich zwischen Radoslav und James, »Darf ich vorstellen, Radoslav Novotný, Agent des Slowakischen Informationsdienstes und James Hurt, Agent des MI6, britischer Geheimdienst.«

»Also daher weht der Wind«, meinte Dieter.

»Radoslavs Amnesie war das Ergebnis einer besonderen Methode des MI6«, erklärte Anastasia stolz, »Ihm wurde das Gedächtnis gelöscht, wobei er selbst damit einverstanden war. Es gab einen Schlüssel, um ihn wieder zu aktivieren, eben die drei Wörter.«

»Deine Vermutung war richtig, Dieter«, meinte Barbara.

»Und warum das alles?«, fragte Thomas.

»Weil seine Erkenntnis die Welt verändern würde und damit auch die Machtverhältnisse«, sagte Dieter.

»Du hast seine Unterlagen gesehen?«, fragte James.

»Gesehen, gelesen und inzwischen verstanden«, meinte Dieter und erklärte den Anwesenden, was er herausgefunden hatte.

»Doktor Novotný hat eine auf Kernspaltung basierende Energiegewinnung erforscht, die den Prozess Umwandlung von thermischer und kinetischer Energie vereinfacht und damit auf kleinstem Raum anwendbar ist.«

Seine Zusammenfassung konnte von Radoslav nur bestätigt werden.

»Ich bin beeindruckt, du hast meine Forschungen tatsächlich richtig interpretiert«, lobte der Doktor Dieter.

»Okay, das ist mir zu hohe Physik. Warum die Gehirnwäsche?«, fragte Barbara.

»Radoslav hat den Schaden erkannt, den seine Entdeckung anstellen kann, und wollte sicherstellen, dass niemand sie bekommt.«

»Kann mir jemand erklären, was so gefährlich wäre?«, wollte Anastasia wissen, »Was ich bisher mitbekommen habe, reden wir doch von einer neuen Möglichkeit der Stromerzeugung. Das wäre doch in unserer heutigen Zeit sehr gut.«

»Ja, junge Dame, da hast du Recht. Aber meine Technologie wäre nahezu unbegrenzt anwendbar.«

»Das reicht von der Versorgung einiger Häuser, Energie für abgelegene Regionen bis zur Industrialisierung in bislang armen Ländern. Mit dieser Methode kann aber auch ein Flugzeug nahezu ewig fliegen, oder ein Raumschiff oder eine Rakete. Bei einer Rakete würde sich auch die Sprengladung verringern und gleichzeitig gefährlicher werden, da bereits radioaktives Material vorhanden wäre.«

»Aber überwiegen nicht die Vorteile einer solchen Technologie?«, bohrte Anastasia weiter nach.

»China hat bereits theoretische Versuchsreihen mit Satelliten und Kampfschiffen, die autark agieren«, erklärte James, »Es gibt jetzt schon mehr Pläne für Waffentechnologie als für ökonomische. Ein technisches Labor in Deutschland hat einen Prototyp einer fliegenden Untertasse, wie aus den Verschwörungsfantasien zur NS-Zeit.«

»Das Schlimmste aber ist die einhellige Meinung, die Entwicklung nicht mit anderen Nationen zu teilen«, fügte Radoslav hinzu.

Er blickte zu Anastasia und sprach weiter, wobei er an einen Vortragenden an der Universität erinnerte.

»Nun stell dir vor, ein zur Zeit instabiles Land wie Afghanistan, Russland oder Irak bekommt die Pläne in die Hand. Oder Amerika, die sich immer noch als Weltpolizei sehen, entschließt sich, mit dieser Technik ein Monopol als Energielieferant aufzubauen.«

Anastasia ließ sich diese Vorstellung durch den Kopf gehen. Dabei kam sie sehr rasch zu der Überzeugung, dass diese Macht über die weltweite Energie tatsächlich sehr gefährlich werden konnte.

»Anstatt, dass sie zum Beispiel dafür sorgen, dass niemand mehr für Energie zahlen müsste«, fuhr Radoslav fort, »Nein, das will ich nicht riskieren.«

Thomas unterbrach die Unterhaltung und schlug vor, den Tunnel zu verlassen.

»Wir können auch unterwegs weiterreden. Und wir müssen darüber sprechen, wie es weitergehen soll«, meinte er.

Sie gingen nahe der Tunnelwand, als einzige Lichtquelle diente ihnen nach einigen Metern nur noch die Taschenlampe auf Dieters Handy.

»Und wie kam es zum Fallschirmsprung?«, wollte Thomas wissen.

»Mein Auftrag lautete, Radoslav nach Großbritannien zu bringen«, erklärte James Hurt, »Natürlich war auch mein Land an den Daten interessiert. Deshalb die Konditionierung. Ich wollte den Plan etwas abändern. Rado wäre mit einer neuen Identität auf einer fernen Insel gelandet, wo er in Ruhe hätte leben können. Leider hatten wir einen Doppelagenten an Bord. Kurz gesagt, es gab ein Handgemenge und ich habe Radoslav mit einem Fallschirm aus dem Flugzeug geworfen. Ich wusste, dass er Erfahrung hat. Aber durch unglückliche Umstände, genaugenommen einen festen Schlag, wurde er bewusstlos.«

»Wo ist die Speicherkarte jetzt?«, fragte James.

»Da alle wissen, dass es sich um eine Micro-SD Karte handelt, habe ich die Karte zerstört. Die Daten selbst sind sicher verwahrt, offline und unauffindbar«, versicherte ihm Dieter.

»Das ist gut so«, meinte Radoslav.

»Ich werde meinem Einsatzleiter Bescheid geben, dass der slowakische Agent Radoslav Novotný nicht mehr im Besitz der Daten ist.«

»Aber sie stammen von dir«, gab Barbara zu bedenken, »Was sollte jemand daran hindern, dich zu zwingen, diese ganzen Berechnungen erneut anzustellen.«

»Nichts wird sie daran hindern. Außer meinem Tod.«

»Wie bitte?«, stießen Anastasia, Barbara und Thomas gleichzeitig aus.

»Ich werde wohl wieder einen unglücklichen Autounfall haben. Vielleicht fällt meiner Abteilung auch etwas Neues ein. Jedenfalls werde ich bereits in den nächsten Tagen sterben.«

»Und du bist dir sicher, dass deine eigenen Leute es wirklich nur vortäuschen?«, fragte Thomas skeptisch.

Radoslav nickte.

»Ich habe eine sehr gute Lebensversicherung, was das betrifft.«

»Dann hätte ich noch eine Frage«, meldete sich Barbara zu Wort, »Diese drei Wörter, um Radoslavs Gehirnblockade zu lösen, wieso kommt da mein Name vor?«

James wandte sich zu ihr und grinste verschmitzt.

»Das ist eine Mischung aus Zufall, Romantik und Schicksal.« Auf ihr Drängen hin wurde er deutlicher.

»Ich habe schon früher Agenten zu dieser Methode angeworben. Mittels meiner Hilfe sind es weltweit sieben Personen, die mit neuer Identität leben und nichts von ihrer wahren Vergangenheit wissen. Das erste Wort der Aktivierung ist dabei immer gleich, Gugawitsch. Das kommt daher, dass mein erster Del-Cerebrum Auftrag kurz nach unserem Treffen stattfand. Damals war ich mir sicher, dich nie wieder zu sehen. Aber als Erinnerung an die Nacht habe ich deinen Namen benutzt. Auch wenn das für dich übertrieben klingt, aber die Nacht mit dir ist mir sehr lange in Erinnerung geblieben.«

»Moment«, unterbrach Thomas, »Soll das heißen, du hast den Namen nur deshalb ausgesucht, weil Barbara so gut im Bett war?«

James nickte und blickte verstohlen zu Boden.

»Mein erster Del-Cerebrum Kandidat stammte aus Österreich. Die Konditionierung begann einige Tage nach dem Treffen mit Barbara. Ich war mir damals sicher, dass sich unsere Wege nie wieder kreuzen würden.«

Thomas stöhnte auf und vergrub sein Gesicht in den Händen.

»Oida, das glaubt uns niemand. Da wäre eine Geschichte mit Außerirdischen noch realistischer.«

»Die gibt es, mein lieber Thomas«, meldete sich Radoslav zu Wort, »Nur gefunden haben wir sie noch nicht. Meiner Meinung nach ist das auch gut so, denn jedes Lebewesen, das uns aufspüren kann, ist uns technologisch weit überlegen.«

Barbara gesellte sich an James' Seite. Inzwischen gingen sie neben dem Bach den Tunnel entlang in Richtung Ausgang im Stadtpark.

»Ich nehme das mal als Kompliment«, meinte Barbara zu James mit einem sanften Lächeln, »Aber dennoch übertrieben. Ich werde wohl kaum die einzige Frau in deinem Leben sein.«

»Nein, aber eine der wenigen Frauen, die bei mir einen bleibenden Eindruck hinterlassen haben. Du kannst dir meine Überraschung vorstellen, als sich herausstellte, dass du die Kollegin an der Seite des Bezirksinspektors bist.«

»Aber so gesehen war der ganze Aufwand eigentlich umsonst«, überlegte Dieter laut.

»Naja, wenn jemand die Forschungsergebnisse bekommen hätte ... Wer weiß, was eine Nation mit dieser Technologie angestellt hätte? Für manche Dinge sind wir einfach noch nicht bereit«, sagte Radoslav.

»Vielleicht hätte das jemand vor vielen Jahren auch Oppenheimer sagen sollen«, meinte Anastasia und griff nach Dieters Hand.

Barbara blickte zu James und sah ihm lange in die Augen.

»Du wirst demnach wieder verschwinden«, fragte sie dann.

»Nach dem, was hier passiert ist, werden wahrscheinlich alle beteiligten Agenten versetzt, inklusive mir.«

Inzwischen war der Ausgang des Tunnels vor ihnen zu erkennen. Der Fluss führte durch den Wiener Stadtpark und genau dort endete auch die Unterführung. Das Licht drang bereits bis zu der kleinen Gruppe vor, sie konnten nun deutlich sehen, wie klar das Wasser war. Die Wände aus massiven Blöcken waren nicht mehr schwarz, sondern grau. Vor ihnen im Freien konnten sie die ersten Bäume sehen, die Nachmittagssonne schien, ohne von Wolken behindert, auf Wien herab.

Ihre Rückkehr ins Freie blieb nicht völlig unbemerkt, gleich mehrere Parkbesucher sahen zu ihnen herab, als sie den Tunnel verließen. Die sechsköpfige Gruppe suchte die nächste Möglichkeit, um dem Flussbett zu entsteigen.

»Hunger?«, fragte Thomas in die Runde.

Da alle nickten, schlug er das Hotel Marriott vor, welches sich auf der anderen Straßenseite befand.

»Ich habe dort einen Bekannten, der sorgt dafür, dass wir was Feines zum Essen bekommen.«

»Die sollen gute Wiener Schnitzel haben«, bemerkte Barbara.

»So wie wir aussehen, wird uns niemand an einen Tisch lassen«, meinte Anastasia und deutete auf ihre Bluse, auf der die Spuren ihrer Untergrund-Tour und des Kanals klebten.

»Vielleicht sollten wir uns mit einem Würstelstand begnügen«, schlug Barbara vor.

»Auch gut«, stimmte Thomas zu, »Hauptsache in Ruhe, ohne irgendwelche Spione im Rücken.«

Leben und Sterben lassen

Zwei Wochen später

Barbara, Anastasia, Dieter und Thomas saßen an einem vornehm gedeckten Tisch und ließen sich das üppige Frühstücksbuffet des Hotels Marriott schmecken. Nach der Aufregung der letzten Wochen hatten die beiden Bezirksinspektoren einige Tage frei bekommen. Auch, weil die Zukunft von Barbara und Thomas im Polizeidienst alles andere als gesichert war. Doch darüber wollten sie im Moment nicht nachdenken.

Dieter war in den letzten Tagen wie vom Erdboden verschwunden und wollte keine Erklärung dafür abgeben. Auf Thomas' Nachfragen hatte ihm seine Tochter nur gesagt, dass es um ein Jobangebot ginge, etwas streng Geheimes.

»Ist die Kette neu?«, fragte Barbara und deutete auf das dunkelblaue Herz aus mattem Glas oder ähnlichem Material, welches an einer Silberkette um Anastasias Hals hing. Der Anhänger mit silberner Umrahmung war nicht größer als fünf Zentimeter, wirkte aber dennoch sehr edel.

»Ein Geschenk von Dieter. Er weiß, dass ich den Film ›Titanic‹ so liebe und der Anhänger ähnelt dem von Kate Winslet. Ein bisschen kleiner, aber wunderschön, findest du nicht?«

Thomas lehnte sich vor und inspizierte den Stein genauer. Danach griff er nach seiner Kaffeetasse.

»Dieter, du hast gesagt, diese Unterlagen von Radoslav ...«

»Sind an einem sicheren Ort. Dort, wo niemand sie vermutet und vertraue mir TJ, es wird sie auch niemand finden.«

Sein Blick in Richtung Anastasia sprach Bände.

»Ich habe eine Postkarte bekommen«, wechselte Barbara überraschend das Thema.

»Postkarte? Wer schickt denn noch sowas?«, fragte Anastasia nach.

»Jemand aus Schottland. Es ist eine Einladung für ein verlängertes Wochenende oder auch länger. Das Hotelzimmer steht für mich bereit.«
»Wer lädt dich einfach so ...?«, Anastasia ging ein Licht auf, »Dein Verehrer James!«
Barbara nickte mit einem spitzbübischen Grinsen.
»Ich glaube, da möchte jemand seine Erinnerungen von vor über 10 Jahren auffrischen«, sagte sie.
»Habt ihr etwas von unserem Doktor gehört?«, wollte Dieter wissen.
Thomas nickte.
»Es gab vor zwei Tagen einen spektakulären Autounfall auf einer Bundesstraße, mitten im Nirgendwo in der slowakischen Pampa. Ein Wagen ist gegen einen Baum gekracht und völlig ausgebrannt, angeblich wurden Gasflaschen transportiert. Der Fahrer konnte als Doktor Radoslav Novotný identifiziert werden, wobei es keine weiteren Informationen zu ihm gibt.«
Kurz war es still am Tisch, dann setzte Thomas ein verschwörerisches Grinsen auf.
»Bevor ich es vergesse: Elisabeth und ich haben bei einem Gewinnspiel eine Reise gewonnen.«
Barbara hob interessiert die Augen.
»Na du hast heute aber spontane Themenwechsel auf Lager. Wohin soll die Reisen denn gehen?«
»Barbados, eine wunderschöne Karibikinsel. Es gibt dort Leute, die ein Strandhaus, direkt am Strand besitzen.«
»Moment«, sagte Dieter, »Meinst du damit, dass dieses Gewinnspiel ...?«
»Ich mache nie bei Gewinnspielen mit, ebenso Elisabeth.«
»Mann eh, jetzt kapiere ich es. Barbados ist sicherlich ein Traum«, staunte Dieter.
»Weißt du überhaupt, wo das liegt?«, scherzte Barbara in Thomas Richtung.
»Na sicher ... Okay, nein, ich hatte keinen blassen Schimmer. Aber dafür habe ich ja deine liebe Tante.«

Zwei Stunden nach dem gemeinsamen Frühstück hatte Thomas einen Termin im Innenministerium.

Im Büro des Innenministers saß er Michael Steinberger gegenüber, beide hatten ein halbvolles Whiskyglas vor sich stehen.

»Du hast mindestens ein Dutzend Nachrichtendienste aufgescheucht, verärgert, dumm dastehen lassen und wahrscheinlich dafür gesorgt, dass eine der bedeutendsten Entdeckungen unserer Zeit vorerst verborgen bleibt.« In der Stimme des Innenministers schwang wenig Erregung, sondern ehrliche Anerkennung mit.

»Was wohl auch besser so ist«, sagte Thomas und nippte am Glas.

»Du hast einen guten Geschmack«, attestierte er dem Innenminister.

»Nichtsdestotrotz muss ich darauf hinweisen, dass deine Handlungen viel Aufsehen erregt haben, international und auch national«, sprach Steinberger weiter.

»Ich weiß, worauf das hinauslaufen wird. Versprich mir nur eines, Michael«, Thomas sprach den Innenminister bewusst mit dem Vornamen an, »Weder Barbara noch Dieter, Werner und auch Viktor sollen irgendwelche Scherereien bekommen. Das geht alles auf meine Kappe.«

Michael Steinberger schmunzelte und lehnte sich in seinem Stuhl zurück.

»Genau davon bin ich ausgegangen. Ja, es wird dir alles in die Schuhe geschoben.«

Er legte Thomas einen Text vor. ›Kündigung‹ stand in dicken Lettern als Überschrift.

»Es geht leider nicht anders.«

Ohne zu zögern, zog Thomas das Blatt zu sich, suchte auf der zweiten Seite das Feld für die Unterschrift und setzte seinen Namen darunter.

»Ich weiß. Und ich vertraue darauf, dass du dein Wort hältst.«

Michael Steinberger nahm das unterzeichnete Papier und legte es zur Seite.

»Wo ist die Speicherkarte mit den Plänen?«, fragte er nach.

»Zerstört. Es gibt keine Hintertür oder Ähnliches«, versicherte ihm Thomas.

»Diese Erfindung von Doktor Novotný ... Sie hätte einiges verändert«, sinnierte der Innenminister.

»Er hätte der geistige Nachfolger von Oppenheimer werden können«, sagte Thomas, worauf ihn Michael Steinberger überrascht ansah.

»Du verblüffst mich immer wieder, Thomas. Aber inzwischen sollte ich wissen, dass ich es nicht mit einem, wie du sagen würdest, depperten Kieberer, zu tun habe, sondern einem Mann, der seine Intelligenz und sein Können nur hinter einer ›Wiener Kieberer‹-Fassade versteckt.«

Der Innenminister dankte Thomas, dass er während dieser und auch ihrer vergangenen Aktionen auf seine Nichte geachtet hatte.

»Barbara wird einen neuen Weg einschlagen«, sagte Michael, »Ausnahmsweise habe ich ihr dabei etwas geholfen. Niemand wird Fragen stellen und es wird ihr gut tun, vor allem psychisch.«

»Sie wird noch eine große Nummer werden«, war sich Thomas sicher.

Bei ihrer Verabschiedung erklärte Michael dem scheidenden Bezirksinspektor noch, dass sich ihre Wege wohl auch weiterhin kreuzen würden.

»Auf Barbara musst du nun nicht mehr aufpassen, aber Elisabeth. Kümmere dich gut um sie, dass mir keine Beschwerden zu Ohren kommen.«

Thomas grinste und reichte Michael die Hand, die dieser ergriff.

»Natürlich. Der Umzug ist voll im Gange, die nächste Zeit werde ich mich um normale Dinge wie Rasenmähen, Gemüse anpflanzen und Hausarbeiten kümmern.«

Der Innenminister schüttelte Thomas' Hand, hörte dann abrupt auf und blickte ihn mit einem verschwörerischen Grinsen an. Dabei ließ er seine Hand nicht los.

»Da wäre ich mir nicht so sicher, mein Freund«, sagte er.

Thomas, der spürte, dass der Innenminister seine Hand nun fester hielt, legte den Kopf schief und sah ihn fragend an.

»Was willst du damit ...?«

»Ich hatte heute bereits ein längeres Gespräch mit meiner Ex-Frau, deiner Lebensgefährtin. Es gibt da noch eine Kleinigkeit, die wir besprechen müssen.«

»Eine Kleinigkeit?«

Michael Steinberger nickte.

»Du wirst es lieben«, versprach er Thomas mit einem breiten Grinsen.

Im Bundeskriminalamt war Dieter im Großraumbüro der IT-Abteilung damit beschäftigt, seinen Schreibtisch auszuräumen.

»Was mache ich nur ohne dich, Chef?«, fragte Carmen, die neben ihm stand.

»Morgen kommt mein Nachfolger«, erklärte Dieter, »Ich habe dafür gesorgt, dass du weiterhin hier arbeiten kannst. Es liegt inzwischen sogar ein Empfehlungsschreiben im Personalbüro.«

Er drehte sich auf seinem Stuhl zu ihr.

»Wenn du weiterhin brav bist, kannst du nach der Fußfessel hier anfangen«, sagte Dieter gut gelaunt.

Auf ihre Frage, warum er so plötzlich gekündigt hatte, erzählte er ihr dieselbe Lügengeschichte, die er in den letzten Tagen beinahe jedem in seinem Umkreis unterbreitete.

»Es war ein spontanes und einmaliges Angebot einer großen Computerfirma, welches ich einfach nicht ausschlagen konnte. Leider wollen die dort, dass ich darüber Stillschweigen bewahre.«

»Sicherlich irgendeine große Computerfirma, die für solche Experten wie dich einen ordentlichen Batzen Geld hinblättern kann«, meinte Carmen.

Dieter grinste nur als Antwort.

Wenn du wüsstest, dachte er und überlegte, ob sie sich vielleicht irgendwann beruflich wiedersehen würden.

Mit einer Sporttasche, in der seine letzten Privatsachen verstaut waren, verließ Dieter das Bundeskriminalamt. Trotz der Vorfreude auf seinen neuen Job fiel es ihm nicht leicht, sich von seinen Kollegen und Freunden zu verabschieden. Vor allem, weil er insgeheim wusste, dass er sich demnächst nicht mehr so einfach mit ihnen treffen und reden konnte.

Seine Freundin Anastasia wartete bereits auf ihn.

»Du siehst traurig aus«, stellte sie nach einem Begrüßungskuss fest.

Dieter drehte sich um und blickte auf das Gebäude.

»Ich war sehr lange hier. Das, was jetzt auf mich zukommt, ist absolutes Neuland, aber so eine Chance kann ich nicht ablehnen.«

Sie hakte sich bei ihrem Freund unter.

»Lass uns gehen. Mein Vater hat für heute Abend einen Tisch für uns alle reserviert. Dabei weiß er noch gar nicht, was auf ihn zukommt.«

»Seid ihr alle deppert, wird er sagen«, meinte Dieter schmunzelnd.

»Zum Glück darf ich davon wissen. Ich bin echt froh, dass du und auch die anderen vor mir keine Geheimnisse haben müsst.«

Auch Barbara war damit beschäftigt, ihren Schreibtisch zu räumen. Bei ihr genügte eine kleine Tasche, innerhalb weniger Minuten war sie fertig. Auf ihrem Computer war sie bereits abgemeldet.

»Frau Bezirksinspektorin Gugawitsch!«, rief ihr Oberst Frimmel zu und kam aus seinem Büro zu ihr.

»Sie waren zwar nicht lange bei uns, aber ihre Fälle haben für jede Menge Aufsehen gesorgt. Ich gratuliere Ihnen zu Ihrer demnächst anstehenden Beförderung zur Chefinspektorin.«

»Vielen Dank, Oberst. Es ist zwar schön, aber der Wechsel in den Innendienst hat auch seine Nachteile«, meinte Barbara.

»Sie werden die rechte Hand des Polizeipräsidenten, Frau Gugawitsch. Das ist eine überaus ehrenvolle Aufgabe. Sie müssen sich nicht mehr mit Mordfällen, Betrugsmaschen und anderen Verbrechern auseinandersetzen.«

»Dafür mit Politikern«, scherzte Barbara.

Der Oberst lachte kurz und wurde dann wieder ernst.

»Apropos, haben Sie noch Kontakt zu Herrn Kratochwil? Seit seiner Beurlaubung habe ich nichts mehr von ihm gehört.«

»Es geht ihm gut. Er wohnt mit seiner Lebensgefährtin außerhalb Wiens und genießt die Ruhe.«

»Also kein Grund, sich Sorgen um ihn zu machen?«

Barbara schmunzelte.

»Garantiert nicht. Thomas Kratochwil geht es bestens, er hat mit dem Polizeiberuf abgeschlossen und widmet sich nun neuen Aufgaben.«

Der Oberst reichte ihr die Hand, verabschiedete sich und wünschte ihr alles Gute für die Zukunft.

»Wenn es Ihnen zu langweilig wird im Büro, habe ich jederzeit einen Platz für Sie, Frau Gugawitsch.«

Im Freien wählte Barbara die Nummer ihres Onkels.

»Hallo, Onkel Michael. Sag, du kommst doch auch heute Abend mit, oder?«

»Natürlich. Ich habe noch eine Parlamentssitzung vor mir, aber danach steht nichts auf meinem Terminkalender. Elisabeth hat sogar vorgeschlagen, dass ich meine Freundin mitnehmen soll.«

»Warum nicht, Thomas ist ja auch dabei.«

Sie hörte deutlich das Kichern ihres Onkels.

»Aber bevor Thomas Kratochwil heute eine Runde ausgibt, werde ich noch richtig Spaß mit ihm haben, da bin ich mir ganz sicher«, sagte er zu seiner Nichte.

Eine Stunde später saß der Innenminister in einem unscheinbaren Raum im Parlamentsgebäude, welcher der Öffentlichkeit nicht bekannt war. Der mit dunklem Holz ausstaffierte Raum diente den Abgeordneten als Besprechungsraum, wenn Themen behandelt wurden, die nicht für die Öffentlichkeit bestimmt waren.

Der heutige Tagespunkt war als ›streng vertraulich‹ eingestuft.

Vor ihm hatten die Parteivorsitzenden aller Parlamentsparteien Platz genommen. Michael Steinberger selbst saß zusammen mit zwei Frauen, die deutlich jünger als er selbst waren, vor ihnen. Neben der Eingangstür stand Michael Steinbergers persönlicher Leibwächter Karl Christow mit einem unscheinbar wirkenden Mann in Lederjacke.

»Guten Tag«, grüßte Steinberger die Anwesenden und nahm Platz.

»Es sollte jedem bewusst sein, aber ich weise dennoch darauf hin, dass diese Unterredung absolut geheim ist.«

»Logisch, wenn wir über eine Abteilung sprechen, die es in Österreich offiziell gar nicht gibt«, sagte der Parteivorsitzende der SPÖ.

»Darüber möchte ich auch noch etwas loswerden«, meldete sich der Vorsitzende der FPÖ, »Wir erfahren viel zu wenig, was diese Geheimabteilung genau macht. Mein Antrag auf Akteneinsicht wurde zum wiederholten Male abgelehnt.«

»Bei allem Respekt«, sagte Steinberger streng, »Aber gerade deine kurze Zeit als Innenminister hat gezeigt, was passiert, wenn wir es uns mit den ausländischen Nachrichtendiensten verscherzen. Ich habe den Vorsitz nur interimistisch übernommen und habe mich bemüht, wenige Fragen zu stellen.«

»Meine Herren«, unterbrach die Dame neben dem Innenminister, »Wir sind nicht hier, um politische Spielchen zu spielen. Die Abteilung für staatliche Sicherheitsfragen unterliegt aus gutem Grund keiner Partei und wird auch weiterhin außerhalb der Regierung agieren.«

Sie erhob sich, wartete kurz, bis alle Blicke auf sie gerichtet waren, und fuhr dann fort.

»Vor kurzem kam es zu einem unsäglichen Schaulaufen mehrere Nachrichtendienste in Wien. Soweit es möglich war, haben wir alle involvierten Dienste beruhigen können und klargestellt, dass unser Land weiterhin ein guter Boden für konstruktive Treffen und Operationen ist. Die betreffenden Personen, die dieses Chaos zu verantworten hatten, wurden ausgeforscht und ... Sagen wir einfach, es wird keine weiteren Probleme geben.«

Der Innenminister übernahm wieder das Wort.

»Des Weiteren sind wir hier, weil ich alle Anwesenden darüber informieren möchte, dass ich, wie abgesprochen, meinen Posten als interimistischer Leiter dieser Abteilung abgeben werde. Zusammen mit Frau Gabriele Zauner«, er deutete auf die Dame, die gerade gesprochen hatte, »haben wir beschlossen, einen politisch völlig unabhängigen, erfahrenen Mann einzusetzen.«

»Völlig parteilos, dass ich nicht lache«, meldete sich der Parteivorsitzende der FPÖ erneut und stand auf.

»Gerade wir als Freiheitliche Partei sehen uns als einzigen Gegenpol zu den Einheitsparteien im Parlament und aus diesem Grund verlange ich, dass die Person von uns überprüft und befragt wird.«

Während er sprach, kam Karl Christow mit seiner Begleitung nach vorne. Der Mann neben Karl blieb bei dem Parteivorsitzenden der Freiheitlichen Partei stehen.

»Wir können es nicht zulassen«, sprach der freiheitliche Politiker weiter, »dass ein Parteifreund von Ihnen... Was ist denn?«

Ein sanftes Klopfen auf seine Schulter stoppte seinen Redefluss.

Er wandte sich dem Mann zu, der nun neben ihm stand. Dieser war einen Kopf größer als der Politiker und sah ihn mit mürrischer Miene an.

»Wer sind Sie denn? Was haben Sie hier verloren, das ist eine ...«

»Pudel di net auf, Eierbär und setz dich wieder hin!«, schnauzte Thomas Kratochwil den Mann unwirsch an.

»Meine Damen und Herren«, sagte Gabriele Zauner, der ein kurzes Grinsen auskam, »Darf ich Ihnen den neuen Leiter der Abteilung für staatliche Sicherheitsfragen vorstellen. Herr Thomas Kratochwil, ehemaliger Bezirksinspektor, und wie wir uns versichert haben, alles andere als parteihörig. Er wird die operative Leitung übernehmen, zusammen mit unserem Neuzugang, Herrn Dieter Brehme, der die Cyber-Sicherheit übernehmen wird.«

Thomas ging zum Innenminister, der seinen Platz verließ und ihm die Hand reichte.

»Viel Glück. Bis heute Abend«, flüsterte er Thomas zu und schüttelte ihm die Hand.

Thomas stellte sich vor die versammelten Politiker.

»Wie das nette Mädel gerade gesagt hat, ich bin keiner Partei zugehörig. Grundsätzlich mag ich überhaupt keine Politiker. Das sollte als Garantie reichen, dass ich nicht von irgendeinem ihrer Vereine beeinflussbar bin«, stellte er mit ernster Miene klar.

Thomas blickte über die Gesichter der Politiker. Einige sahen ihn verwundert an, andere waren geradezu entsetzt. Thomas unterdrückte ein Grinsen, während er dachte: Keine Ahnung, wie lange ich diesen Job innehabe, aber es wird sicher eine Gaudi.

ENDE

Ein kleines Wörterbuch fürs Wienerische:

16er-Blech – im 16. Wiener Gemeindebezirk hergestelltes Dosenbier, welches ausschließlich in Dosen erhältlich ist.

Achter – Handschellen

Almdudler - eine österreichische Limonade mit Kräuterextrakten

jmd. aufreißen, einen Aufriss machen – Jemand anmachen, klarmachen, abschleppen

auf die Eier gehen – auf die Nerven gehen

Bagage – Gesindel

Burli, Bua – junger Mann

deppert im Schädl – dumm im Kopf

Einserpanier - besonders elegantes Gewand

Es schifft wie aus Kübeln – heftiger Regen

Flitscherl – Flittchen

Gfraster – gemeiner Mensch oder Nichtsnutz

goschert – vorlaut

Goschn – Mund

Gscheit – klug, schlau, aber auch richtig/ordentlich

Gspusi – Affäre, Liebschaft

Gürtelnutte – Prostituierte; früher standen die Damen auf der Gürtelstraße und warteten auf Kundschaft

Gusch! – Ruhe, Halt den Mund!

Hawara – Freund

Ich drah ihm die Gurgel um – an die Gurgel/den Hals gehen

Ich hau dir die Haxn ab – Ich schlage dir die Beine ab.

Itaker – eine abwertende Bezeichnung für Italiener

Käserkrainer – Wurst aus Schweinefleisch mit Käse in kleinen Würfeln

Kieberer – Polizist

einen Klescher haben – verrückt sein

Kokarde – kreisförmiges Abzeichen der Polizei

Mädel – Mädchen

Mir ist das wurscht – Das ist mir egal.

Oida – auf hochdeutsch ähnlich mit „Hey Alter…", oder einfach nur als Fluch ausgesprochen

Jmd. eine panieren – eine Ohrfeige geben, aber auch jemand in die Pfanne hauen, reinlegen

Pappn – Mund

Parksheriffs – Parkraumüberwachungsorgan

Rauschkinder – Besoffene

Schas – Dreck

Schiss – Kot, oder Angst haben. Meistens gemeint als sich in die Hosen machen

Schmarrn – etwas als minderwertig ansehen

Servas – Servus, Hallo

Tschick – eine Zigarette

Verscheißern – verarschen, zum Narren halten

Vögeln – vulgär für Geschlechtsverkehr haben

Wiener Melange – Kaffee aus gleichen Teilen Kaffee und heißer Milch, aufgefüllt mit Milchschaum

Wiener Schnitzel – dünnes, paniertes und dann in Fett ausgebackenes Kalbsfleisch

<u>Über den Autor:</u>

Joachim Koller wurde 1978 in Wien geboren. Nach seinem Schulabschluss begann er seine berufliche Laufbahn im Reisebüro, wo sich seine große Leidenschaft nach Reisen in andere Länder entwickelte.
Das schlägt sich auch in seinen Büchern nieder. Sowohl die Krimis und Thrillern in Wien, als auch die Abenteuergeschichten in Kreta, Barcelona und Schottland finden stets an real existierenden Schauplätzen statt.
Inzwischen arbeitet Joachim Koller beim Roten Kreuz und lebt in Niederösterreich.

Alle bisher erschienenen Bücher wurden als Selfpublisher veröffentlicht und sind bei den bekannten Online-Händlern, wie amazon, thalia, morawa,…, als Taschenbuch und E-Book erhältlich.

Weitere Informationen finden sich auf den Social-Media Seiten
facebook.com/kollerjoachim
instagram.com/joachim_koller_autor